rR
ronso Roman

The Fifth Queen Crowned
A Romance

Ford Madox Ford

五番目の王妃
第3巻

五番目の王妃　戴冠
——ロマンス——

フォード・マドックス・フォード

高津昌宏——訳

論創社

アーサー・マーウッドに捧ぐ

五番目の王妃　戴冠　＊目次

五番目の王妃　戴冠

これにて歌は終りたり

登場人物一覧

ヘンリー八世

イングランド国王。生涯で六人の妻を娶ることになる。

キャサリン・ハワード

ヘンリー八世の五番目の王妃。リンカンシャー州の貧乏貴族エドマンド・ハワードの娘。紋章院総裁トマス・ハワードの姪。

メアリー王女

ヘンリー八世が第一王妃キャサリン・オブ・アラゴンに生ませた娘。私生児とのうわさを立てられ、父親に激しい憎しみを抱いている。

エドワード王子

ヘンリー八世と第三王妃ジェイン・シーモアの子。後にエドワード六世となる。

トマス・クロムウェル（回想）

ヘンリー八世の側近中の側近、王璽尚書。プロテスタントと結び、イングランドの国力増強を図るが、結婚を仲介したアン・オブ・クレーヴズがヘンリー八世の意に添わず斬首される。

トマス・ハワード

キャサリンの伯父の有力貴族。第三代ノーフォーク公爵。紋章院総裁。

トマス・クランマー

カンタベリーの大司教。

ガードナー

ウィンチェスターの司教。カトリック派の聖職者。

ニコラス・ユーダル

当代屈指のラテン語学者。メアリー王女の家庭教師。名うての女たらしだが、第二部でフランスに派遣された際、宿屋の未亡人に半ば強要され結婚する。イングランドに戻り、相思相愛のマーゴット・ポインズとの結婚の機会を得るも、王妃の同意を得られず監獄送りとなる。

トマス・カルペパー

キャサリン・ハワードの母方の従兄。呑んだくれの暴れ者。愛していたキャサリンがヘンリー八世と結婚するという噂を聞きつけ、追放されていたスコットランドから帰還。

ニコラス・スロックモートン

リンカンシャー州出身で、トマス・クロムウェルの側近としてスパイの帝王と称されていたが、現在は故郷に戻り暮らしている。キャサリン王妃からは疎まれているが、それでも彼女を愛し、敵から護り抜こうと奮闘する。

ジョン・バッジ

印刷工で、熱狂的なルター派信徒。

ハル（ネッド）・ポインズ

ジョン・バッジの妹が廷臣と結婚してできた子であるが、両親に死なれ、ジョン・バッジに育てられた。王妃の扉番を勤める。

マーゴット・ポインズ

ハル・ポインズの妹。キャサリン・ハワードの侍女頭。ユーダルと相思相愛の仲だが、ユーダルがすでに他の女と結婚していることが分かり悲嘆に暮れる。

ロッチフォード夫人

ヘンリー八世の第二王妃だったアン・ブーリンの従姉で、キャサリン王妃の相談相手。

シセリー・ロッチフォード

旧姓エリオット。ニコラス・ロッチフォードと結婚。キャサリン王妃の相談相手。

ニコラス・ロッチフォード

ロッチフォード夫人の従兄で、ボズワース・ヘッジの戦いの勇者。バラードにもその武勇が讃えられたが、現在は事なかれ主義者。シセリー・エリオットの夫。

ヘンリー・リズリー
クロムウェルのスパイの一人だった人物で、熱狂的なプロテスタント信徒ながら日和見主義者。

エドワード・ラセルズ
カンタベリー大司教クランマーの従者。クロムウェルの後継者として奸智を発揮し、キャサリン王妃を追いつめていく。

メアリー・ホール
ラセルズの妹で、リンカンシャー州の地方地主エドワード・ホールと結婚。暴動で夫を亡くし、義理の両親を養っている。キャサリン王妃とは第二代トマス・ハワードの未亡人の家での寝室仲間。王妃の罪状調査では、当時の証言者として引き出される。

メアリー・トレリオン
キャサリン王妃の第二侍女。マーゴット・ポインズの代わりとして侍女頭に昇進。王妃の罪状調査に証言者として引き出される。

第一部　長調の和音

I章

「ローマ司教[1]にですと――」

トマス・クランマーがためらいがちに言葉を発した。その言葉が途切れると、王自身も、激しい怒りを浴びせようか、それとも冷笑的なユーモアの口調にしようかと迷っているかのようにためらった。しかし、王はユーモアのほうが大司教をもっと怯えさせるだろうと判断した。実際、この夏の日々の間、非常に楽しい気分に浸っていたので、王は威圧の仕方を忘れていた。

「我らの聖なる父にだ」と王は大司教の言葉を正した。「我が聖なる父と言ったほうが良かろうか。貴兄は異端だからな――」

クランマーの目には、常に、近づきつつある災難を見る人の表情が浮かんでいたが、王の言葉を聞くや、顔全体、結んだ唇、眉、丸い鼻から伸びるほうれい線が、突然、がっくりとしな垂れた。

「陛下はわたくしに彼、司教、教皇聖下に宛てて手紙を書けとおっしゃるのですか」

しな垂れた顔の線が固定し、その間から、うろたえた目が、濃い緑色のカーテンのグリフィンや王冠に向けて無言で訴えていた。恐ろしくて王のほうを向けなかったのだ。ヘンリーは重々しくもひょうきんな表情を留めたままで、突然、激しい嘲りの言葉を浴びせた――

「朕は貴兄に聖下への手紙を書いてもらいたいのだ」

重々しく無表情に戻った王は、目をぎょろつかせ、金メッキされた赤いテーブルの上で膨れ上がった指をバタつかせ、はっきりとした口調で「朕、貴兄、聖下」と言った。

王はこうした気分のとき、いつもの陽気なしゃがれ声のなかから何か不吉で恐ろしいものが浮かび上がるような独特の明瞭さで話した。――晴れた穏やかな日に何かが、いつもは澄んだ海のなかに隠れている残酷さをほのめかすような具合だった。

「カエサルのものはカエサルに――つまり、わし自身に――、神のものは神に[2]――つまり、ローマ司教、教皇聖下に――だ。だが、貴兄、大司教殿に属するものが何なのか、わしには見当がつかん」

王は口を噤み、それから手でテーブルを叩いた。「冷えたお粥が貴兄の取り分だ。冷えたお粥だ」王は笑った。「冷えたお粥は悪魔にくれてやれ、と言うからな。それに貴兄は神のものでも王のものでもないのだから、悪魔の手先と言う他ないではないか」

そして重々しく脅しつけるかのように黙り込んだ。突然、大司教の華奢な両手が、何かを地面に落とすかのように開いた。王はひどく顔をしかめたが、現在の悲しみのためというよりは過去の辛さを思い出してのようだった。

「ああ」と王が言った。「わしは歳をとるばかりだ。もう家の整理をすべき時だ」

王はゆっくり時間をかけようとしているかのようだった。すぼめた目は、テーブルをコツコツと叩く自分の角張った指先を見下ろしていた。王は非常に目方の重い男だったので、手足を動かすと座った椅子が軋んだ。礼節を装い、大司教自身の金メッキされた大きな椅子に座ろうとはしなかった。この椅子は壁掛けと一緒に騾馬の背に乗せられてランベス[3]から運ばれてきたものだった。しかし、ポンテフラクト城[4]のその他の家具はエドワード四世[5]の時代のままで——朱色のテーブル板には、エドワード四世の紋章と並んでその王妃エリザベスの紋章が描かれていた。ヘンリーはそれに目を留めて言った——

「この紋章はそろそろ変えないとな。わしらがこの地を通り、ポンテクラフト城に逗留した記念に、王妃とわしの紋章をここに美しく描かせるのだ」

王は贅沢を貪るかのように時間を弄んだ。そしてもの珍しげに部屋を見渡した。

「ふむ、貴兄はあまりよい部屋をあてがわれておらぬようだな」と王は言った。大司教が突然体を震わせたのを見ると、さらに付け加えて言った。「窓にガラスが必要だ。これでは汚い古犬小屋ではないか」

「紋章院総裁に苦情を言ったのですが」とクランマーがもの憂げに言った。「地上の階は満杯なのだそうです」

この部屋は実際地下にあり、とても古く、頑丈だが湿っていた。大司教が取り寄せた壁掛けが壁を被っていたが、採光のため、石造りの間に窓が上向きに開いていた。石の床には絨毯ではなく藺が敷かれていた。まだ時期が早かったので、火をたく準備はできていなかった。炉の裏の煤は湿っていて、蝸牛の這い回った跡で輝いていた。蝸牛はただ一匹、長年そこで平穏に暮らしていた。仲間がいないので増えもせず、かと言って、今は壁掛けに被われた壁石の結合部に生えた羊歯を十分に食べられたので死にもしなかった。この天井の低い、暗い部屋で、大司教は、頭上には新たに塗装され、壁掛けがかけられ、天井の浮出し飾りは新たに銀メッキ、金メッキされた、美しくよく日の当たるたくさんの部屋があり、それらの美しい部屋部屋はノーフォーク家出身の王妃をはじめとして、黄色い顔をしたノーフォーク公の親戚たちに割り振られたという事実を意識せざるをえなかった。すると世俗的、物質的に無視されたという気持ちが湧いてきて大司教を憤慨させ、大司教は将来の——まだ不鮮明な——失墜と破滅への不安に苛まれる苦々しい気分になるのだった。

王は天井の輪郭を嘲るように見つめていた。紋章院総裁であるノーフォークが大司教の尊厳を傷つける行為を平気でやる意地の悪い心の持ち主であることは分かっていた。そこで王は、大司教を自分の飼い犬が引き裂く猫とみなし、猫をかき裂くのは犬の本性だと、高慢にこの結果について考えた。

大司教は片手を重い椅子の肘掛に置き、テーブルの下から椅子を引き出して座ろうとしたところだった。こんなふうに立っていたときに、王がぶっきらぼうに話しながら入ってきたのだ。

「ローマに手紙を書く用意をしろ」

それでも大司教は、湿った藺に冷えた足を据え、椅子の肘掛に冷たい手を置いたまま、じっとそこに立っていた。縁なし帽を目深にかぶり、くるぶしのまわりに毛皮の付いたブーツを履き、その履き口まで長い黒衣を靡かせもせず垂らしたままの姿だった。

「紋章院総裁に苦情を言っておきました」大司教が言った。「教会の主にこんな部屋を割り当てるなんて適切なことではありません、と」

ヘンリーは小ばかにしたように大司教を見つめた。

「猊下」王が言った。「貴兄は偽者の教会の主に過ぎないのではないかとわしは疑っておる。わし自身についても貴兄も同じように思っているのかもしれんがな」

豚の目のように小さい、キラキラ光る王の目が、大司教の、胸骨より上側の外套の開き口に留まり、大司教の右手が不安そうにその場所を探った。

「わたしはいつも考えてきました」大司教が言った。「十字架を身につけるのを禁ずるのは、陛下の意思と教会の訓えに背くことである、と」

悲しみの人が苦しげに腕木から垂れ下がり、銀の板に支えられた、門番の徽章に似た大きな銀の十字架が、大司教の下外套の黒いボタンにかかっていた。ローマカトリック教徒のキャサリン・ハワードを密かにヘンリーに娶らせた日に大司教はそれを身につけたのだった。同じ日に、苦行僧が着る馬巣織シャツを着込み、それ以来、決してどちらも身からはずさなかった。週に三日断食していること、ロンドン塔のなかで鎖に繋がれていたベネディクト会[6]の副修道院長を解放して自分の第二補助司祭として採用したこと、そういったこととともに、この知らせも王妃の耳に入るだろうということを、大司教はよく心得ていたのだった。

「聖なる教会、聖なる教会だ」と王が、さも可笑しそうに、顎と唇のまわりの剛毛のなかで、もごもごと呟いた。大司教は慌てふためき、不遜な言葉を抑えられない興奮状態へと駆り立てられた。

「陛下」大司教が言った。「もし陛下がローマに手紙を送られるのならば――避けられないことですが――陛下はこの二十年間のご自分の行いをすべて覆すことになりましょう」

「猊下」と王が大司教を真似て嘲った。「貴兄は鎖や十字架や魔除けを身につけ、修道士のやり方を猿真似することによって――貴兄もよく知っての通り――はるか昔のわしや貴兄の行いをすべて覆してしまったのだ」

王はテーブルのほうから革製の椅子の背もたれに反り返った。

「そしてもしも」と王は上機嫌で冷笑的な言葉を浴びせ続けた。「わしの仲間や召使が王であるわしの行いを覆せるならば、どうしてわしが王である自分の行いを覆してはならんのだ。わしは召使以下ということか」

「わしは自分の家の整理をしたいだけだ」王は少し間を置いて繰り返した。

「少しお待ちください、陛下――」大司教が呟いた。視線はドアに注がれていた。

「何だ」と王が言った。巨大な頭はまわすことができず、巨大な胴体は動かす気になれなかった。

「わたしの従者です」大司教が囁いた。

王は反対側の壁を見ながら、大声をあげた――

「入れ、ラセルズ。わしは自分の馬小屋を掃除しようとしているところだ」

ドアが音もなく重たげに後ろに引かれ、カーテンもそれとともに引かれた。薄い鳶色の狐がそっと窺うような目つきと羽のような軽やかさで、クランマーのスパイが広間をまわって近づいた。

「そうとも、わしは掃除をしようとしているのだ」王が再び言った。「ここへ来て、鵞ペンを書けるように切り直してくれ」

王の途方もなく大きな体――その日、ヘンリーは紫と黒の服装だった――や大司教の黒衣を纏った柱のような体と並ぶと、緋色の服装で薄い鳶色の柔らかいあご髭を生やしたラセルズは、まるで鵞ペンのような風体だった。きつく薄い絹の長靴下ごしに、彼の膝の骨は、骸骨の骨のように見えた。王が金と緑色の宝石の大きな鎖の輪を幾重にも首に巻き、大司教が銀の重い鎖を一本付けている一方で、ラセルズは、純金の細い鎖一本と金張りの銀でできた小さな徽章を一つ付けていた。彼は歩くとき、一方の脚を引きずって歩いた。それが当時の流行になっていた。というのも、王自身が、脚の潰瘍は癒えたものの、右脚を引きずって歩いていたからだった。

王はテーブル脇の椅子に斜めに腰掛け、この従者のことは見ようとはせず、自分の膝は十分に曲がるというしるしに、伸ばした手の指を動かした。

「石盤をもってきて書くのだ」ヘンリーが言った。「いや、大きな羊皮紙をもってきて書け――」

「猊下」王は大司教に付け加えて言った。「貴兄は我が国最高の公式文書の執筆者だ。わしがラセルズに伝える概要を、よく思案し、高貴に書き留めるのだ。最初は俗語で、それから見事なラテン語で、だ」王は間をおき、それからさらに付け加えた。

「いや、まず貴兄に俗語で書いてもらい、ラテン語訳はユーダル修士に任せよう。あいつは我が国最高のラテン語学者だ。わしもあいつには敵わない。わしには時間がないからな――」

ラセルズは鉄の蝶番がついた大きな飾り棚とテーブルとの間を行き来した。そして、三脚に差し込まれたインク壺、にじみ止め、緑色のリボンで巻かれた真新しい羊皮紙をとって来た。

そして、金と赤のテーブルの上に、羊皮紙をまるで地図のように広げた。小さなナイフでペンを切り直し、テーブルの脇の藺草の上に跪いたので、顎がテーブルの縁と同じ高さになった。黄色っぽい羊皮紙を赤と金のテーブルの上にまっすぐ正しく置いておくことだけに心を配っているみたいに、ラセルズは大司教の白い顔も王の赤い顔も見上げることはなかった。

ヘンリーは四角張った灰色のあご髭よりもさらに下の首に生えた短い毛を撫でた。まもなくこの城のすべての人間が、そのすぐ後にはこの国のほとんどの人間が、自分がいま言おうとしていることを知るだろうということに思いを馳せていた。

「さあ、書け」王が言った。「『ヘンリー――神の恩寵を受けし者――真正の信仰の擁護者――国王、最高権者』」王は椅子のなかでもぞもぞと身を動かした。

「わしの肩書きや称号を一つ残らず書き留めろ。『パラティン公爵――伯爵――男爵――勲爵士』――すべて書き残すな。わしがどんなに偉大であるかを示すのだ」王は口ごもり、思案し、首を傾げ、それから早口に話し始めた――

「こう書き記すのだ。『朕、ヘンリーその他諸々の称号をもつ者は、類希なる偉大な王なれども、この上なく謙虚な男に相成った。歳月に打ちのめされ、多くの辛苦を味わったが為なり。塵ほどに身を縮ませ、贖い主の傷に口づけするため匍匐せん。広大な陸海の主なれども』さあ、どうだ――」

「『多くの軍勢の導き手かつ指揮官なれども、朕は汝の導きを求めに行かん』また、こうも書け。『誇り高かりし者が、誇りを取り戻すため汝のもとへ赴かん。世俗の事ごとに誇り高かりし者が、キリスト教世界の擁護者の誇りを今一度手に入れんがため汝のもとを訪れん――』」

王は、邪な喜びに夢中になって話していた。目の前に陰気に立つ人物の青白い顔にその言葉が一つ一つ突き刺さっていくように見えたからだった。王は、自分の一言一言で、テーブルの傍らに跪いて書いている人物の緊張や警戒心が増していくのも意識した。だが、こうした喜びはすぐに消えていった。王はクランマーのせいで自分は罪を犯すことになったとでもいうかのように大司教を睨みつけた。そして首に巻いたカラーを引っぱった。

「いや」と王は叫んだ。「単純な言葉で、わしは罪深き男だと書き記せ。年老いてきたとも書き留めろ。自分の哀れな魂のため不安で一杯だ、と。たくさんの罪を犯した。やったことをみな思い出す。老人たるわしは、贖い主のこの世での摂政に会いに行く。過ちを意識する者として、わしは十倍の賠償をする。わしを老いぼれの臆病者だと言いたければ言うがよい。わしは地面に跪く――」

王は、実際に藺草《いぐさ》の上に跪こうとするかのように、動きの鈍くなった体を、突然、少し前のめりにした。

「書け――」王が言った。「書くのだ――」

しかし、王の顔と目は血の色に染まっていった。

「とても難しいことだ」と王がしゃがれ声で言った。「こうした神聖な事ごとに干渉するのは」

そして、もう一度、椅子の背もたれに重々しく反り返った。

「おまえたちにどう書いてもらいたいのか自分でもよく分からんのだ」王が言った。

そして考え込むかのように床を見つめた。

「分からない」王は呟いた。

そして目をぐるりと動かして、まずは大司教を、それからラセルズを見た――

「まったく、何というアホ面《づら》をしとるのだ」王が言った。大司教の顔には狼狽の表情のみが浮かび、ラセルズの顔には何の表情も浮かんでいなかった。王は体を支えるためにテーブルに捉まり、身をよじって立ち上がった。

「好きなように書け」王は大声で言った。「こうした趣旨であるならば。いや、書くのは待て。上の部屋からはるかに優れた手紙をおまえたちに送らせよう」

大司教は、こわごわと遺憾の意を示し、白い両手を差し出した。しかし、王は肩をぐるりと回し、先を急ぐ熊のように藺の敷物を渡って去っていった。王が重いドアをものすごい力で閉めたため、再び掛け金がはずれ、ドアがゆっくりと激情に悶えるかのように後ろに開き、ドア越しに、小さな階段を上っていく巨大な脚が見えた。

薄暗い部屋のなかでは長い時間、人声が途絶えた。大司教の唇が音もなく動き、スパイの視線が羊皮紙の上を水平に渡っていった。突然、スパイが陰気に、不謹慎な考えを思い浮かべたかのように、にやっと笑った。

「陛下の送って来るという手紙は、王妃が書くのでしょう」

そのとき二人の目が合った。大司教の慌てふためいた、焦点の定まらない、絶望した、頼る当てのない視線が、狡猾で、油断のない、狐みたいな、踊るような表情の目と出合った。二つの視線は浸透し、融合した。ラセルズは右脚を後ろに伸ばし、休息をとっているかのように跪いたままでいた。

Ⅱ章

薄暗い地下室にいる二人の男が呼べば聞こえるばかりのところを、王妃は日向から翳へ、そしてまた日向へと歩いていた。この大きな高台は北西を向き、何マイルにも渡って緩やかに高まる土地の頂にあり、王妃は穏やかに起伏する濃緑の田園地帯の素晴らしい光景を眺めることができた。ポンテフラクト城の最初の建築士たちはこのテラスに板石を敷こうと考えていたが、工事がそこまで進捗することは決してなかった。矢を射て届くほどの距離の石畳の小道とその半分の距離の石造りの欄干があるだけだった。残りは、まずは砂利で覆われ、草がその上に繁茂した。今は、草は鎌で刈られ、ほとんど全域が青や赤、その他とても鮮やかな色の絨毯で覆われていた。外から見て左隅に、たいへん細かな金色の糸で刺繍され、赤と白のロープによって支えられた黒い布の大天幕があった。この天幕は、なかのテーブルのまわりに四十人もの人間が座るスペースがあったが、城壁があまりにも高く聳えていたため、とても小さく見えた。城壁はとても高く、とてもしっかりと、またとてもまっすぐに聳え立っていたので、下の高台では、赤と白の聖ジョージ十字の巨大な旗が青空を背景にはためく音は、ほとんど聞くことができなかった。この旗は突風のなかで時に巨大な鞭のようなヒューンという音を立て、またその影は四人の男を覆うに十分だったのであるが。

城の平面壁のいかめしさを取り去るために、銃眼に、また窓の下に、多くの小さな旗が下げられていた。この燕尾状や細長や四角形の旗は、雨風の当たらぬところに、そよともせずにかかったり、三日前に止んだ突風のせいで竿に巻きついたりしていた。竿は皆、緑色に塗られていた。緑色は希望の象徴として、王妃のお気に入りだったのだ。

高台の端の、全体が緑の絹張りの小さな天幕は、緑色のカーテンがすべて巻き上げられていたので、緑色の屋根だけが目立っていた。なかには、二つの椅子が、互いに会話を交わすかのように並べて置かれていた。大きな革製の椅子は国王用、紅白の小さな椅子は王妃用だった。天幕の天辺には黄金のライオン像が据えられ、入り口の頂きの上方には、これもまた黄金の、女神フローラの像が立っていた。女神は花を盛った豊穣の角を携え、このテントが夏の楽しみのための東屋であることを象徴していた。

国王と王妃は、城に到来後の四日間、ここに座るのを楽しみ、南方からの、長い騎馬の旅の疲れをとった。ヘンリーは、自分のものであるこの地方の雄大な景色に目を止めたまま何も考えずにいることを喜び、王妃は、今や自分がこの土地を支配し、やがてその外観を変革することになるだろうとの思いに喜びを膨らませていた。

高台の塀際に育った楡の木々の梢越しに二人は景色を眺めた。しかし、その土地自体あまりにも濃緑で、牧草地には人の住いさえなかった。生垣をなす低木の列の間には羊以外誰の姿もなかった。広大な景色のなかに教会の塔が一本立っているだけで、ところどころ木々が家屋敷を隠すかのように群生したところでは、それらの家屋敷は大枝の下に崩れ廃墟と化していた。ある尾根の上に、屋根のない大修道院の長い塀を見ることができた。しかし、どんなに鋭い目で見ても、杖に寄りかかった羊飼いが時折見える他は、人っ子一人見えなかった。耕作地はまったくなかった。時折、鎧兜姿の男たちの一団が、城へ馬で乗り付けたり、城から馬で出て行ったりした。王妃は、一度、本丸の中庭が不安そうに鳴き声をあげる牛の群れで一杯になっているのを見た。そして、これは北部国境地方監察院[1]の男たちが牛泥棒から奪い取った牛であることを知った。スコットランドのものだろうがイングランドのものだろうが没収し、王妃の滞在中の城の食糧に充てられることになっていたのだった。

「ああ」と王妃が言った。「陛下がスコットランド王と面会するために北へ行っている間、わたしは毎日、東や西や南に馬に乗って出かけましょう」

このとき、王はクランマーとそのスパイのもとを去り、落着きを取り戻すために王妃の私室のなかを行ったり来たりしていたが、王妃は高台の端と小さな緑色の天幕との間あたりにノーフォーク公と並んで立っていた。

王妃は濃い紫色のドレスを着ていた。この色が似つかわしい気分の王を喜ばすためだった。一方、公の黄色い顔は真っ黒な服の上に覗いていた。公もまた、王を喜ばすためにこれを着ていた。というのも、王はメンバーの多くの者が黒を着ていない会合は華やかに見えないという意見を持っていたのだ。

公が言った――

「国王陛下と一緒に馬で北へおいでにならないのですか」

公は二つの杖にもたれていた。一方は長くて銀でできており、他方はそれよりも短く金メッキされていた。公のガウンは踝のあたりまで垂れ下がり、半ば閉じた黒目は、一マイル離れた池のそばの小丘の上の、最近雷に打たれ、半分はまったく葉のない枝を広げた一本の木を見つめていた。

「陛下とわたくしとでそう取り決めたのです」王妃が言った。彼女は伯父のことがあまり好きでなかった。好きになる理由がほとんどなかった。だが、王が不在中、他の男と散歩するよりはこの伯父と散歩することを選んだのだった。

「こうお尋ねするのも」公が言った。「お支度を整える必要があるからに他なりません」

「わたしたちは、今日、その知らせをお伝えするつもりでした…」王妃が言った。

公は王妃の顔をチラッと見ると、雷に打たれた木に再び目を向けた。王妃の顔は冷静そのもので、そこには何の感情もあらわれていなかった。自分がして欲しいことを指図するとき、王妃はこれまでもいつもそうであった。公はその顔に失意を読み取ることはできなかった。一方、王妃が感情を面に表さない大きな力をもつことに感服していた。彼自身もそうした力をもっていた。生垣の裏の羊の群れから尾根の上の壊れた大修道院へと視線を移す姪の目の動きには、伯父のしっかりした眼差しにも宿る不思議な冷静さがあった。公は失意を読み取ることができず、そのことで、さらに少し畏《かしこ》まった。

「左様」と公が言った。「巡幸の支度は大変な仕事です。ここでわたしが整えてきたものを褒めて頂きたいものですな」

王妃は一瞬嫉妬を覚えたように、公を、公の整えてきたものを見た。公の視線は華やかな絨毯へ、天幕へ、縞模様をはためかすこともなく陰気な壁にぶら下がっている旗の上へと注がれていった。

「これらは陛下ご自身がわたくしを喜ばせるために注文し選び抜いたものだとお聞きしています」王妃が言った。

ノーフォークは地面に目を伏せた。

「左様です」公が言った。「陛下が注文し、置場所を定められたのです。こうしたことにかけては陛下の右に出るものはございません。ですが、わたしには、それらを今ある場所に据える仕事がありました。そのことでお引き立て頂きたいものですな」

王妃は心和らいだ様子で、公に手を差し出しキスさせた。薬指に黒いホクロがあった。

「以前王妃であったわたしの姪は」公が言った。「手にキスさせてくれませんでした」

王妃は少々うわの空で公を見た。というのも、彼女は王妃になって以来、そしてそれ以前も、孤独な女だったので、他の人たちが話している間、自分の思いに耽る癖がついていたのだった。

王妃は侍女頭のマーゴット・ポインズの様子に悩んでいた。マーゴット・ポインズは、普段は、陽気で話好きながら、もの静かで控えめで従順だった。しかし、最近は、機嫌が悪く、面白くなさそうに黙り込むようになっていた。そして、この朝、重くすぶるような癇癪を起こし、キャサリンの髪を整えながら、その髪を引き毟《むし》った。

「ああ」マーゴットが言った。「あなたは王妃様、望みは何でも叶えられる。王妃様は何ともいいご身分ね。でも、わたしたち足元の塵は、何一つできやしない」

愚かなロッチフォード夫人とこの娘しか話し相手のいないキャサリンは孤独だったので、この娘がこんなに退屈で面白くなくなってきたことをひどく悲しんだ。娘が髪を整えていたそのとき、王妃はこう答えただけだった――

「ええ、王妃であることはいいものよ。けれども、セネカも言っているように――」キャサリンは、小鳥は細い紐で捕らえておけるが、鷲は重い太綱で縛っておかなければならないという一節をマーゴットのために翻訳した。

「ああ、あなたのラテン語」マーゴットが言った。「その音は聞かずに、綺麗な英語だけを聞いていたかったわ」

そこで、娘を悩ませているのはユーダル先生の新たな浮気だと、キャサリンには想像がついた。そのことはキャサリンをも悩ませた。というのも、彼女は自分の侍女たちが男に弄ばれるのを喜ばなかったばかりか、マーゴットのことは、これまでの忠義、尽力、親交の故にとても愛していたからだった。

キャサリンはもの思いから脱し、伯父の手についての発言を思い出しながら言った――

「ええ、アン・ブーリンは右手に六本指があったと聞きましたわ」

「両手に六本ずつです。ですが、それを隠していました」公が答えた。「それは彼女の最大の悲しみでした」

公の皮肉な口調、苦々しげな黄色い顔、しわがれ声、強ばった足取り、それらは皆、自分に対する敵意だとキャサリンは実感した。今の自分と同様に王妃であったアン・ブーリンとその痛ましい運命への言及は、脅しではないにしても、少なくとも自分に恐れと不安を与えることを狙うお告げのように思えた。子供時代――そしてその後、王妃として人前に立つまで――公は、常に陰険な尊大さで自分を取り扱ってきた。今も世の中の他のありとあらゆるものに対してそうした態度をとっていた。とてもまれなことだったが、老ノーフォーク公爵夫人である祖母を訪ねて来たときも同様だった。彼は老いた祖母の非常に大きな、閑散とした、醜い大広間をいつも大股に歩いていき、繭の上で少し立ち止まったが、すると生きとし生けるものが彼を避けなければならなかった。一度、公はキャサリンの飼っていた子犬を蹴飛ばし、一度は、キャサリンを脇へ押しのけた。しかし、彼女が子供にすぎなかったあの当時、おそらく公は彼女が誰であるか知らなかったのだろう。彼女は召使の子供たちと暮らしていて、確かに召使の子供の一人に見えたし、祖母でさえ家中の人々とその生活の仕方をほとんど分かっていなかった。

キャサリンは公に厳しい口調で答えた――

「姪のアン・ブーリンが困難に陥っていたとき、あなたは彼女の良き友ではなかったと聞きました」

公は唾を飲み込み、遠くのオークの木を無表情に眺めていたが、膝は怒りで震えていた。そこでキャサリンは、公が他の人間以上に言葉で人を傷つけるのを好む一方、大方の人に増して他人の言葉に傷つけられるのを耐えられないということをよく理解した。

「アン王妃は」と公が言った。「異端だったのです。新教徒同様だったと言えるでしょう。我々の教会の利益を食い物にしたのです。どうしてそんな女を庇うことができましょう」

「伯父様」キャサリンが言った。「伯父様はボンネットの宝石はどこで手に入れたのです?」

これを聞いて、公はギクッとして少し後ろに下がった。黄色い白目の小さな血管が赤く染まった。

「王妃様――」公はキャサリンがあえて侮辱に打って出たことに対して、怒りとも驚きともつかぬ声で言った。

「それはライジング大修道院(2)の大聖杯の一部だったものではないかしら」キャサリンが言った。

「わたくしたちは教会の勇敢な守護者なはず。それが額に略奪品を飾っているとは」

王妃は公とその背後にいる非常に多くの人々に手袋を投げて戦いを挑んだ格好となった。

王妃は自分の立場をよく弁えていたし、伯父やその仲間たちが自分に何を期待しているかもよく理解していた。というのも、侍女のマーゴットが宮廷の噂話やシティーでの脅迫や欲望の声を伝えてくれていたからだった。新教徒たちについては、彼女はそうした輩をよく知り、ほとんど心配していなかった。王と自分の領地にそうした人間はあまりおらず、いても大抵は外国人の商人か腹が満ちている限り他のことは何も構わない貧民たちだと考えていた。これらの者たちはもう一度農場が手に入れば、きっとカトリックの信仰へと戻っていくだろうと。だから、牧羊は廃止してしまうつもりだった。イングランドに不満をもたらしたのは羊だった。羊毛の生産のために、農夫たちは土地を奪われてしまっていた。

新教徒たちが彼女を嫌うのは当然だったが、ノーフォークや彼の同類に関しては別だった。ノーフォークが今日ここに求めにやって来たもの、毎日熱心に待ち構えているものが、彼女への王の愛情が冷めた最初の兆候だということを、キャサリンはよく知っていた。宮廷では、王は何であれ手に入れたら、すぐに飽きると言われていることもよく知っていた。そして、ノーフォークの目が彼女の顔を探るとき、彼はそこに狼狽と落胆のしるしを探しているということもよく心得ていた。また、伯父が旗やテントや天幕や絨毯を設えて、陰気な空中の高台を華やかにしたのは自分だと言ったとき、王妃に敬意を表する仕事を王が放棄していると彼女に考えさせようとしたのだということも。それは大変愚かしい仕打ちで、キャサリンを怒らせた。王がこうしたことをみな自分と話し合い、好きな色を訊ね、夫として華やかな色彩や楽しみを自分のために優しく考え抜いてくれたということを、伯父は知っていいてくれて然るべきだった。そこで、彼女はさらに、公に戦いを挑んだ。

「どうやって神の教会を守ろうかと話し合うなど、ハワード家の者やわたくしたちのような人間にはふさわしいことではありませんわ」

「わたしは単なる武人です。わたしはむしろ――」

キャサリンは公の言葉に聞く耳をもたなかった。

「わたくしたちにはふさわしくありません」王妃は言った。「恥ずかしいことだと思います。ほんの数年前、わたくしたちハワード家の者は大変貧しい暮らしをしていました。ですが、今では、大金持ちになりました――確かに父は今でもひどく貧しく、あなたの義母、わたくしの祖母は激しい浮き沈みを乗り越えてこられたのですが。それでも、伯父様をかしらとするわたしくしたちハワード家の者は、この国で有数の金持ちになりました。どのようにしてでしょう？」

「わたしもいろいろと尽くしてきました――」

「いいえ、この国で新たに富が生み出されたわけではありません」王妃が言った。「富は教会からもたらされたのです。あなたがライジング大修道院から取って来たとわたくしが言うものについてとくと考えてくださいませ。わたくしは子供の頃、それをよく知っていましたし、あなたの帽子に付いている宝石が、当時、救世主の血を入れた容器のなかで輝いているのを何度も見たものです」

ライジング大修道院は、訪問者たちがそこを訪れ、修道士たちを追い出した後、ノーフォーク公のものとなっていた。そして、公の部下たちが屋根から鉛を、窓からガラスを、床からタイルを剝がしていった。このささやかな大聖堂は、公のものとなった大小様々な僧院のうちの一つにすぎなかった。従って、彼によってハワード家が大金持ちの家系になったというのは、まったく嘘偽りのないところだった。

ノーフォークが突然話し出した――

「こうしたものは預かり物として保管しているのです」公が言った。「喜んで返還するつもりです」

「それは良いことです」キャサリンが言った。「そうした返還を行うことが神の思し召しであると、あなたが早く感じられることを、わたくしは希望いたします」

ノーフォークは長いこと自分の靴の四角い爪先を見つめた。

「あなたはすべてを戻させようと言うのですか?」公はつくづく考えてから、ようやくにして言った。

「陛下はわたくしと同じ名のキャサリン・オブ・アラゴンが廃位された前の状態にすべてを戻されるでしょう」キャサリンが答えた。「そしてわたくしを彼女の地位に就かせようとするでしょう。すべてが以前同様となるように」

銀と金の杖にもたれたノーフォーク公は非常にゆっくりと肩をすくめた。

「それは大変な混乱を引き起こすでしょうな」公は言った。

「ええ」キャサリンが答えた。「非常に多くの人が当惑するでしょうし、何百人もの人が不快に思うでしょう」

キャサリンが再び口を挟み、公がゆっくりと黙想するのを妨げた――

「伯父上」キャサリンは言った。「これはとても嘆かわしいことです。もうあの世に行き用済みとなった王璽尚書ですが、生前は大そう抜け目なく仕事をこなしました。ほとんどの人間にとって心は懐のなかにあることをよく心得ていました。それ故に、あなたは王璽尚書が鉄の手綱でこの国を締め付けるばかりだったとおっしゃいますが、王璽尚書は金貨であなたがたの口を皆同様に噤ませることにもとても注意を払ったのです。神から取り上げたものを仲間に分け与えたばかりでなく、抗議の声をあげる者たちの貪欲な口のなかにも同じだけのものが入るようにとても注意を払いました。こんなふうにしなかったなら、彼は自身が疲弊させてしまったこの地上にあれほど長く留まっていられたでしょうか。答えは否でしょう。逆に、すべての金持ちに同様にこうした略奪品を与えたので、カトリック教徒でもプロテスタント信徒でも、彼を追い払おうと躍起になる者は一人も出なかったのです。そして、亡くなった今もなお、彼はまだ働いているのです。自分たちを神の子と称するあなたがた貴族たちのうち、教会の富を手中に握ったままでない人間が一人でもいるでしょうか？　ああ、よく考えて、考えてください。返還の期限は迫っています。どうか喜びと善意をもって返還してください。そして、わたくしたちの救世主の傷ついた足が陛下のこの国を渡って行くとき、その道が滑らかで平坦なものとなりますように！」

ノーフォークは地面に目を伏せたままだった。

「ええ、わたしとしては」公が言った。「まったく異存ありません。今日人を遣わして、どれがわたしのもので、どれが教会から来たものかを区別する仕事を事務官たちにさせましょう。ですが、それほど熱心にこういったことを行わない者がいることはお分かりでしょう」

王妃は公の言葉をほとんど信じなかった。そこでこう言った――

「でも、あなたがこれを率先しておやりになれば、多くの者があとに従うでしょう」

公はたじろぎを隠すためにできるだけのことをしたが、王妃の口調が変化した。

「伯父上」王妃は熱を込めて懇願するように言った。「あなたは多くの家来たちの相談を受けていらっしゃるはず。あなたとウィンチェスター司教は、この国のカトリックの貴族たちを統率する立場におられるのですから。あなたやウィンチェスター司教やそうしたカトリックの貴族たちがわたくしをあなたがたの操り人形に仕立て、プロテスタント信徒やあなたがたのお嫌いな人々に渡った品々を教会へ返還させる仕事をさせようとしていることはよく分かっています。ですが、そうはうまくいかないでしょう。というのも、わたくしの昇進はあなたがたのおかげでも、わたくし自身の努力によるものでもなく、神の御心によるものなのですから、わたくしは神にのみ忠義を尽くす義務があるのです」

キャサリンは公に手を差し出し、公はその手にキスをした。彼女の頭巾の尾はほとんど足のところまで垂れていた。爽やかな日光を浴びた彼女の体は、全身、紫色のビロードに包まれ、手首と首のところからだけペチコートの白く揺らぐ亜麻布が覗いていた。彼女の金髪と対照をなす白い顔は、当初の無表情を脱し、次第に強烈な悲嘆の表情を帯びていった。

「伯父上」キャサリンが言った。「あなたが開くさまざまな会議で、神のためにお話しくださるなら、きっとあなたには大きな報いが与えられましょう。あなたはこれまでとても混乱した心の持ち主だったように思います。ほとんど現世の事柄だけを考えてきたのですから。ですが、今回は情け深い神のためにひと働きなさいませ。そうすれば、これまで味わったことのない安らぎを得ることができましょう。もはや悲しみも恐れも抱かずに済みましょう。そのほうが聖杯の宝石や大聖堂の天井から剝がされた鉛よりもはるかに素晴らしいではありませんか。お開きになる会議でそうお話しください。そして、あなたに助言を求めてきた者にそう助言してください。そうすれば、わたくしはお約束します――王妃の愛情や王の贔屓など、お約束するにはあまりに小さなこと――そうではなく、この上なくありがたい奇跡であり貴重な富である神の平安があなたの心に降り立つことをわたくしはお約束いたします」

Ⅲ章

ヘンリーは妻の部屋を歩き回って気を静めると、日光の当たる戸外にいる王妃のもとへ熊のように体を揺すりながら歩いて行った。その体はとても大きく、高台が縮んだように見えた。

「かわいい人」王が王妃に言った。「わしはおまえが喜ぶことをしてやった」王はノーフォーク公が跪くのを止めるために二本の指を上に動かし、キャサリンの肘を捉えると、巨大な車軸に載っているかのように回れ右してキャサリンにも同方向を向かせ、二人は天幕に直面した。「淡黄色の顔の、おまえの伯父とばかり話すではない」王が言った。「わしのために甘い言葉をとっておいてくれ。おまえを喜ばすためにわしがしたことを教えてやろう」

「それはしばらくさて置き、教えてくださる前に別のことをして頂きたいのです」キャサリンが言った。

「して、それはまたどういうわけだね、賢者殿」と王が訊ねた。

キャサリンは王に笑いかけた。というのも彼と一緒にいるのが楽しくて仕方なく、真剣にものを乞うとき以外は、夫の脇でほとんど浮き立つような気分だったからだ。

「王に言うことを聞かせるには女が必要です」とキャサリンが言った。

王に言うことを聞かせるには王妃が必要だと、王が答えた。

「まあ、聞いてくださいい」キャサリンが言った。「毎日わたしを喜ばせるために、あなたが物惜しみせずに大金を注ぎ込んだり、匂い箱をプレゼントしてくれるような些細な心配りをしてくれたり、色々なことをしてくださっていることは知っています。ですが、王妃であれ娼婦であれ、恋人の思いがけない贈り物を完全に堪能するには、女は心安らかである必要があるのです。そして心安らかであるためには、女は自分の小さな、小さな願いを叶えてもらう必要があるのです」

ヘンリーはこの問題をじっくりと思案し、農夫の生真面目さで首を縦に振った。

「それと言いますのも」キャサリンが言った。「喜びを感じるためには、女はあなたがた男性が自分のために何をしてくれたのかを推し量らなければなりません。そして好ましい推測をするためには、澄んだ気分でいなければならないのです。そして、わたしが澄んだ気分であるためには、侍女に夫を宛がって慰めてやる必要があるのです」

ヘンリーは小さな天幕の大きな椅子に注意深く腰掛けた。両膝を伸ばし、キャサリンの見解に目をパチクリさせた。キャサリンはそっとあたりを見回し、ノーフォークが去ったことを知ると――というのも王との間柄をノーフォークに知られることはキャサリンにとって不都合だったからだ――ヘンリーの足元の座布団に腰を下ろし、王は一方の大きな手を彼女の頭の上に載せた。キャサリンは両腕を王の両膝にもたせかけ、懇願するように王を見上げた。

「分かったぞ」王が言った。「どこかの哀れな侍女を嫁がせるため、どこかの男を金持ちにしてやらねばならないのだな」

「ああ、ソロモンの賢さ！」

「もっと分かったぞ」王が重々しい調子で続けた。「その侍女とは、おまえの侍女のマーゴットなのだな」

「どうしてお分かりになりましたの？」

「気づいていたぞ」王が生真面目に言い張った。

「本当に、見逃すはずがありませんわね」キャサリンが答えた。「耕作用の牡牛みたいに大きいのですもの」

「気づいていた」と王が言った――王はあたかもキャサリンが彼の頭のまわりで楽しげに囁いているかのように目をパチクリさせた。「おまえがあの娘を好いているのに気づいていた」

「ええ、あの娘もわたしをとても好いてくれています。いい娘ですわ――でも、今日はわたしの髪を引き毟ってしまいました」

「それで、それは男のせいなのかね？」王が訊ねた。「おまえがその娘の腕に針を刺したのではあるまいな？　それともその娘を辞めさせたいのか」

キャサリンはあごをこすった。

「そうですね、彼女が嫁げば、辞めさせざるをえませんわね」そんなことは考えたことがないと言わんばかりにキャサリンが言った。

王が答えた――

「確かに、おまえが七回妃であろうとも、夫と正当な妻を分かつことはできぬ相談だ」

「でもねえ」キャサリンが言った。「今のマーゴットでは楽しくないわ」

「では、手放してしまうがいい」王が言った。

「でも、わたしはとても孤独な王妃なのです」キャサリンが言った。「あなたは留守が多いし…」

王は満足して考えた。

「そこで身のまわりにおまえの幸せを願うわずかな人々を置いておきたいというのだな」

「あなたが気に入っている者たちでさえあれば」キャサリンが答えた。

「うん、おまえの侍女には満足しておる」王が答えた。王はゆっくりと考えた。そして「娘の夫にはおまえの身辺の仕事を与えよう」と勝ち誇ったように言った。

「まあ、本当に喜ばせてくださるのね」キャサリンが言った。「いつでも解決策を見つけてくださって」

王は厳つい指でやさしく王妃の鼻をこすった。

「その男とは誰なのだ」王が言った。「どこのやくざ者だ」

「ユーダル先生だと思いますわ」キャサリンが答えた。

ヘンリーが言った――

「ほほう、ほほう」そして、ちょっと間をおいて太腿をピシャリと叩き、子供のように笑った。キャサリンも彼とともに、「ハハ」とも「フフ」ともつかぬ小さな美しい音を立てて笑った。王は彼女の笑い声を聞くために笑うのを止め、それから真顔になって言った――

「そなたの笑い声はわしがこれまで聞いたどんな笑い声よりも美しい音色だ。そなたを笑わせるためならば、侍女のマーゴットに二十人でも夫を与えよう」

「彼女を泣かせるのに一人で十分ですわ」キャサリンが言った。「そうなれば、わたしはあなたに笑いかけるでしょう」

王が言った――

「一時間以内にやってしまおうではないか。わしが誰かに命じてそのやくざ者をここへ来させるから、おまえは椅子に座っていなさい」

キャサリンは王を大いに喜ばせるしなやかな動作で半ば立ち上がり、片手で背後の椅子を探りながら、王の肩にもう一方の手をかけて身を支えた。というのも、王が彼女の支えになるのを喜ぶことをキャサリンは知っていたからだった。

「侍女も呼んでくださいな」キャサリンが言った。「早くほんとのところを知りたいのです」

そのこともまた王を喜ばせた。王は大声で下男を呼ぶと、もう一度体を揺すって笑った。

「ほほう」と王が言った。「あの古狸を網で捕らえようというのだな」

ユーダルをメアリー王女の部屋から、侍女を王妃の部屋から呼び出すため使者を送ると、王はしばらくの間、ユーダルの苦境について独白を続けた。というのも王はユーダルがラテン語の六歩格の詩とギリシャ語のへぼ詩で結婚をののしっているのを聞いたことがあったのだ。王はユーダルが懲りもせず女のペチコートのあとを追い回す浮気男であることを知っていた。ついに古狸も袋に入れられて縛り上げられてしまうのだ、と王は言った。

「おやおや、おやおや」と。

というのも、王妃が結婚を命じれば、結婚しないわけにいかなかった。ユーダルには、カトーの奴隷[1]ほどにも望みはないのだった。罠にかけられ、狭いところに閉じ込められて、独身者の群から切り離されるのだ。そのことが王を大いに喜ばせた。

王は自分の座っている大きな椅子の金メッキされた肘掛をギュッとつかみ、キャサリンはその隣で膝の上に両手を重ねて座っていた。王がユーダル先生と話している間、キャサリンは一言も発しなかった。

ユーダル先生は二人の前に跪き、王の目の周りに笑い皺ができているのを見て、これまでもよくあったように、自分は王の作った冗談をラテン語に直すために呼ばれたのだろうと確信した。彼のガウンは向う脛のあたりに垂れ、縁なし帽は脇に置かれた。長い鼻と悪賢そうな目の付いた、痩せて褐色のひょうきんな彼の顔は、まるで啄木鳥のようだった。

「これはこれは、ユーダル先生」ヘンリーが言った。「立ちなさい。わしはおまえを昇進させるために呼んだのだ」王は、頭は動かさずに、両目を一方の側にぐるりと動かした。彼は劇的効果をこよなく愛し、用向きの重みを伝える前に、王妃の侍女の到着を待つことにした。

ユーダルは縁なし帽を拾い上げ、二人の前に立った。ガウンの下に本を抱え、読んでいた頁に長い指を一本挟んでいた。というのも、タレス[2]のある格言を忘れてしまい、それを見つけるためにカエサルの注釈書を通読していたのだった。

「セネカが言うように」ユーダルは喉のなかで音を立てた。「昇進はそれに値しない者たちにとっては二倍も甘美なものとなりましょう[3]」

「いや」王が言った。「おまえを甘美だとみなす者、おまえに甘美な言葉を語る我ウィンザー家のヘンリーにとって二倍も甘美なる女に甘美だと思われているその者への褒美となるように、おまえを昇進させるのだ」

ユーダルの顔の輪郭全体が少し張りを失って下に垂れた。

「おまえはメアリー王女にラテン語を教える教師であろう」王が言った。

「わたしはその職名にほとんど値しない者でございます」ユーダルが答えた。「王女様はこのわたしさえ及ばぬほど見事にラテン語をお読みになれます」

「いや、それは嘘だ」ヘンリーが言った。「あれはわしの娘だからラテン語を読むのは上手かろう。だが、おまえほどではない」

ユーダルは頭をひょいと下げた。理に適う以上に謙遜するつもりはなかった。

「メアリー王女、イングランドのメアリー王女」王が重々しく言った。「イングランドの」という言葉にはそれ自体重みがあったので、王は再びその言葉を付け加え、「イングランドのメアリー王女はもはやおまえを必要としない。あれは立派な王子と結婚させるつもりだ」

「それはおめでたいことです。お祝い申し上げます。そうした言葉をお聞きできる日を待ちかねておりました」ユーダル先生が言った。

「従って」と王が言った。――彼の耳はマーゴットの灰色のガウンの衣擦れの音を捉えていた――「おまえにはもう我が娘の教師をしてもらわずともよくなった」

マーゴットが天幕の角の柱に括られた緑の絹のカーテンのそばをまわってやって来た。ユーダルを見ると、大きな色白の顔がゆっくりと火のように赤くなった。ゆっくりと静かに、牛のような動作で、王妃の脇に跪いた。彼女のガウンは灰色一色だったが、四角い襟首のまわりには赤と白の絹の薔薇があしらわれ、灰色の頭巾の下からは白い亜麻布が覗いていた。

「わしはおまえを昇進させ」ヘンリーがユーダルに向かって言った。「王妃付きの大法官とする。ついてはわしの財布から年間百ポンドを支給しよう。職務に励むように」

ユーダルはキャサリンの前に片膝をつき、縁なし帽も本も下に落として、王妃の手を唇のところへ持ち上げた。しかし、ユーダルがそうし終えたとき、マーゴットがキャサリンの手を摑み、強烈な圧力を加えた。

「だが、大法官殿」王が言った。「そうした重大な職務には重みのある遂行者が必要だ。おまえにもっと箔をつけるため、王妃が慈悲深くもおまえに重みのある助力者をみつけてくれた。そこで、新たな義務とそれへの報酬に触れる前に、おまえにはここに跪くマダム・マーゴットと今夜にでも結婚してもらおう」

ユーダルは大法官の称号を聞いたときから、青銅のように真っ青な顔になっていた。

「ひえー」とユーダルが声を上げた。「目の前の水を飲むことのできないタンタロス[4]の苦悶でございます」

今度はマーゴット・ポインズの顔が蒼白になり、ユーダルのほうに突き出された。マーゴットの目は柔らかな青色をしていたにもかかわらず、炎を上げているように見え、彼女が握った手への圧力は、王妃が痛みを感じるほどにきつくなっていた。

王が一言、「先生」と発した。

ユーダルの指は虫が食ったガウンの毛皮をつまみ、「神のご加護がわたしにありますように」と言った。「これが大法官以外の職であったならば！」

王の態度に厳しさが増した。

「何たることだ」と王が言った。「おまえはこの娘と結婚する気があるのか」

「あひゃー」ユーダルが泣き喚いた。彼の狼狽は喜劇的で、風が内側から揺する案山子のようだった。「もし陛下がわたしを大法官以外のものになさるのなら、結婚いたします。でも大法官だけは、いけません」

王は椅子に身をもたせかけた。思い浮かんだ嘲りが荒々しく彼の口の端に上った。ユーダル先生はたじろぎ、両手を投げ出して、王の前に平身低頭した。

「陛下」ユーダルが言った。「めっそうもないことですが、ここがプロテスタントの領土であれば、適うかもしれません。ですが、ああ、お許しいただき耳を傾けてくださいませ。お許しいただき耳を傾けてくださいませ…」

彼は頭上の絹の天蓋に向かって荒々しく片手を振った。

「パリにいる女がここにやって来るのです。神よ、お許しあれ、わたしは公言しなければなりません――まったくそうしたくないことは神もご存知ですが――もしわたしが大法官に昇進したら、パリにいる女がここにやってくるのです」

王は地震が起きたかのように「何たることだ」と言った。

「大法官以外でしたら、来ないかもしれません。それならば、わたしは誰よりもこのマーゴット・ポインズと喜んで結婚したいと思っております。ですが、わたしはこのことを喜んで公言するのではなく、とぐろ巻きにされた狐のように[5]窮地に追い込まれて言わざるをえないのですが――実は、このパリの女がわたしの妻なのです」

ヘンリーは高笑いしたが、マーゴット・ポインズはゆっくりと王妃の膝に倒れ込んだ。マーゴットは声を発することもなく、不動のまま王妃の膝に横たわっていた。それを見て、ユーダルは痙攣にかかったような激怒に襲われた。

「神よ、お導きを！」彼はどもりながら言った。「わたしはどうしたらよいのです」そう言って、外套の毛皮を引き千切り、狭間胸壁越しに放り投げ始めた。「その女がわたしの妻なのです――托鉢修道士が結婚に立ち会いました。もしここが今プロテスタントの領土なら、あるいはわたしが結婚の先約を申し立てるなら、ひえー、この女と結婚した悪しき日より前に、二十人の女と結婚の約束をしたことは、神様もご存知です」

ユーダルはすすり泣き、痩せた手を揉みしだき始めた。

「一体わたしはどうしたらよいのでしょう。わたしは不幸です。冀《こいねが》わくば、冀わくば(6)…」

彼は発言に、少し首尾一貫性を取り戻した。

「もしここがプロテスタントの国であれば、この結婚は結婚でないと言うことができましょう。托鉢修道士が結婚に立ち会ったとはいえ、王妃様が黙認してくださるなら…」ユーダルの目が切なげに王妃に嘆願した。

「ならば」と彼が言った。「この娘と結婚しないなどということは考えられません。わたしが結婚したいという証人になってください。この娘の顔がこんなに蒼ざめているのを見ると、心臓を突き刺された気分です。ルクレティウス(7)曰く、微笑みの陽光のほうが素晴らしい…」

キャサリンが苛立たしげに小さな溜め息を吐いたことで、ユーダルは口を噤んだ。

「わたしをこんなにがんじがらめにしているのは王妃様なのです」とユーダルが言った。「もし王妃様がわれわれをプロテスタントにしてくださるとか、さっきも申しましたように、このパリでの結婚を無効にするためにわたしが結婚の先約を申し立てるとかいったことをさせてくださるなら、わたしはこの娘と結婚できるのです――あひゃー、あひゃー――この女の兄がわたしの骨を折ってしまうでしょう…」

ユーダルはとても悲しげに大泣きをし始め、プルートー(8)に下界に連れ去ってもらいたいと祈願したので、王が怒鳴りつけた。

「消え失せろ、このバカ者が」

ユーダル先生が突然跪き、両手を握り合わせたので、手を覆ったガウンが手首のところまで垂れ下がった。彼は王妃に顔を向けた。

「神に誓います」ユーダルが言った。「高い地位にある全能のユピテル(9)にかけて、わたしが結婚したとき、これは結婚でないと思ったことを誓います」彼は少し思案し、パリの未亡人との結婚がこの女のたくらみによって強いられたとき、料理人の焼き串が彼に向けられたことを思い出し付け加えた。「わたしは喉に鋭い切っ先を突きつけられて結婚を強いられたのです。それだけでも結婚を無効にするのに十分ではありませんか。十分ではありませんか。十分ではありませんか」

キャサリンは外の景色を眺めた。顔は強張り、喉に唾を飲み込んだ。目はぎらぎらと冷淡に輝いていた。王は王妃の顔をちらっと見て、合図を受け取った。

「消え失せろ、ごろつき先生」王は言い、田舎風のポーズとよく合う典礼風な口調を採用した。

「神聖な托鉢修道士が立ち会い、完遂し、適正に祝福した結婚は無効にすることあたわざるなり。

おまえは学識ある者ゆえ、そのくらいのことは分かっていよう。おまえはごろつきだが、その結婚に捕らえられたことをわしは喜んでおる。おまえは女のペチコートを追い求めすぎ、わが宮廷に大きな醜聞を撒き散らした。今やおまえは昇進の機会を失い、わしはそれを喜んでいる。おまえより優れた別の者が王妃付きの大法官となるであろう。おまえより優れた別の者がこの娘と結婚することになるだろうからな。そうした立派な夫をこの娘には持たせよう――」

マーゴット・ポインズの苦悶に満ちた顔から低い陰気な泣き声が発せられ――激しい痛みに襲われた牡牛が発するような音だった――王は話を止めた。女性が苦しむのを見るに堪えないユーダルは、その音を聞くと、我を忘れたように蛮勇を奮ってこう言った。

「カエサルが行ったことを[10]」ユーダルはどもりながら言った「カエサルが行ったことを、カエサルは再び行うことができましょう。近頃は、この国では托鉢修道士による結婚の執行と完成と祝福という規範は嘲られ軽蔑されてきています。従って、今回もまた――」

キャサリン・ハワードが声をあげた。「ああ!」彼女の顔は強張り、冷たい鋼のように蒼白になった。彼女の声を聞いて、ユーダルよりもさらに女性が苦しむのを見るに耐えない王が、椅子からパッと立ち上がった。これを見て、居合わせた者たちは皆、大きな野性の牡牛がものすごい勢いで突進してくるのを見た狩人の驚きに匹敵する驚きを覚えた。ユーダルは恐怖で身を強張らせ、王がその喉元を摑んだ。王がユーダルを前後に揺すぶったので、ユーダルの破れたガウンからは本が飛び出して王妃の足の上に落ち、ユーダルの開いた手からは縁なし帽が飛び出し、狭間胸壁を越えて楡の梢に引っかかった。王は巨大な胸から意味不明の憤怒の音を発し、途方もなく大きな足を踏ん張って、ユーダルを振り回した。そのため、褐色の顔は強張り、目は据わった状態で、ユーダルは王が一歩一歩動くたびに身を引き攣らせて後ろによろめき、ついにはカーテンの後ろの目に見えないところに押し出される羽目になった。

紫色のビロードを着た王妃は不動のまま座っていた。首にかかった大メダルの鎖に片手を絡ませ、もう一方の手は何も握らないまま弱々しく脇に垂らしていた。マーゴット・ポインズが王妃の脇に跪いた。その顔は王妃の膝の上に隠され、両腕は灰色の頭巾を被った頭の先に延ばされていた。隠れた顔から弱まったはっきりしない言葉が聞こえ、やがてキャサリンが力なく言った。

「どうしたの、おまえ。一体どうしたというの」

マーゴットは口がキャサリンのほうを向くように顔を横向きに動かした。

「どうか無効にしてください。結婚を無効にしてください」マーゴットは泣きじゃくりながら言った。

キャサリンが言った。

「できません。それはできません」彼女ははっとして大声でこの言葉を発したのだが、哀れみを込めて付け足した。「あなたには分からない。あなたには分からないわ」

マーゴットにはとてもよく分かっているという事実が余計哀れみを増した。マーゴットは再び顔を隠し、間をおいて激しくしゃくり上げたかと思うと、今度は一気にしゃくり上げた。王妃は娘の頭に白い手を載せた。もう一方の手はまだ鎖を弄んでいた。

「キリストよ、お慈悲をお与えください」王妃が言った。「わたくしは陛下と結婚しなければ良かった…」

マーゴットがはっきりしない言葉を発した。

「そのほうが良かったと思うのです」王妃が言った。「自分の不滅の部分を危険にさらすよりも…」

今度はマーゴットが頭を上げて大声をあげた――

「いいえ、いいえ。そんなことを言ってはいけません」

そしてまた頭を垂れた。王が激しく息をつきながら戻ってくる音を聞くと、立ち上がり、赤くしゃくしゃになった顔に大きな涙を浮かべて、外の牧草地をまるで前に見たことがないかのようにじっと見つめた。大きなむせび泣きがマーゴットの体を揺すった。王は怒って足を踏み鳴らしたが、それでも悲しみに沈んでいる者には心優しかったので、マーゴットの肩に手をかけた。

「おまえにはもっと良いつれ合いを持たせよう」王が言った。「騎士の妻にしてやろう。どうだ！どうだ！」こう言って、王はマーゴットの大きな背中を撫でた。マーゴットの目が固くすぼみ、口があんぐりと開いたが、言葉は発せられなかった。マーゴットは突然、カッとなった子供のように首を振った。涙とともに振り放たれた大きな声は、彼女が高台を渡って遠ざかっていくにつれて消えていった。ひと声あって小さなこだまが響き、もうひと声、それからもうふた声が発せられた後のことであったが。

「まったくもって」王が言った。「あの悪党には十年間牢獄の臭い飯を食わせてやる」

王妃は未だ木々の茂った囲い地や小さな石の塀や雑木林を見渡していた。小さな雲が太陽の前に現れ、その影が屋根のない大修道院の建つ尾根に沿ってゆっくりと動いていった。

「あの侍女にはわしが与えることのできるもっとも立派な男をくれてやろう」王が言った。

「いいえ、立派な男はあの娘と結婚しようとはしないでしょう」キャサリンが力なく言った。

王が言った。

「何だと?」そして胸の前の鎖にかかった短剣を指でいじった。

「それならば」王がゆっくりと言い足した。「ユーダルを絞首刑にしてしまおう。あれは死をもって償うべき罪だ。そうしたことをすべきときだ」

キャサリンの元気ない沈黙が王をいきり立たせた。彼は肩をすくめ、深いため息をついた。

「いや」王が言った。「あの娘と結婚する男は見つかるだろう」

王妃は片手を動かして言った――

「わたくしはそうした男にあの娘を嫁がせたくはありません」と。そんなことはどうでもいいと思っているかのようだった。

「ならば女子修道院に行かせてもよいぞ」王が言った。「三ヶ月も経たぬうちに、この国にもたくさんの女子修道院ができるだろうからな」

王妃は少し虚ろに王を見つめたが、彼を喜ばせようと微笑んだ。王妃は王と結婚しなければよかったと考えていた。しかし、実際結婚しているのであってみれば、よき妻がなすべしと高貴なギリシャ人やラテン人が権威をもって命じているところを自分も行おうと考えていたのだった。王は王妃の悲しみがすべてマーゴット・ポインズに関するものだと考え、その悲しみを嘲笑った。彼は粗野な冗談を飛ばした。この娘と結婚する男が、それもたいそう立派な男が見つからないと思うのは、王妃が宮廷の流儀をよく分かっていないからだと言った。

王妃は彼女の心のなかを王がもっとうまく読むことができないことに当惑した。というのも、クレーヴズの姫君との結婚の解消に同意して王を自分と結婚できるようにしたことで、彼女の仕事はさらに難しいものになってしまったと考えていたからだった。そのことでさらに彼女への悪口が増すだろうし、この国に神の王国を取り戻すという彼女の仕事に、さらにもっと厳しく頑固な抵抗が起きるだろう、と。

ヘンリーが言った――

「わしの秘密が何なのか分からないだろう？　おまえのためにわしが今日何をしたかを」

王妃は未だ顔をそむけ国土を見渡していた。彼女はわざと顔を微笑ませた。

「ええ、分かりませんわ」

「わたくしが大好きな麝香を持ってきてくださったの？」

王は首を振った。

「それ以上のことだ」

王妃は未だに微笑んでいた。

「あなたは、あなたは、わたくしのために新しい冠を作ってくださったのではなくて？」

彼女は実際それが王のやったことではないかと恐れていた。というのも、もう何ヶ月もの間、王は冠を戴くようにと王妃に急かしていたからだった。こうしたことを好むのが王の慣わしだった。もう一度、王が首を振って「それ以上のことだ」と言ったので、彼女の心は少し晴れた。

王妃は、王が彼女のために密かに派手な行列を用意したのではないかと恐れた。というのも王妃は権力の誇示を嫌い、王妃ではなく、永久に王の最愛の友でありたいと思っていたからだった。そうなれば、王に対し、自分が絶対的な支配権を握れるだろうし、救世主の教会に反対する喧騒をはるかに少なくできるだろう、と。

王妃は自分が望み得るすべてのことに思いを巡らせた。きっと十二着のガウンを作れるほどのフランス産タフタを注文なさったに違いないと言うと、王は笑いながら、王冠以上のものだと言ったではないかと答えた。ともにスコットランドまで心地よく安全に馬に乗っていくことができるように王が大きな騎馬行列を用意したのではないかと王妃が推測すると、王は彼女がそんなに長い旅路に同行してくれようとしたことに満足して、笑い声をあげた。王は小さな目を瞬かせながら、立ち上がり、満面に誇りと喜びの表情を浮かべて彼女を見つめた。そして突然、こう言った――

「神の教会が戻ってくるのだ」王は聖なる名を口にすると同時に縁なし帽に触れた。「わしはローマ教皇に服従したのだ」

王は王妃の表情と動作から発せられる喜びのすべてを見逃すまいと、王妃の顔を食い入るように見つめた。

王妃の青い目が大きく開いた。体は椅子のなかで前のめりになった。口が少し開いた。両袖が地面に垂れた。「今や本当に、わたくしは冠を戴いたのですね！」と王妃は言い、目を閉じた。「讃えられてあれ、神の母よ(11)」と彼女は言い、手を胸元に当てた。「わたくしは夜も昼も神に呼びかけてきました(12)」

王妃は再び黙り込み、もっと前のめりになった。

「今日の日よ、讃えられてあれ。今の時よ、讃えられてあれ。我らの陣営よ、永久に讃えられてあれ(13)」

王妃は壮麗な景色を見渡し、大気を求めた。

息をつくと、「わたしは丘に目を上げました。そこからわたくしたちの救済がやって来ます(14)」と言った。

「本当に」王が言った。「すべてが明白になっていく。すべてが明白になっていく。今日はこれまでにない良き日だ」

Ⅳ章

イングランドのメアリー王女は、高台に面するアーチ形の窓が上の方に付いた部屋に、一人座っていた。この部屋はメアリーの母、キャサリン・オブ・アラゴン王妃が離縁されてこのかた、王女に与えられた最も良い部屋だった。

黒い服を着たメアリーは、窓の前の大きなテーブルについて座り、書き物をしていた。メアリーが書き物をしている用紙は、彼女の前に聳える木の説教壇にぴったりと据え付けられていた。その上方には一冊の本が開かれていた。王女のテーブルを覆う赤と青と緑の柄のサラセン絨毯の上にも、さらに三冊の本が開いていた。その右手には、しろめ製の三つの台付きインクスタンドが白い羽ペンとともに置かれていた。テーブルに敷かれた蛇のような図柄の絨毯は、部分金メッキされた王璽、パンを盛る皿、にじみ止めを入れたしろめ製の壺、木製の表紙で装丁され鎖で錠をかけられた本、銀の針金で閉じリボンで結んだ赤いビロードの表紙の本など、様々な置物の下をくねくねと見え隠れしながら広がっていた。この絨毯は青とピンク色の巨大な地球儀の下にも潜り込んでいた。

地球儀には、ローマの町を指す金のピンが刺してあった。アーチ形の窓の間の羽目板には、書かれた紙や羊皮紙を挿しておく木製の小さな棚があったが、その他の場所の壁の掛け物は、皆、淡い色に染められた絹でできていて、そのなかに濃い黒っぽい色合いのものは一つもなかった。というのも、窓が厚い壁の奥深くにはめ込まれた部屋では、そうしないと暗くなってしまうとキャサリンが考えたからだった。部屋は奥行き二五フィート、幅五〇フィートの大きさで、床の木はニスで艶出しされていた。メアリー王女の背後の壁際はといえば、台の上に高椅子が置かれていた。台の上から絨毯が始まり、その絨毯が壁を伝って、頭上で金メッキされた垂木にぶら下がっていたので、台座と天蓋が形成されていた。

メアリー王女はそのどれ一つとて自分のものでないかのように、陰鬱そうにその部屋に座っていた。本を覗き込み、紙にメモし、手を伸ばして一切れのパンを取り、口に頬張り、それを急いで飲み込み、また書き物をし、それからまた食べた。メアリーを襲う絶え間のない飢えは、彼女の内臓を蝕んでいた。

金髪の小さな男の子が奥行きの深い窓のなかに置かれた極めて薄いガラスの花瓶に挿されたセキチクの花の匂いを嗅ごうとつま先立ちしていた。ステンドグラスに描かれた盾が、少年の未熟な頭部に小さな赤紫の斑点を投げかけた。少年は角張った紫一色の服を着て、首には小さな鎖や大メダル、金の鞘のついた小さな短剣をかけていた。一方の手には一枚の紙、もう一方の手には鉛筆を持っていた。メアリー王女は書き物をしていた。男の子は静粛を心がけるかのような表情で、メアリーの肘の近くにつま先立ちで歩いて行った。そして長い間じっと目を凝らしてメアリーが書くのを見つめた。

一度、少年が言った。「お姉様、僕は――」しかし、メアリーは少しも注意を払わなかった。しばらくして、メアリーが冷たく少年の顔を見つめると、少年はテーブルに沿って歩いて行き、そっと指で地球儀をなぞり、書物に触れ、メアリーのもとに戻った。それからため息をついて言った。

「お姉様、王妃様がお姉様に質問してくるようにと僕に言われたのです」

メアリーは少年のほうを振り向いた。

「王妃様の質問はこうです」少年は物怖じせずに言った。「*Cur* ―何故― *nunquam* ―決して― *rides* ―あなたはお笑いにならないのですか― *cum* ―ときに― *ego, frater tuus* ―あなたの弟のわたしが― *ludo* ―遊んでいる― *in camera tua* ―あなたの部屋で」

「小さな王子様」メアリーが言った。「あなたはわたしが恐くないのですか」

「ええ、恐いです」王子が答えた。

「それでは王妃様にお伝えなさい」王女が言った。「*Domina Maria* ―メアリー王女は― *ridet nunquam* ―決して笑いません― *quod* ―何故ならば― *timoris radio* ―わたしの恐怖の理由は― *bona et satis* ―十分に謂れがあるからです、と」

少年は小さな頭を傾げた。

「王妃様は僕にこう言うようにお命じになりました」少年は物怖じせぬ小さな声で言った。「『聖書にはこう書かれています。*Ecce quam bonum et dignum est fratres — fratres —*[1]』」少年は困惑した様子なしに言いよどみ、付け足した。「言葉を忘れてしまいました」

「ええ」メアリーが言った。「この地ではもう長いことその言葉は忘れられたままです。思い出すには遅すぎると思いますわ」

メアリーは長い間じっと少年を見つめていた。それから少年の持つ紙を受け取るために手を伸ばした。

「殿下、わたしが手本を作って差し上げましょう」

メアリーは少年の紙を取って書いた。

「*Malo malo malâ*[2]」

少年は首を傾げながら、それをふっくらした手に取った。

「解釈できません」少年が言った。

「まあ、よく考えて御覧なさい」メアリーが答えた。「あなたの年だった頃の二年も前から、わたしはそれを知っていましたよ。それでも、あなたよりひどく叩かれましたけれど、ね」

少年は自分の小さな腕を摩った。

「僕も十分に叩かれています」少年が言った。

「鞭打ちがどんなものか知らないでしょう」メアリーが返答した。

「それではお姉様は厳しい子供時代を過ごされたのですね」少年が発言した。

「立派な母がいました」メアリーは少年の話を遮った。

メアリーは再び書き物に顔を向けた。その顔は苦々しげに強張っていた。小さな王子は台の上の椅子にゆっくりとよじ登った。元気に身を動かし、座布団の上で身を丸めた。その間ずっと、少年は眉を顰めて紙の上の言葉をしげしげと見つめた。それから肩をすくめると、片膝の上にその紙を置き、文字を書き始めた。

その当時、メアリー王女は未だ私生児と呼ばれていた。だが、ほとんどの人々は過酷な運命もやがて祝福へと変わるだろうと思っていた。王女に大きな敬意が示されてきていて、それは王女の部屋の家具類、王女の衣装の素晴らしさ、王女に仕える侍女の数の増加、食べるために与えられる甘味の量から明らかだと噂されていた。王女がいつも過ごすと思われる主たる部屋に設えられた台付きの椅子に非常に多くの人たちが目を留めたばかりか、王女の侍女たちが王女様は決してそこに座らないと言ったにもかかわらず、たいていの人々は、王女が王と協定を結んでいて、王に敬意を表し、自分は本来自分のものと思っている地位に返り咲くつもりだろうと信じた。国内でも国外でも王女はもはや王に謀叛を企んでいないと考えられた。少なくとも王女には彼女を見張るスパイが付かなくなっていた。ただ、大司教の従者ラセルズが王女の居所や侍女たちのまわりを嗅ぎ回っているのが注目された。それでもラセルズはいつでもどこかを探り回っていたし、大司教の活躍できる期間も残り少ないと思われていたので、ラセルズは重要人物とは見なされなかった。実際、クロムウェルの没落以降、宮廷にはほとんど、あるいはほとんどまったくスパイがいなくなった。スパイたちがウィンチェスターの司教ガードナーの身に起こったことを書き留めたことは知られていた。だが、ウィンチェスターは自分の司教区に戻り、ほとんど恩恵を受けることもなかったようだった。新王妃を昇進させるのに尽力したとの好意的な主張がなされたにもかかわらず、である。従って、概して男たちは――女たちもまた――王璽尚書没落以前の時代よりもずっと自由に空気を吸えるようになっていた。王妃はほとんど変革を行うことがなかったし、変革を考えてもいないようだった。王妃の親族たちで昇進した者はほとんどいなかった。迫害を受けたプロテスタント信徒もほとんどいなかった一方、多くのカトリック教徒が牢獄から釈放された。そのなかでもっとも目立ったのは、クランマー大司教が礼拝堂付き司祭兼聴罪師として雇った男(3)だったが、その他の貴族たちもその他の囚人を牢獄から連れ出し、自分のそばに侍らせたのだった。

　全体として、クロムウェルの没落後の数ヶ月は、静かに過ぎて行った。キャサリンがハンプトン宮殿で王妃としてお披露目されて以来、王と王妃は頻繁にミサに通い、聖人の祝日や聖マリアの生涯におけるお祝いが、以前のような断食と共に、注意深く守られたのだった。しかし、王が王妃をとても可愛がったことから、王妃をよく知る者たちや王妃の家来をよく知る者たちは大きな変化を期待していた。大いに勇気づけられる者もいれば、大いに恐れる者もあったが、ほとんどすべての者が、一息つける時間を与えてくれたその夏を心から嬉しく思っていた。天気も大方好く、小麦がよく実り、疫病やおこりは広がらなかった。

こうして、たいていの男たちは、新しい王妃がこの北部まで旅を進めたのを見て心から喜んだ。王妃は王の傍らを白い馬に乗って進んだ。会いに来た何人かの名前を訊ねた。見目麗しい姿だった。王は多くの重罪犯を許した。そこで、その妻たちや母たちも喜んだ。そして、たいていの老人が、ビールの値が下がり、ニシンの漁獲量が三割増し、良い時代が再び到来したと言った。ヘレフォードシャー州のリンゴ搾り器が、リンゴをなかに入れないのに、十二ファーキン[4]のリンゴ酒を滴らせたと噂され、これは大豊作の予兆だと見なされた。一方、多くの羊が死に、畑を草で埋もれさせていた男たちは、土地をもう一度、耕作用に戻すことについて話し合った。すると聖スウィジンの祝日[5]に雨は降らなかった。こうした事が皆、大きな満足を与え、辛い時代により良い生活を求めてルター派信徒になろうと思った多くの者たちが、今や牛小屋や隠れた谷を覗き、旧教の司祭を探し求めた。人は畑を耕せば、食べていくことができ、食べていくことができれば、新しい信仰のみならず父親から受け継いだ方法で神を敬うことができるのである。

こうして、今、書き物をしているメアリー王女のまわりで、国民たちはこれまでよりも安らかな気分で空気を吸っていた。そしてメアリー王女さえもが、新たな和らぎを意識せずにはいられなかった。たとえ、それが、窓の鉛枠をきちんと修繕してもらったことによる暖かさであったにすぎなかったにしても。書くときに手が温まっていることがどういうものなのか、王女はこれまでほとんど知らなかったし、屋外でも室内でも、ほとんど一年中、毛皮を肌に直接着けていた。しかし、今太陽が王女の新しい窓に照りつけ、その暖かさのなかで、薄いローン織りの服を着られるようになったので、王女は我知らず、楽しい気分になり、心和らいでいた。ただ、王女はユーダル先生以外の誰とも話さなかったし、ユーダル先生に対しても、プラウトゥスの作品と一緒に興ずるトランプ遊びのことしか話さなかったので、王女に生じた変化に気づいた者はほとんどいなかった。

それにもかかわらず、王女はその日、いつもより機嫌が悪く、やがて、もう少し書き物をした後で、ふくらんだスカートをはいたオランダ女性の形をした銀の鈴を鳴らした。

「王子様がわたしを困らせるのです」王女が侍女に言った。「王子様の家庭教師を呼んで来なさい」

王女のように黒ずくめの服を着、尼僧のようにこめかみの上に白い布の小さなひだ飾りを付けた侍女は、メアリー王女の椅子とちょうど同じ高さに開いた戸口に立っていたので、廊下の石壁に窓から差し込む光が当たっていた。侍女は体の前に両手を組み合わせた。

「遺憾ながら、王女様」侍女が言った。「王女様も知っていらっしゃるように、王子様の家庭教師はちょうどこの時間、散歩に出ております」

椅子に座った小さな少年は、持っている紙越しに、姉を見た。

「それでは王子様のお医者様を呼んで来なさい」メアリーが言った。

「遺憾ながら、お姉様」少年は侍女が動く前に言った。「僕の医者は病気です。*Jacet* ―彼は寝ています― *cubiculo* ―彼のベッドのなかで」

メアリー王女は少年のほうを振り向こうともしなかった。

「それでは」メアリー王女は冷たく言葉を発した。「自分の部屋にさっさとお戻りなさい、王子様」

「遺憾ながら、お姉様」少年が答えた。「誰かに殺害されるといけないので、僕が廊下を一人で歩いてはいけないことになっているのは、お姉様もご存知でしょう。それにまた、誰かに毒殺されるといけないので、僕は王妃様かお姉様か叔父様たちか家庭教師かお医者様のうちの誰かと一緒のところにいなければならないのです」

「それでは、わたしとトランプ遊びをするようユーダル先生を呼んで頂戴」メアリー王女が言った。「王子様が部屋にいると勉強ができないのです」

少年ははっきりした甲高い声で話した。侍女は目を伏せ、少し身を震わせた。一つには、こんなにいたいけな疲れ切った子供が魔法にかけられたかのように長い台詞をしゃべるのを聞いたため――侍女たちの間では王子は邪眼ににらまれ魔法にかけられたのだという噂が流れていた――今一つには、女主人が病的な気分にとりつかれているのを見て取り、怖くなったためであった。

「遺憾ながら」侍女が言った。侍女は血色がよく、黒い瞳をしていたが、口ごもると、頬から赤らみが失せた。メアリー王女が冷たく侍女を眺め回した。というのも、王女は苦痛を与えたい気分だった。そこで何も言葉を発しなかった。

「遺憾ながら、遺憾ながら――」侍女がすすり泣いた。食糧の配給の制限やたくさんの鞭打ちを王女から受けるのではないかとひどく恐れたのだった。見習い僧である恋人が彼女のもとを去らねばならないと言い出してから、彼女は狼狽と悲しみに心が張り裂けんばかりの状態だった。ユーダル先生が女たらしを仕出かし、王が今後恋人はすべて牢にぶち込まれるべしと言ったという噂が流れていた。「ユーダル先生は投獄されました」と侍女が言った。

「何故です」王女は感情を込めずにただその一言を発した。

「分かりません。分かりません」と侍女が泣き叫んだ。

大司教の従者の影が彼女の背後を音もなく滑って行った。男は戸口からなかの様子を横目づかいで射抜くようにちらっと見て、赤褐色の狐のように去って行った。男はとても狐に似ていたので、メアリー王女は口を開くと、こう言った――

「あの従者を捕獲しなさい」

男は息を切らしている侍女によってドアの敷居のところに連れてこられた。侍女が息を切らしていたのは、男があまりにも早足に去って行こうとしていたからだった。男は目を瞬き、狐色のあご髭を撫でながら立っていた。メアリー王女が部屋のなかに入るよう合図すると、男は帽子を脱ぎ、ほっそりした脚を折って跪いた。男は王女が立ち上がるよう命じるものと期待したが、王女は男をそこに跪かせたままにしておいた。

「わたしの秘書官はどうして牢屋に入れられているのです」王女は冷酷に訊ねた。

男は脇の床に置いたふちなし帽の縁に指を走らせた。

「彼が投獄されたことは知っております」男は言った。「ですが、その理由は存じ上げません」

男は床に目を伏せ、王女は男の垂れた瞼を見下ろした。

「何たることです」王女が嘲るように言った。「あなたはスパイなのに、王妃の娘が知っていることくらいしか知らないのですか」

「何たることでしょう」男は真顔で王女の言った言葉を繰り返し、瞼に一本の指を触れた。「起こった事、王様と彼との間で起こった事のためです。世間で言われていること以上には存じません」

「世間で言われていることですって？」王女が言った。「きっとあなたは高台をこそこそと歩き回っていたのでしょう。王の口から出た言葉を聞いたに違いありません。あなたはここまで付いて来て、わたしがこの件についてどう思うかドアの穴に耳を当てていたのでしょう」

片方の瞼が微妙に動いたが、男は何も言わなかった。メアリー王女が背を向けたので、男は王女が立ち去るよう命じるのではないかと期待した。しかし王女は再び向き直り――

「世間で言われていることですって？」と、もう一度繰り返した。「それでは、王妃様がこの小さな王子を毎日送ってよこし、二時間わたしと二人きりにしておくことについて世間でどう言われているか、わたしに話して聞かせなさい」

男は再び眉を顰めた。

「世間で言われていることを聞かせなさい」

「王妃様が姉と小さな弟の王子様を一緒にさせようとなさるのを世間一般は賞賛しております」

王女は凝った肩を耳に届くほどに大きくすくめた。

「スパイにしては随分と嘘が下手ですのね！」王女が言った。「もっと一般的に世間の噂では」

――そう言いながら王女は小さな王子のほうを向いた――「王妃様があなたをここへ送る理由は、わたしがあなたに悪さを働き、あなたが死んで、王妃様の御子があなたの父である王の後、王位に就くようにするためだと言われています」

小さな王子は憂いを帯びた目で姉を見た。ちょうどそのとき、キャサリン・ハワードが部屋のドアのところにやって来て、なかを覗いた。

「これはたまげたわ」メアリー王女が言った。「ここであなたは大逆罪を犯すスパイを密かに見張っていたわけね。わたしに跪くのは未だに大逆罪ですものね。わたしは私生児で、王家の血筋の者とは見なされていないのですから」

キャサリンは悪意の塊となった娘に微笑を向けた。

「入ってもよろしいかしら」キャサリンが言った。

「王妃様の哀れな部屋は」メアリーが言った。「いつでも王妃様のために開かれております。*Ubi venis ibi tibi*――あなたが行くところ、皆あなたのための場所ですもの」

王妃は侍女たちに出て行くように命じた。部屋に入り、ラセルズを見た。

「あなたの顔は見覚えがあるわ」王妃が言った。

「わたしは大司教のしがない従者です」男が答えた。「わたしを見たことがおありなのでしょう」

「いえ、そういうことではありません」王妃が言った。「もっと昔のことです」

王妃は部屋を横切って行き、窓辺のセキチクの匂いを嗅いだ。

「花々は何と育ちが遅いのでしょう」王妃が言った。「八月だというのに、ここではまだ春の香りがするわ」

ここはメアリー王女の部屋だったので、キャサリンは自分で従者に向かって立ち上がり出て行くように命じるのは気が進まなかった。

「王妃様のいらっしゃるところには春が留まります」メアリーが嘲るかのように言った。「ご覧なさい、奇跡がかつてのようにあるのを、ヨシュア王よ(6)」

小さな王子が王妃に花を強請《ねだ》ろうとして、おどおどとやって来たので、皆がスパイに背を向けることとなった。スパイは両手であご髭を撫で、王妃の言葉に思いを巡らせた。それから素早く立ち上がると、ドアを抜けて去って行った。男は王妃に跪いている姿を見られるくらいなら、メアリー王女の後の復讐に敢然と立ち向かうほうを選択する気になったのだった。というのも、実際、メアリー王女の前で跪くのは大逆罪だったからである。王の娘が日々新たに評判を貶める機運にさらされていたその昔、こうした宣告はなされたのだった。今では、大逆罪の刑罰が今も実施されるのかどうか誰も分からなかった。王妃が大司教を好いていないのは確かだった。大司教の手下がこびているかのように跪いていたという事実を何かに利用しないとも限らなかった。近頃では、王がそばにいようとも、皆、メアリー王女の前で跪くのだが。ラセルズは急いで去って行きながら自分をののしった。

王妃が肩越しに振り返ると、戸口の側柱の間を通り過ぎる男の赤い踵がキラッと光るのが目に留まった。

「北部では」と王妃は言い、ラセルズが逃げ出したのを見て喜んだ。「四季はいつも遅れてやって来ます」

「まあ、陛下は遅れることなく咲き誇っていますわ」メアリーが言った。

からかいたい気分のときには、いつも、話のいたる箇所で、王妃を王妃様とか陛下と呼ぶのが、メアリーの気質の一部だった。

キャサリンはセキチクを熱心に眺めた。無表情に。彼女は快く我慢すると同時に、我慢を顔に表さないように心に決めていたのだった。

小さな王子が手を王妃の手にそっと差し込んだ。

「どうして、僕の父― *rex pater meus* ―は、長い外套を着た男を拳で何度も打っていたのですか」王子が訊ねた。

「それでは知っていたのですね」キャサリンは継娘に訊ねた。

「わたしは知りませんでした」メアリー王女が答えた。

「僕はこの窓から見ましたが、お姉様は見ようとしませんでした」王子が言った。

王妃がドアを閉めに行こうとすると、小さな少年が小走りして後ろからついて来たが、行く先には王がいた。

「これはこれは、自分の城で締め出しは食わされんぞ」王が楽しげに言った。

ほとんどの事がうまくいき、国土が平穏に治められたこの時期、あご髭に隠れた王の顔は、ますます丸みを帯び、滑らかな輪郭を描くようになっていた。動きも二年前より性急でなくなり、いったん仕事を投げ出すと、それは放棄され忘れ去られたため、王は時折ぶらぶら歩く暇をもつ大変忙しい男というふうにみえた。

「三十分後」王が言った。「わしはスコットランド王と会うために北に向けて出発する。こんな長い旅はせずに、そなたと一緒にいたいものだ。ここは楽しいところだ。空気が活気を与えてくれる」王は小さな息子の脇の下を捕えると、自分の紫色の肩の上に持ち上げた。「おい、王子さん、今日はどんな知らせがある？」

小さなエドワードは父親のボンネットを引っぱって取り、大きな額と小さな目をもっとよく見えるようにした。

「お父様が長いガウンを着た男を拳で何度も打っていると僕はお姉様に教えてあげたのです。ラテン語では長いガウンを何と言うのでしたっけ？」王子は王のこめかみの髪の毛を、優美に、もの憂げに弄んだ。父親が長いガウンは *doctorum toga* と呼んだらよいかもしれないと言うと、王子は「でも、お姉様は見に来ようとしませんでした」と付け加えた。

「ああ、おまえの姉はすごく学問好きな娘だからな」王が重々しい優しさを込めて言った。「本のもとを離れられなかったのであろう」

メアリー王女は、辱めを受けたかのように、体を強張らせて立っていた。両手を前に組み合わして、黒いスカートの襞がゴワゴワとちょうど床まで届いていた。王女は唇をすぼめ、話すのを自制しようと努めていた。軽蔑を示したかったのだ。しかし、自制するにはあまりにも機嫌が悪すぎた。

「わたしは、本は読みませんでした。できなかったからです」王女は感情が麻痺したような口調で言った。「あなたの息子がわたしの読書を妨げたのです。でも、見に行こうとはしませんでした。見る気がなかったからです」

高いところに座る少年の小さな腰に一方の腕を回し、もう一方の手で小さな足を押さえている王が、突然カッとなって娘を睨んだ。というのも、息子に対して侮蔑的な言葉が使われると、王の心には怒りと驚きが沸々と湧きあがってくるのだった。王は口を開いて叫んだ。キャサリン・ハワードは、テーブルの上の、星座が描かれた真鍮の球体を、ゆっくりと回していた。色白の顔を王のほうへ向け、唇に指を当てた。王は肩をすくめ、それと一緒に乗っていた王子やその他すべてのものが上に動いた。王の顔には、自分が愚かな激情に駆られそうになっていることを女に思い出させられた男の、半ば恥じ入り、半ば諦めたかのような表情が浮かんでいた。

このときまでにキャサリンは、メアリーがこうした気分のときにどう対処したらよいか、王に教え込んでいた。そこで、王は何も言葉を発しなかった。

「この王子がわたしの部屋で遊ぶことがわたしには気に入らないのです」メアリー王女は無慈悲にも王を追い詰めた。しかし、王はよく教え込まれていたので、ただこう答えた――

「そのことはキャットと話し合いなさい。王子をここへ寄こすのは、わたしではなくキャットなのだから」

それでも彼はあまりにも横柄な男だったので、完全に黙ってはいられなかった。その上、彼は全体にとても満足していたので、自分の感情を抑えることができる長いスピーチを行ったほうがさらにうまく自制できると確信し、小さな息子を肩から下ろすと、絨毯の上に両脚を広げて立った。

「よいか、モル」王が言った。「仲良くしよう」そして大きな手を差し伸べた。王女は傍目には分からないくらいに肩をすくめた。

「この国の王であり、ここの法律に定められている教会の最高首長であるかたにわたしは膝を屈します。それ以上わたしに何をお求めになりますか」

「よいか、モル」王が言った。

王は胸にかかったメダルを指でいじり、言葉をあれこれと思案した。

「この国に平和をもたらそうではないか」王が言った。「もう実現も間近だ」

王女はわずかな軽蔑を込めて目を見開いた。

「多くはおまえにかかっているのだ」王が言葉を継いだ。「よいか。おまえに状況全体を話して聞かせよう」

ゆっくりと賢明に、王は複雑な政策を一つ一つ解説していった。「教皇への手紙が下書きされ、清書される手はずになっている。だが、それを送る前に、国外からの脅威がないことが確実にならなければならない。こういうことだ――」

「おまえも知っていよう」王が言った。「あいつとおまえとわし自身の間には、かつて大きな論争があったが、わしの心はおまえの従兄に当たるわしの甥のほうにかなり傾いてきている。現在、キリスト教圏内で、とにかくわしに立ち向かい、この国を侵略するだけの強さを持っているのは、あいつとフランスだけだ。だが、フランスのことは、わしは好かん。一方、あいつのことはかなり好きになってきておる」

「それでは、陛下は寛大になったのですわ」メアリーが言った。「歳をとって寛大に！　陛下はわたしが従兄と結託して、また従兄がわたしと結託して、陛下に陰謀を企てたことを知っているのですから」

「それは大昔の話だ」王が言った。「わしとあいつと同様に、そんなことは忘れなさい」

「陛下は日時計の針が動く日向にお暮らしです。ですが、わたしは時が静止している陰のなかに暮らしています。わたしにとって、それは日々、更新される話なのです」とメアリー王女が答えた。

王の顔に、忍耐と諦めの表情が浮かんだ。そのことがメアリー王女をいらだたせた。というのも、父親がこんな様子のときに彼を動かすのは、いつも、とても難しいということをメアリー王女は知っていたからだった。

「いや、世界全体が忘れておる」王が言った。

「わたしだけは別です」メアリー王女が答えた。「私には片親しかいませんでした――母親だけけしか。母は亡くなりました。殺されたのです」

「わしに陰謀を企てたおまえの従兄をわしは許した」王は自分の話に固執した。「あいつもわしがおまえの母にしたことを許した」

「ああ、あの人はいつもおしゃべりばかりしている、見てくれだけの男ですもの」メアリー王女が言った。

「最近まで」ヘンリー王が続けた。「おまえも知っての通り、あいつはフランスのフランソワと親密だった。あいつはフランスを横断してネーデルランドに入った。それほど彼らの同盟は強固だった。フランスの言葉を信じるなど、もってのほかだと思うがな。オランダ全体が驚いていた」

「それがわたしとどう関係するのです?」メアリー王女が言った。「陛下はわたしをフランス経由でネーデルランド入りさせたいのですか」

王は王女の嘲りを無視した。

「だが、この数ヶ月の間に」王が言った。「キャットとわしは真実の伝言と忠誠心から出た思いつきを用いてこの同盟を弱めてきた」

「あら、わたしの聞いたところでは」メアリーが言った。「陛下はノーフォーク公を送ってフランス王に伝えたそうですわね。わたしの従兄が二人のうち自分のほうがより偉大な王だと密かに言ったということを。これが立派な君主たちのすることだとは!」

「あれは神聖ならざる同盟だったのだ」ヘンリーが言葉を続けた。「というのも、皇帝はとても立派なキリスト教徒で、教会の忠実な息子だが、フランソワは悪魔を崇拝しておる――そう言われているのを聞いたことがあるし、わしもそう思っている――奴は、少なくとも、神や救世主の存在を信じておらん。教会に忠誠を捧げるのは、自分に役立つときだけだ。しがみついていたかと思うと、突如、投げ出してしまう。この同盟が解消されそうなので、わしは嬉しく思っておる」

「はい、陛下がそのようにおっしゃるのを聞いてわたしも嬉しく思っております」とメアリーが苦々しげに言った。「陛下は母なる教会の立派な息子でございますから」

王は肩をすくめて娘の嘲笑を受け入れた。

「わしはこの同盟が解消されたか解消されつつあるのを喜んでいる」王が言った。「もし同盟が完全に解消されれば、わしはローマと和解するつもりだ。そして、わしはその日を待ち望んでいる。もう過ちはうんざりだからな」

「まあ、それはまたご立派なお話ですこと」メアリーが言った。「陛下が地獄の炎を逃れようというお気持ちになっていらっしゃることを嬉しく思いますわ。でも、それがわたしに何の関わりがあるというのでしょう」

「その実現はおまえにかかっているのだ」王が言った。「わしの本当の気持ちをおまえの従兄に信じさせることができるのは、おまえだけ、なのだから」

「何ということでしょう」メアリーが言った。

「いいか、モル」王が懸命に話に割り込んだ。「もしおまえがスペインの皇太子(7)と結婚すれば

――」

「よしてください」メアリーがひょうきんに言った。「従兄の息子はわたしのような私生児とは結婚なさらないでしょう」

王は王女の戯言を片手を振ってはねつけた。

「いいか」と王が言った。「わしはスコットランド王と会うために北に旅に出る。あの、わしの甥は常にフランソワと親密にしてきた。だが、わしは甥と仲良くしようと思っている。いいか、スコットランド王を切り離し、皇帝を背かせれば、フランソワの牙は抜かれるのだ。キリスト教圏内がこぞってわしに向けて武装している状況では、教皇に手紙を送ることはできぬ。だが、連中が仲違いしておれば、わしには充分な力があることになる」

「まあ、結構なこと！」メアリー王女が言った。「へりくだるのに充分な力ということかしら！」

メアリーの目からは火花が発せられ、その胸が激しく上下したので、キャサリンは気遣わしげに素早く二人の間に割って入った。

「いいか、モル」王が言った。「わしがおまえに行った不徳については忘れてくれ。そうすれば、また黄金時代がやって来るだろう。もう一度、満足した農夫たちや杭の上を這うブドウの蔓の広がりで満たされた深き平和が訪れるであろう。そして、またもう一度『来たり給え、創造主なる聖霊よ』[8]がこの国で歌われるであろう。そして、またもう一度、おまえには大きな名誉が与えられるであろう。いや、この国を救った者としての名誉が与えられるであろう」

メアリーが叫んだ――

「うるさい！」とても甲高い声だったので、王の声はそのなかに飲み込まれてしまった。キャサリン・ハワードが急いで二人の間に割って入ったが、メアリーは彼女を押し退け、キャサリンの肩越しに話した。

「神かけて」メアリーが言った。「ご自分がわたしを不法に生んだ王であることを、わたしに忘れさせようというのですか」

キャサリンは王のほうを向いて、彼を部屋から出て行かそうとした。しかし、王はまだ娘を説得できると考え、一歩も引かず、メアリーと同じようにキャサリンの肩越しに相手を睨んだ。

「本当に！」メアリーが言った。「本当に！　わたしをそんなに卑しい人間とお考えなのですか！」メアリーは身を震わせてヘンリーを睨んだ。「ペコペコし、人をおだて、嘘つきの君主同士を張り合わせることによって、わたしの母を生き返らせることができるというのですか。陛下は嘘でわたしの母を殺しました。さもなければ、陛下の部下が毒殺したのです。どちらでも同じことです。それでいて、私生児だと宣告したわたしのところへ、今度はご自分の魂を救うためにやって来ようというのですか」

メアリーの口調には激しい憎悪がこもっていたので、王は一言も発せなかった。そこで、メアリー王女が急いで言葉を続けた。

「男がそんな鈍感な悪党になれるとは。自分の娘を買収して天国に忍び込もうだなんて！　へりくだれる強さをもてるまで、一人の君主について、また別の君主についてと、嘘を重ね、自分の身を強めることで、天国に忍び込もうだなんて！　それでも王ですか！　男ですか！　そんな男は軽蔑いたします」

メアリーは深いため息をついた。

「陛下は何を餌にしてわたしを買収しようというのです？　従兄の息子を使ってですか？　何と、彼はわたしの母の大義を放棄してしまったのですよ。あんな王子と結婚するくらいなら鷹匠と結婚するほうがまだましです。陛下はわたしをもう私生児と言わせないおつもりなのですか？　こんなにご立派な王様に認知されて、と言われるより、私生児と呼ばれるほうがまだましです。わたしを金襴で包んで高位につけるおつもりですか。ああ、神様、天の太陽がそうした卑しさを見てしまったからには、わたしは物陰の小さな一画のみを求めましょう。何とまあ。わたしの母を王妃でないとした布告を取り消すおつもりですか。何と、何ということでしょう。母の死後の名声を高めようというのですか。布告をもって、ですか？　陛下が発する布告の全てが、母をより神聖にすることができるというのですか。陛下がわたしの母を王妃でないと言い渡したとき、誰がそれを信じたでしょう。今、陛下が母は王妃であったと言い渡したとしても、誰がそれを信じるでしょう。そんなことには手を出さないで頂きたいわ。陛下の妃だったということは穢れ以外の何物でもないのですから」

こうしたことを話すのは、メアリーにとって大変愉快なことだったので、弁舌も爽やかだった。

「わたしを買収することはできません」メアリーが冷静に言った。「陛下はわたしが必要とするものを何一つ与えては下さらないのですから」

しかし、王は娘の話に慣れていたので、こんなに反抗的な娘を見ることはめったになかったが、まだその話を無視することができた。

「ふむ」王が言った。「おまえはわしがユーダルを牢屋に入れたことを怒っているのだろう――」

「それに」とメアリー王女が自分の話を続行した。というのも、王と王妃に苦痛を与えようと考えたからだった。「陛下はわたしの従兄に誠実なる好意を抱いていると、どうして良心に恥じずして言えましょう。確かに陛下はわたしの従兄に好意を抱いていらっしゃると思います。この女性がそうさせたのですから。ですが、この女性が陛下に強い影響を及ぼせるのもいつまででしょう？きっとスコットランド王は陛下のために新しい女を用意していることでしょう。その女はフランス寄りの人物でしょうね。何しろ、スコットランド王はフランス王の手下ですからね」

王の口が引き攣って開いたが、キャサリン・ハワードがすぐさま手でその口を覆った。

「陛下はまもなく馬に乗って行かなければなりません」キャサリンが言った。「わたしの私室に軽食を用意させてあります」彼女はチューダー家の人間の激しい気性にもう慣れていた。「陛下にはまだ、裂いた牛たちをどう処分するか指示をして頂かねばなりませんわ」

小さな王子が父親の手を握り、キャサリンが王子の肩に優しく手を当てて押しながら、三人一緒にドアから出て行くとき、王子が言った――

「お姉様があのような気分のときに話しかけても、ほとんど良いことはないと思っていました」

回廊に出た王は軽い不安の表情を浮かべて妻を見た。

「おまえはわしが間違ったことをしたと思っているのだろう」

キャサリンは答えた――

「いえ、そんなことはありません。王女様も陛下がおっしゃったことを、いつか理解されるようになるに違いありません。もう過ぎたことです。とにかく、陛下を興奮したままにさせて置きたくはありません。汗をかいたまま乗馬を始めるのは良くないことです。あと一時間は出発させるわけにはまいりません」

この言葉は王を喜ばせた。というのも、妻が行って欲しくないと思っているのだと王は考えたからだった。

メアリー王女は自分の部屋で椅子に深く座り、天井に向けて冷たく微笑んだ。

「本当に」王女が言った。「あの男は母と出会う前にあの娘と結婚していたら良かったのよ」しかし、王が母を亡き者とする前に、母はアラゴン生まれの誇りをもって、きっと王に辛い時間を与えただろうと思い直し、それに喜びを見出したのだった。キャサリン・オブ・アラゴンは、亭主をとことん研究し、意のままに操るキャサリン・ハワードではなかった。メアリーはロザリオを傍らの掛け釘から取り、気を落ち着けるために四半時祈りを唱えた。

V章

王とその臣下たちが去った後、城には深い静寂が訪れた。王妃は城のなかのことすべて、国内のことのほとんどを取り仕切った。彼女の下には大司教と何人かの評議会議員の貴族たちがいて、ほとんど毎日、一番大きい広間の長いテーブルのまわりに集い、その後、署名や認可を求めて、たくさんの書類を王妃のところに運んできた。だが、その書類は目下建築中のさまざまな城の勘定書がほとんどで、その他、国王が海外に送った使節からの書簡がわずかに交じっていた。概して、騒動はほとんどなかった。ただ、皇帝カール五世(1)がアレマンとドイツのプロテスタント諸侯を攻め立てようとしていた。それは良い知らせだった。大きな城には七百名近くの者がおり、その大部分が女性だったが、城のなかは空っぽのように見えた。上部の胸壁の高いところで、衛兵がだるそうに警備を続けていた。時に王妃は侍女たちや何人かの貴族たちと一緒に鷹狩りをしに馬で出かけた。雨のときには、侍女たちとともに古典作家の書き物を読み、ラテン語が上達するようにと侍女たちを指導した。この国で長年続いた女性たちの古典語学習の流行を作り上げたのが、まさに彼女だった。

これを遂行するのに、ユーダル先生がいないことは残念なことだった。というのも、侍女たちは誰よりもユーダルの言葉に聞く耳をもっただろうからだ。彼女たちは近頃ギリシャ語からラテン語に翻訳されたルキアノスの『本当の話』(2)を読んでいた。

キャサリンの頭に一番にあったのは、王が教皇に宛てる手紙のことだった。地下室では、大司教とラセルズが何日もこの非常に長い書き物の執筆に励んでいた。しかし、彼らはその手紙を彼女には適当とは思えないほどにへりくだったものにしていた。というのもキャサリンは王に這い蹲ってもらいたくはなかったのだ。泥のなかで腹這うかのような真似はして欲しくなかった。キャサリンはそう大司教に伝えた。ヘンリーは悔恨と悔い改め、許しへの期待と改心の約束を示す予定だった。しかし、ヘンリーは大変偉大な王であり、立派な業績をあげてきた。また、下書きは俗語で書かれていたので、キャサリンはそれを自分でラテン語に直すことに取りかかった。というのも、彼女は自分が城内で最高の古典語学者だと自負していたからだった。

しかし、その点でも、キャサリンはユーダル先生がいないことを残念に思い、ついには人を遣って、ユーダルを牢獄から自分が愛用する控えの間へと呼び寄せた。そこは天井の高い、長細い部屋で、メアリー王女の部屋にあったのと同じような椅子と壇が置かれていた。これよりも大きな寝室に通じていて、厚い壁のなかには小さいが明るい深い窓が開いていた。その窓からは青い空しか見えなかった。それほど高いところにあったのだった。ロッチフォード夫人と一緒のことが多かったが、この控えの間で、キャサリンはよくスツールに腰かけ、膝に羊皮紙を載せ、侍女に縫い物をさせながら、書き物をした。王が最近、二十四個の繻子のキルトをプレゼントしてくれていた。侍女たちの多くは画廊に座って、トランプをしたり、羊毛を紡いだりしていたが、キャサリンはそこには座らなかった。というのも、自分がいないほうが、侍女たちはもっと自由に話せ、もっと楽しめるだろうと考えたからだった。キャサリンはヨークシャーに侍女たちを連れて行ってこの羊毛の紡ぎ方を習わせていた。この北部の羊毛は手に入る最高の羊毛だと考えていた。マーゴット・ポインズはいつも侍女たちと一緒にいて羊毛を紡ぐ仕事を監督した。マーゴットの兄は、王妃が私室にいるとき戸口を警護する見張り番に昇進し、いつも王妃の滞在する部屋の外に控えるようになっていた。

ユーダル先生がやって来たとき、王妃はロッチフォード夫人と今は老騎士と結婚してレディー・シセリーとなったシセリー・エリオットと一緒にこの小さな居室にいた。ユーダルは手首と足首に軽い鎖を嵌められていたので、王妃は、護衛たちは送り出して、ドアの外でユーダルを待たせることとした。シセリー・ロッチフォードは頭を後ろに反らし、天井に向けて笑った。

「あらあら、聖なる結婚の絆がここにあるわ」彼女はユーダルの鎖に向けて言った。「こんなにはっきりと見たのは初めてよ」

ユーダルの外套には藁が付き、独房の湿気で体がこわばったユーダルは片脚を少し引きずっていた。

「王妃様、万歳」ユーダルが言った。「まさに死なんとする者が汝に挨拶す[3]」彼は跪こうとしたが、関節を曲げることができなかった。そこで、ユーモラスで悲しげな表情を浮かべて、自分の窮状を笑った。

手紙のラテン語を見てもらおうとここまで来てもらったのだと王妃が言った。ユーダルは褐色の細長い頭をひょいと下げた。

「はあ」ユーダルが言った。「*sine cane pastor* ――ルクレティウス曰く、犬がいなければ、羊飼いが見張っていても無益なり。狼が――すなわち過ちが――王妃様のまとめた言葉のなかに入り込むのですな」

キャサリンが冷たい顔を向け続けたので、ユーダルは少々顔を赤らめて、息を潜めて呟いた――

「わたしはたくさんの娘と遊んできましたが、こんな苦境に陥ったのは初めてです」

ユーダルはキャサリンの羊皮紙を受け取って読んだが、相手が王妃だったので、彼女の言葉に誤りがあると声に出して言うのは憚られた。

「一番良いペンを貸してください」とユーダルが言った。「それからスツールに腰をかけさせてください」

スツールに腰を下ろし、書き物を膝の上に置いたが、体のこわばりに呻いた。仕事を始めると、女たちが話し始めた。シセリーは主に、老騎士が王妃のために調教した鷹、ノルウェー産の海鷹について話した。ユーダルは怯み、不満の声をあげた。というのも、女たちが仕事の邪魔をしたからだった。

「悲しいかな！」ユーダルが言った。「わたしがラテン語の仕事に取り掛かるとネズミ一匹鳴かなかった日のことが思い出されます」

そこで、王妃は父親の大きいがガランとした家でユーダルが家庭教師をしていた少女時代を鮮明に思い出した。ユーダルがイートンでの教師の職を追われた後のことだった。彼は、当時はほとんど毎日、非常に不機嫌で、小枝の束で頻繁に激しく彼女を打った。ユーダルが彼女のことを自分が教えたもっとも優秀な生徒だと言ったのはもっと後になってからのことだった。

こうしたことを思い出して、キャサリンは声を落とし、思いに耽りながらじっと座っていた。じっとしていることのできないシセリー・エリオットは鳥の羽を一枚、空中に吹き上げたかと思うと、再びそれを捕える動作を繰り返した。リューマチで関節が腫れ上がったロッチフォード夫人は膝の上でロザリオをまさぐった。夫人はときどき深いため息をつき、ユーダルもそれに釣られて、書き物をしながらため息をついた。キャサリンは侍女たちを追い払おうとはしなかった。ユーダルと二人きりになって、嘆願で悩まされるのは真っ平御免だったからだ。かといって、自分が席をはずすという気にもなれずにいた。今ではそれはあまりにも大きな敬意をユーダルに示すことになってしまうだろうからだった。数日前だったならば、確かに、喜んで出て行っただろう。古典語に関するユーダルの使命と知識は、そうした尊敬を受けるに価するものだった。

今、ユーダルが熱心に、羊皮紙のあちこちに目を移しながら書いてくれたものを読んでみると、キャサリンの心は哀れみとこの男の才能への賞賛とで一杯になった。セネカが主人に、プリニウスがトラヤヌス帝(4)に手紙をしたためているかのようだった。それに心の底ではとても暖かい女性だったので――

「ユーダル先生」とキャサリンは言った。「あなたはわたしが愛する者を傷つけることで、考えられる最大の悲しみをわたしに与えましたが、今、わたしに大変大きな奉仕をしてくれましたから、あなたの苦痛の一部を取り除いてくださるように王に懇願してみましょう」

ユーダルはスツールからよろよろと立ち上がり、今度は何とか跪くことができた。

「ああ、王妃様」ユーダルが言った。「*Doctissima fuisti* ――あなたはわたしが教えた生徒のなかで最も優秀な生徒でした――」キャサリンは手を動かしてユーダルを黙らせようとした。しかし、ユーダルは痩せた両の手を、そこから垂れ下がる小さな鎖共々、絡み合わせた。「わたしがあなたの情け深い心にこのことを思い出させるのは」ユーダルが切り出した。「あなたに感謝を表して頂きたいからではなく、わたしの苦しみを忘れないでいて頂きたいからなのです―― *non quia grata sed ut clemens sis.* それと言いますのも、わたしは少しも昇進を望んではいないのです。何故といって、わたしを昇進させることで、あなたはわたしの妻をパリから呼び寄せることになるのです。それに、わたしには釈放も何の役にも立たないのです。何故といって、あなたはわたしの妻からわたしを自由にすることはできないのですから。独房のなかでわたしを朽ち果てさせてください。ですが、シケリアのディオドロス(5)の論文でもいいですから、何かラテン語で書かれた書物をお与えください。良書がないことで、わたしは気を失い、腹を空かせ、死んでしまいそうなのです。六歳の、半ズボンをはいていた時分から、良書を五時間読むことなしには一日たりとも―― *nulla die sine* ――過ごしたことのないわたしなのです。学問を愛する王妃様には、よく考えて頂きとうございます――」

「さあ、教えて頂戴」シセリーが大声で言った。「あなたは独房にどちらがあって欲しいのか――キケロの書簡集かしら、それとも台所下働きの娘かしら」

王妃はシセリーに黙っているよう命じ、ユーダルにこう告げた――

「本は送り届けさせましょう。あなたが時間を有効に費やすのは良いことだと思います。将来はたくさん学問を積むことができ、私と同性の者のいない修道院に腰を落ち着けてもらうことに致しましょう。あなたは随分と悪行を重ねてきました！　さあ、もう行きなさい！」

王妃がこれほどに厳しい態度をとったことに、ユーダルはため息を吐いた。一方、王妃はユーダルを追い払うことができて喜んだ。しかし彼が別の部屋に移ってから一分も経たないうちに、耳障りな話し声と金切り声と笑い声が騒々しく響いてきたので、キャサリンは他の侍女たちの驚いて開けた口が閉じる前に、ドアを押し開いて自らその部屋に入って行った。

ポインズ青年がユーダル先生に殴りかかり、紡がれた羊毛が縺れ合うなか、灰色がかった毛皮のガウンがポインズの緋色の衣服のまわりをくるくると舞っていた。紡ぎ車がひっくり返され、マーゴット・ポインズがむせび泣きながらその場に駆けつけた。糸巻き棒をもった娘たちは窓際や部屋の隅にしゃがみ込み、皆それぞれに大声をあげた。

王妃は手で一度小さく合図し、侍女たちを皆下がらせた。レディー・シセリーとレディー・ロッチフォードを後ろにして、一人内側の戸口に立った。レディー・ロックフォードは通風にかかった手を揉みしだいた。レディー・シセリーは頭を後ろに反らして笑った。

王妃は一言もしゃべらなかったが、この新たな沈黙のなかで、ユーダルは青年の手から逃れたように見えた。羊毛の縺れのなかでよろめき、倒れんばかりとなり、それから開いた外側の戸口のほうへギクシャクと足を引きずりながら歩いていった。そこでは牢獄の看守たちがユーダルを待っていた。彼らは控えの間へ入ることを許されていなかったのだ。ユーダルは紡ぎ車と紡錘の破片を後ろに引きずって歩いていた。

「ああ、何というバカ騒ぎなのでしょう」王妃の後ろでレディー・シセリーが笑った。王妃はじっと立ったまま、顔をしかめた。彼女にとって、この騒動はぞっとするほど不快なものだった。というのも、秩序正しく物事を平穏に収めたいというのが彼女の思いだったからである。緋色の服を着た青年はボンネットを脱ぎ、ハーハー息を吐いたが、一秒以上じっとしていることなく、王妃に大声で言った――

「このカケス野郎を妹と結婚させてください」

マーゴット・ポインズは兄にしがみつき、大声をあげた――

「まあ、何てことを！　まあ、何てことを！」

兄は妹から荒々しく身を振りほどいた。

「おまえがこの男と結婚しなかったら、僕はどうやって昇進するというのだ」兄が言った。「大法官になったら僕を昇進させてくれると、この男は約束したんだ」

妹が近づいてくると、彼はまた肘で妹を押しやった。

「あなたはなれなれしくなりすぎたようね」と王妃が言った。「そばに置き過ぎたせいだわ。あまりにもなれなれしい。七日間、ドアの見張りはやめてもらいます」

マーゴット・ポインズは両腕を頭上に伸ばすと、窓ガラスにもたれ、折り曲げた肘の内側に顔を押し当ててすすり泣いた。青年のほっそりした顔が怒りに震えた。青い目は頭から飛び出さんばかりだった。生え切らない髪の毛は、くしゃくしゃだった。

「男なら――」青年は抗議し始めた。

「ユーダル先生に殴りかかったことを責めているのではありません」王妃が言った。「そうした感情は押さえ切れないものでしょうから、不問に付します」

「ですが、この男を僕の妹と結婚させてはくださらないのですか」青年が厳しく問うた。

「それはできません。この男には正式に結婚した妻がいるのです」

青年は両脇に手を下ろした。

「ああ、それでは父の家が潰れてしまいます」青年が大声で言った。

「衛兵さん」キャサリンが言った。「七日間、ドアの見張りはやめてもらいます。あなたがもっと良い昇進の方法を考えつくまで、別の見張りを置くことに致しましょう」

青年は王妃をポカンと見つめた。

「この結婚をあげてはくれないのですね」青年が訊ねた。

「衛兵さん」キャサリンが言った。「それが答えです。さあ、とっとと出てお行きなさい」

突然の激怒が青年の目に浮かんだ。喉に唾を飲み込むと、手の動きで絶望を表した。王妃は自室に戻り、自分の仕事に勤しんだ。仕事とは、子牛皮紙でできた小さな本に聖母マリアへの七つの祈りを書き込むことだった。これを、アン・ブーリン王妃の娘で当時まだロンドンに住んでいたエリザベス王女が七つの言語に訳し、本に清書して、クリスマスプレゼントとして父親に渡すことになっていた。

「わたしだったら、あんな青年にドアを見張らせたりしませんわ」レディー・シセリーが王妃に言った。

「あら、あの子はいい子だわ」キャサリンが答えた。「それにあの青年の妹はわたしをとても愛してくれています」

「どうか別の者を雇ってください」レディー・シセリーがあくまでも主張した。「あの若者の顔つきは気に入らないわ」

王妃は書き物から目をあげ、硬いコルセットで反り返った姿勢の色黒の娘が、窓の脇でカーテンの房を優雅に弄んでいるところをじっと見つめた。

「レディー・シセリー」キャサリンが言った。「陛下には、女子修道院に入ることになるマーゴット・ポインズの代わりに、新しい侍女を雇ってもらわなければなりませんわ。可哀相に、マーゴットにとってこの悲しみはいかばかりか。マーゴットも本当に、父親の家を潰したと考えているのかしら」

「ならば、あの若者をあなたのおそばではない部署へと栄転させることですわ」

「いいえ」王妃が答えた。「昇進に値することをあの者は何もしていませんから」

王妃は膝の上の書き物に身を屈め、大きなはっきりした文字をペンでせっせと描きつつ、少し唇を動かして話し続けた。

「おやおや」とレディー・シセリーが言った。「今日この世で王妃であるには、あなたはあまりにも厄介な良心を持ち過ぎているのだわ。カエサルの時代だったら、もっと生きるのが楽だったかもしれないけれどね」

王妃は書き物から目をあげてシセリーを見た。王妃の澄んだ目は穏やかだった。

「ええ」王妃が言った。「ルキウス・ドミティウスとアッピウス・クラウディウスが執政官になり[6]……」

シセリー・エリオットは頭を後ろに反らし、天井に向けて笑った。

「ええ、王妃様はローマ人だわ」シセリーはカササギのようにクスクス笑った。

「カエサルの時代には立派に振る舞うことが容易でした」王妃が言った。

「まあ、わたしは信じないわ」シセリーが王妃に答えた。

「シセリー、シセリーったら」ロッチフォード老夫人が従妹に警告した。このかたは昔の遊び仲間ではなく王妃様なのだと。

「でも今は」と王妃が言った。「いろんな人たちがまわりに群がり集まってきます。大きな宮廷の穴や隅にも——」王妃は口を噤み、ため息をついた。

「あら、もし思ったことを言ってはいけないとしたら」シセリー・ロッチフォードが老夫人に言った。「わたしがいて何の役に立つというの」

「この子羊マーゴットをあの狼ユーダル先生から守るために、わたしだってできる限りのことはしてきました」王妃が言った。「これだけのことしかできなかったことを恥じています。わたしはその罪の償いを致しましょう。それでも、今日は堕落した時代だと思うわ」

「ああ、夢と空想の王妃様」シセリー・エリオットが言った。「あなたのおっしゃるローマの時代もきっと今と変わりなかったことでしょう。そこここの読み物のなかで、そうした堕落に目を留めたことがないか、できれば、教えて頂きたいわ。心臓に手を当てて、本当にローマの男は誰一人、昇進の希望のために妹を売り渡したことがなく、学ある男は一人も若い娘を食い物にしたことがないと言えるでしょうか。そうした場面を、わたしはこの宮廷で演じられたプラウトゥスの劇で見てきましたわ」

「いいえ、いいえ」王妃が言った。「プラウトゥスの時代はすでに古代の高貴から堕落し腐敗した時代でした」

「あなたは善人アダムが堕落する以前に王妃であるべきだったのよ」シセリー・ロッチフォードがからかった。「プラウトゥス以前に遡るならば、ずっと以前まで遡らなければならなくなるでしょう」

シセリーは耳に達するほどに肩をすくめ、「ヒュー」という小さな音を立てた。それから早口に言った――

「わたしが槍の柄を持った青年と同じようになれなれしくならないうちに、お暇する許しを与えてください。というのも、そんなことになれば、王妃様のお気に障らなくとも、わたしの年取った夫の従妹に心痛を与えることになりましょうからね」

飲み込みが悪いために、いつも二台詞前に言われたことを考えているロッチフォード老夫人が、通風にかかった両手を宙に上げ、口を開いた。しかし、王妃はシセリーにかすかに微笑んだ。

「わたしが小さなわたしの部屋でははっきりものを言うように頼んだときには、是非ともそうして頂戴。法務官ルキウス(7)には、高慢を戒めるため、口やかましいストア哲学者がいつも付いていました。これは良い習慣でした」

「あら、むしろ」シセリー・エリオットが戸口で暇を告げるお辞儀の最中に言った。「アレクサンドロス皇帝を嘲ったディオゲネス(8)のような役を果たしたいものだわ。そうすれば、夫もわたしと一緒に樽のなかで暮らせますもの！」

「お願いよ」王妃がドア越しに去っていくシセリーに呼びかけた。「あたりを探して、わたしの侍女となり、紡ぎ女たちの監督をしてくれる者を探して頂戴。近頃では、選べるような娘がほとんどいないのだから」

シセリーが行ってしまうと、ロッチフォード老夫人がおずおずと王妃を非難した。騎士の妻やそういった人たちとはもっと距離を保って頂きたい。王妃は恐れられ、畏敬の念を覚えさせるようでなければいけません、と言って。

「わたしはむしろ愛され、憐れみ深いと思われたいのです」キャサリンが答えた。「わたしもかつては彼女やあなたのような存在──同じかほとんど変わらない存在でした。今は、人々の前では、陛下の名誉のために誇り高く身を持さねばなりません。でも、実際はとても引きこもった生活を送っているので、権威がどんなに短い時間しか続かないものかとか、人々の間の友情や真実の愛がどんなに事態を良くするものなのかとか、考える余裕があるのです」キャサリンはラテン語の格言を引き合いには出さなかった。老夫人にはラテン語の素養がなかったからだった。

Ⅵ章

その午後、地下の小部屋の赤と金のテーブルの上で、ラセルズが、ユーダルの手によって修正された教皇宛ての王の手紙を清書する仕事に取りかかっていた。祈禱式から戻った大司教は、本を読みながら部屋に入り、従者のほうを見ることなくテーブルの上座にある椅子に腰をおろしていた。

「どうか、猊下」ラセルズが言った。「わたくしめにこの手紙を王妃様のところへ運ばせてください」

大司教がラセルズに目を向けた。悲しげな目がぱっと見開き、体が前に傾いた。

「おまえはラセルズか」大司教が訊ねた。

「はい、ラセルズにございます」従者が答えた。「ただ、あご髭を剃り落としました」

大司教はひどく体力を消耗していたが、びっくりして飛び上がった。そして急に怒り出した。

「見栄を張ってどうする？」大司教が言った。「女の尻でも追いかけようというのか。愚かな少年みたいに見えるぞ。こんないたずらは好まん」

ラセルズはなくなったあご髭を撫でるかのように手を持ち上げた。唇がほころび、狐のような微笑が浮かんだ。彼の顎は予想以上にふっくらとして丸みを帯び、肉感的で、下あごに窪みができていた。

「よろしいですか、猊下」ラセルズは言った。「これは見栄ではなく、わたしは陰謀を行おうとしているのです」

「いったい何の陰謀、何の陰謀なのだ」大司教が言った。「ここではあまりにも多くの陰謀が行われてきた」大司教は怯え震えていた。というのも、世の中は彼の手に負えぬものになっていたからだった。

「よろしいですか、猊下」ラセルズが力説した。「もしこの陰謀が失敗に終われば、猊下はもうそれを耳にすることはないでしょう。もし成功すれば、猊下がこれまで大いに進めてこられたいくつかの事柄をさらに前に進める一助になってくれると思います。どうか、猊下、これ以上お聞きにならず、わたくしめにこの手紙を王妃様のところへ運ばせてください」

大司教が力なく両手を体の前に広げた。その手は長く水に漬かったかのように真っ青で皺が寄っていた。ローマ教皇に宛てる手紙を作るよう王に命じられてから、大司教の手はそうなってしまっていた。ラセルズは新たな手紙の草案を書き続け、唇がペンの動きを追った。目を伏せて書き続けながら、ラセルズが言った――

「王妃様は一週間のうちに侍女を解雇するそうです」

大司教が「わたしと何の関わりがある！」と言うかのように指を動かした。そして、目の前のテーブルの上に載った本の上方の空間をじっと見つめた。

「このマーゴット・ポインズという娘は、オースティン・フライアーズに住むルター派信徒で印刷工の親方のジョン・バッジの姪に当たります」ラセルズはもう一行、書き物を続けた。それから付け加えて言った――

「この解雇とその理由は、ロンドンの街に喧騒を引き起こすでしょう。ルター派信徒たちは、王妃様ご自身に責任があると言うでしょう。王妃様が宮廷の秩序を乱し、淫らな仲間たちと付き合っていると言うでしょう」

大司教がうんざりしたように言った――

「もうそんなことはとっくに言われておるわ」

「ですが」ラセルズが言った。「彼女が王妃になってからではありません」

大司教はおどおどとした視線をラセルズに向けた。大司教の声は悲痛な物思いを邪魔されて現実に引き戻されたくない者の声だった。

「何の役に立つというのだ」大司教は苦々しげに言った。それから、もう一度「何の役に立つというのだ」と繰り返した。

ラセルズはせっせと書き進めた。頁の終わりでにじみ止めを使い、その粉を吹き飛ばし、横目で紙を眺め、台から下ろし、別の紙を書き物台に載せた。

「まあ」ラセルズが静かに切り出した。「陛下の耳に入れることができるかもしれません」

「どんなふうに？」そんなことは不可能だと言うかのように、大司教が重苦しげに言った。従者が答えた――

「いろいろと手はあります。陛下は人知れず忠臣たちの間に紛れ込むのがお得意です。外国の大使たちがそんな噂を国外で書いておりますが、そうした噂が王の使者たちによって外国から再び国内にもたらせるやもしれません」

「そうした噂は」ラセルズが言った。「早駆けの使者によってすでにロンドンの街に伝わっています」

大司教はうんざりした様子で不愉快そうに言った――

「どうしておまえがそんなことを知っているのだ。それを書いたのはおまえではないのか」

「よろしいですか、猊下」従者が大司教に答えた。「こういう次第なのです。わたしが王妃の部屋の壁のそばを通りかかったとき、大きな悲鳴が聞こえたのです――」

ラセルズはもっとゆっくりとしゃべれるように、書き物台の傍らにペンを置いた。

「わたくしラセルズはユーダルが殴られて震えながら、王妃の部屋の戸口から、彼を牢獄に連れ戻すために護衛兵が待っている場所まで、よろめき出てくる場面を目撃したのです。この手紙の新しい草稿についてはユーダルの教えを乞うており、ユーダルの窮状については前から知っていたところでございます。ユーダルが出て行ってからも少し待っておりますと、王妃様のお声とおっしゃったことがはっきりと聞こえました。といいますのも、城は大変造りがよく、静まり返っていましたから。その後、鼻孔から火山のように息を噴き出し、若いながら中風にかかっているような有様で、ポインズ青年が部屋から出て参りました。わたくしラセルズは適当な距離を置いて、よろめき鼻を鳴らすポインズの後をつけました。大きな門のそばのひと気のない守衛室のなかで青年に出くわすと、青年は王妃に対して怒り狂っていたのです。

『僕が』青年は大声をあげました。『僕が手紙を運んだことで、あのハワードは今の地位に就けたのだぞ。僕が！――それなのに、これが僕の昇進だというのか。妹はお払い箱で、僕も追い払われる。別の娘が妹の地位を継ぐことになる』

そこで、わたくしラセルズは守衛室で、ポインズに同情を示し、君主は忘れっぽいものだという言葉は絶対的真理だということを思い起こさせたのです」

「それでも、奴は静まりませんでした」ラセルズが言った。

「わたくしラセルズの、黙って不当な扱いに堪えるに如くはないという提案に対し、ポインズ青年は逆に、あらゆる街角ですべてをぶちまけてやると喚いたのでした。そして突然、彼は、王妃の名が大判の印刷物に印刷され、末代まで男たちの鼻孔に悪臭を放つよう、伯父である印刷工のバッジに手紙を書くことを思いついたのです」

ラセルズは両手を優しくしなやかに擦り合わせた。そして陰険に大司教をちらりと見た。

「はあ、そしてその手紙は書かれました」ラセルズが言った。「間違いなく大判の印刷物が印刷されるでしょう」

　クランマーは読んでいる本の上に頭を垂れた。

「この若者は」ラセルズが穏やかに言った。「七日経てば再び王妃のドアを見張ります。――王妃様が恩知らずだというのは真実ではありませんから。その点、わたしには充分な確信があります。――この若者はとても有益な腹心の友となりましょう。誰が王妃様の部屋に出入りしたか知る上でわたしたちの役に立ってくれるとても重宝な助力者となりましょう」

　大司教は従者の穏やかな声を聞いていないように見えた。そこでラセルズは再びペンを手に取りながら、話を締めくくった。

「わたしはこの若者を友人にしたのです。それでいくらかお金がかかるのですが、猊下がきっと払い戻してくださるだろうと信じております」

　大司教が顔をあげた。

「いや、天の玉座についておられる神に誓って！」大司教が言った。その声は甲高い金切り声だった。彼は紐で縛る立派な袖のなかで両手を揺り動かした。「こうしたクロムウェル的なたくらみには手を貸さぬ。すべてが失われたなら、失われたままにしておくがいい。わたしはお祈りをしなければならん」

「猊下がこの何ヶ月かを乗り越えてこられたのはお祈りをすることによってだったのですか」ラセルズが穏やかに訊ねた。

「そうだ」大司教は両手を揉みしだいた。「クロムウェルの死に際に、国王陛下へ手紙を書くよう、わたしをがんじがらめにして動かしたのはおまえではないか。王璽尚書の大義に忠を尽くす、誠実で勇敢な手紙を」

「そうした手紙を猊下はお書きになりました」ラセルズが言った。「あの手紙は猊下がお書きになったもののなかでもっとも良く書けております」

大司教はテーブルを睨んだ。

「分かるものか」大司教が囁き声で言った。「わたしにあれを書かせたおまえだからそう言うのだ」

「あれがあったればこそ、猊下は今も生きておられるのです」ラセルズが穏やかに言った。「当時、猊下を逮捕するための令状が書かれたにもかかわらず、です。それは確かです。それに猊下も国王の口から直に聞かれているでしょう。あの手紙は、今は亡き首領に対し忠実で情け深く誠実で、今は、あんなに辱められ、完膚なきまでに落ちぶれた男にあれほど忠実であるからには、将来自分にも忠を尽くし誠実でいてくれるだろうと、王様が信じざるをえなかったという話を。そしてたくさんの報償を頂いたではありませんか」

「そうだな」大司教が言った。「だが、国王の本心がどうなのかは知れたものでない。今日誰かを破滅させたかと思うと、明日には別の誰かだ。そしてついには誰もいなくなる」

そして再び、クランマーは苦悩を満ちた目をテーブルに伏せた。

当時もまだ、大司教は、はっと目が覚めたり、汗をかいたり、眠りのなかで大声をあげたりすることなしに一夜たりとも休むことができなかった——王にローマへの手紙を書くよう命じられてからは、さらによく眠れなくなっていた。そこでベッド脇に控える小姓には、大声をあげたら起こすようにと命じていた。

そういうとき、大司教は破滅の日が来たときの王璽尚書の恐ろしい顔を見ていた。クロムウェルはウェストミンスター議事堂の会議室の窓辺に立ち、窓から中庭を眺めていた。クロムウェルの背後には別の議員たちが入室していた。黄色い顔のノーフォーク、海軍卿[1]、その他大勢の議員たちが。それぞれの議員がテーブルに向かって自分の席につき、ボンネットを被ったままでいた。クロムウェルは振り返ると、議員たちを見て、極めて傲慢に憎憎しげな視線を浴びせ、議長である自分が座る前によく帽子を被ったままでいられますな、と訊ねた。そのとき、窓辺にいるクロムウェルに向かい、ノーフォークは首にかかった聖ジョージ勲章の鎖に、サフォーク[2]は膝のガーター勲章に飛びかかった。トマス・クロムウェルはもはや王国の王璽尚書でもこの議会の議長でもなく、死なねばならない国賊であると、ノーフォークが大声で言った。そのときである、トマス・クロムウェルの恐ろしい顔に激しい怒りと絶望が滲み出し、クランマーの意識が朦朧となったのは。この激情を前にしてノーフォークと海軍卿が後ずさりするのが見えた。トマス・クロムウェルが縁なし帽を引き破り、床に投げつけるのが見えた。ノーフォークの黄色い犬のような顔に向かってクロムウェルが何か言葉を怒鳴り散らしているのが聞こえた。

「よくぞわたしのことを国賊などと言えたものだ！」すると、ノーフォークはどぎまぎして退散した。

このとき、部屋はおぞましい陰鬱と暗さに満たされたように見えた。男たちは窓の明かりを背にしたシルエットにすぎなかった。ロンドン塔の治安官が令状をもって入ってきた。薄暗がりのなかで、大司教の足元の地面が揺れ、振動するかのように思えた。


大司教がそうした思い出に十字を切り、意識の混濁から抜け出すと、目に入ったのは、ラセルズが書き物を終えているところだった。自分があのときのあの場所にいるのではなく、今この場にいることが嬉しかった。

「よろしいですか、猊下」従者の穏やかな声が言った。「どうかわたくしめにこの手紙を王妃様のもとへ運ばせてください」

大司教は法服のなかで凍えたように震えた。「もうクロムウェル的なたくらみはうんざりだ」大司教は言った。「そう言っただろう」強情そうにそう言った。

「それでは、本当に、すべてが失われてしまいます」ラセルズが答えた。「今の王妃は腹がすわっていますからね」

大司教は頭上の冷たい石の天井を見上げた。そして十字を切った。

「おまえは本当に悪魔だ」大司教が言った。狼狽の表情が目に浮かび、大司教は決着をつけるべき論点を探すかのように、身のまわりを見渡した。

「この城にいるローマカトリック教徒の貴族たちが土曜日の夜に会合を開きました」ラセルズが言った。「この会合は極秘のもので、ノーフォークが連中の首領でした。ですが、連中の誰一人として王妃に味方する者はいなかったという噂です」

大司教は内心怯んでいた。

「そんなことは聞きたくない」大司教が言った。

「連中の誰一人としてまったく王妃に味方する者はなかったのです。といいますのも、王妃はすべての土地と財産を教会に返納しようとしていて、連中のなかには、教会の土地や財産で豊かになったのでない者など、誰一人としていないのですから。クロムウェルに従っていた者たちが王妃に味方しないことは、猊下もよくご存知でしょう」従者が話を続けた。

「わたしはこんな話は聞かぬ。これは大逆罪だ」大司教が呟いた。

「それなら誰が王妃の味方に付くのです?」ラセルズが囁いた。「失う土地を持たない低い身分のわずかな貴族だけです」

「国王だ」恐ろしい声で大司教が怒鳴った。「国王が王妃に味方するであろう」

大司教は椅子のなかで飛び上がり、またそのなかに身を沈め、今の発言は途中で止めたかったといわんばかりに両手で口を覆った。近頃は、どこの戸口で誰が聞き耳を立てているか知れたものでなかった。大司教は冷淡に囁いた――

「何たる愚かな考えだ。誰が国王を動かせる？　クレーヴズ[3]かカール[4]かフランソワ[5]が王妃をののしっているという大使たちの報告書が、か？　おまえにも分かっていよう。そんな報告書で王が動かされるものか。王はこれらの君主たちがいかに腐肉を食べて太っているか、よくご存知だ。ルター派信徒たちの大判の印刷物が、か？　おまえにも分かっていよう。そんな印刷物で王が動かされるものか。王はどうやってこれらのいかさま師たちがそうした作り話を手に入れるか、よくご存知だ。王は人々の言うことを聞くために人々の間に出てくるだろうか。おまえにも分かっていよう。出ては来まい。あまりに歳を召されてしまったので、炉辺がいとしくてたまらんのだ」

大司教は動揺していた。自らを奮い立たせさらに怒りを見せつけることなどできそうになかった。

「お願いです」ラセルズが言った。「わたくしめにこの手紙を王妃様のもとへ運ばせてください」

彼の声は、忍耐強く、落ち着いていた。

大司教は力なく椅子のなかで寝そべった。腕は左右とも肘掛けに載せていた。本はテーブルの上に落としてしまっていた。長いガウンが彼の体を足元まで覆っていた。頭は不動のままだった。目は瞬きせず、絶望を見据えていた。両手は力なく開き垂れていた。

大司教は、突然、その一方の手をかすかに動かした。

Ⅶ章

王妃は一日の仕事が終わると、メアリー王女と共に、城の天井裏にある小礼拝堂に行くのを習わしとした。晩課[1]には、廷臣たち皆と共に、王が特に彼女のために建てた中庭の礼拝堂に赴いた。しかし、エドワード四世の時代に作られた、小さな、円いアーチ形の、全体が石造りで暗く飾り気のない部屋であるこの小礼拝堂には、王妃はメアリー王女と二人だけで出かけた。侍女やドアの見張り番は、もっと貧しい者たちの寝室がある階の、階段の踊り場に残し、二人で階段を上っていき、密かにイングランドの改宗を祈った。この小さな礼拝堂は大変に小さく、人々から忘れ去られていたので、王璽尚書の部下たちが俗用に供することもなかった。盗っていく価値のある器もなく、あるものといえばとても古い祭服と石壁の上で半ば埃に埋もれた数枚の下手くそな絵画だけだった。

キャサリンは、ポンテフラクトに到着した日に王と城内を見てまわり、この礼拝所を発見した。昔、人々がどんな暮らしをしていたか知りたくて、好奇心が疼いたのだ。部屋部屋を見てまわり、昔のものがまだ使われているのに着目した。城の鉛板屋根からは田園地帯や湿地の広大な景色が眺められるのではないかと思い、そんな高いところまで上ったのだった。しかし、この礼拝堂は俗用に供されておらず、人々に忘れ去られていたので、かえって神聖なものに思えた。今では、王の国土にこのようなものは他に見つかりそうになかった。王の住まいにも自分の住まいにも、どこにもこのようなものは何一つ見つからないと思わざるをえなかった。

そこで王妃はいろいろと調査をし、この礼拝堂で勤めを果たしていた老司祭がいることを発見した。城の衛兵で旧教に好意的な者たちのために勤めを果たしていたのだった。この老人は、王の大軍が押し寄せてくるというので、田舎の人知れぬ谷間に逃げ込んでしまっていた。そこには昔も今も信仰が絶やされずに残っていた。この北部の地方は極めて未開の辺境の地だったので、非常に多くの人たちが、王が再婚したことを知らずにいた。王と王妃がローマカトリックの信仰に再び深く傾倒するようになったことを知る者はさらに少なく、皆無に等しかった。

王妃はこの老司祭を自分のもとに呼び寄せた。老司祭は人々に非常に敬愛されていたので、日焼けした湿原の男衆が王妃の御前まで一緒に付いて来た。彼らは皮でできた服を着、なかには大きな弓を携えている者もあったが、跪くと、この老人は聖人だと見なされているのですと言って、老司祭に害を与えないように王妃に懇願した。王妃には彼らの方言が分からなかったが、北部出身のダーカー卿がこの懇願を通訳し、老司祭と少し話をした王妃は、司祭の素朴さと優しさに大変心を打たれ、ここに滞在している間、わたしの聴罪師として雇えるよう、君主であり主人である王にお願いしてみましょうと答えたのだった。滞在が終わった暁には、もしよければ、忠義の見返りに、この地方の修道院副長か司教にしてもらいましょう、と。そこで、湿原の男衆は王妃の公正さと優しい言葉に武骨な感謝を表し、毛皮姿に弓を持ち自分たちの砦へと帰って行った。彼らの一人はこの田舎の大貴族で、雄鹿やアカライチョウを毎日、狼を一度か二度、城に差し入れた。この男の名はジョン・ピールと言い、司祭もまたジョン・ピールと呼ばれていた。

こうして司祭は小さな祭壇に向かって勤めを果たすこととなり、王妃が大きな礼拝堂へ皆と一緒に出向く日の前夜には彼女の懺悔を聞いた。その他の夜は、王妃とメアリー王女を二人きりにして、祈りを捧げさせた。その部屋はいつもとても暗く、明かりといえば、祭壇の前で燃えるわずかな赤い炎と、何世紀も前に昔の人の手で下手くそに彫られた古くて黒ずんだ聖母マリアの像の下に二人の女が灯す二本の細長い蠟燭だけだった。この暗がりのなかでは、人の姿はほとんど見えなかったが、二人はお祈り用の黒いガウンに身を包み、ぼうっと現われては屋根の暗闇のなかに消えていく一本の低い柱の脇に跪いていたので、なおさらそうだった。

お祈りを済ませた後で、ときどき二人はそこに留まり、話をしたり、瞑想に耽ったりした。この場所は二人にとって秘密の場所だった。ローマへの手紙の草稿が書き直された夜、王妃はメアリー王女よりもずっと長くお祈りを捧げた。メアリー王女は床机に深く座り、黙ったまま王妃が祈り終わるのを待った。王妃はこの国を改宗させることにメアリー王女より熱心なように見えた。細長い蠟燭は、目立たない一定の赤味を柱の後ろの附属礼拝堂に添えて、燃えていた。祭壇は二人の前で薄明るく輝いた。あたりはしーんと静まり返っていたので、二人には、ガラスの嵌っていない窓から、遅い季節に産み落とされた子羊が、はるか下方の黒っぽい田園地帯でメーメー鳴いているのが聞こえた。キャサリン・ハワードのロザリオがカチッと音を立て、彼女が跪いた姿勢から立ち上がろうとすると、着ているドレスがカサカサと鳴った。

「それはこの国の誰よりもあなたにかかっているのです」キャサリンのその声は遠くの陰のなかで反響した。明かりに釣られて入ってきた蝙蝠が二人のそばで目にこそ見えねど音を立てて羽ばたいていた。

「それって一体何ですの？」メアリー王女が訊ねた。

「あなたには良く分かっているはずです」王妃が答えた。「パウロの心を和らげた、今あなたが祈りを捧げた神が、今度はあなたの心を和らげますように！」

メアリー王女は長く沈黙を保った。蝙蝠が二人の顔と顔の間で、目には見えねど、皮のようなカサカサいう音を立てて羽ばたいた。やがてメアリー王女が口を開いたが、その声は嘲るような悪意に満ちていた。

「もしあなたがわたしの心を和らげたいのなら、随分と懇願して頂かなくてはね」

「ええ、あなたに跪きます」王妃が言った。

「そうして頂きましょう」メアリーが答えた。「わたしをどうしようというのか教えて頂戴」

「あなたには良く分かっているはずです」とキャサリンが再び言った。

暗がりのなかで、王女の声は、苦悩する魂の壊れた笑いみたいな、苦々しげな陽気さを保っていた。

「あなたにちゃんと話して頂きたいわ。話していて恥ずかしくなるような、恥ずべき話なのでしょうけれどね」

王妃はすぐに話し始めずに、まずは王女の言葉をとくと考えた。

「第一に、あなたの父であり、わたしの主人である、王と仲直りして、気持ちよく話ができるようになって欲しいのです」

「わたしの母を殺し、わたしを私生児と呼ぶ男に気持ちよく話しかけるようわたしに命じるとは、恥ずべき命令ではありませんか」

王妃は、これは情け深いキリストの御名にかけて、この病める国の利益のために頼んでいることなのです、と答えた。

「それにしても、王妃様、あなたは顔も見えない暗闇のなかでそれをお頼みになるのね。それから何を頼もうというのです」

「オルレアン公の使者たちが結婚の申し込みに来たときには、快い従順な態度をとるように、ということです」

この暗い場所の神聖さに気圧され、メアリーは声を立てて笑おうとはしなかった。

「王妃様、それもまた日の光のもとで頼む勇気があなたにはおありかしら」メアリーが言った。

「あとはどんなことを頼むおつもり?」

「神聖ローマ帝国皇帝の使者たちが結婚の申し込みに来たときには、はっきりと『光栄です』と言って欲しいのです」

「まあ、わたしに光栄な振りをするよう頼むだなんて、ますます恥ずべきことだわ。あなたの言うことを聞いたなら、天使たちも大笑いするでしょう。それでも、最後まであなたの頼みをおっしゃいなさいな」

キャサリンは辛抱強く言った――

「こうした好意が報いられて、あなたが再び重要な地位に就き、敬意が払われ、取り巻きの人たちが任命されたならば、あなたがこの国に尽くす姫君の役を喜んで演じ、あなたの父君の王を嘲ったり嘲笑ったりせず、また、あなたの母君である虐げられた王妃の思い出は決して呼び起こさないようにして欲しい、ということです」

「王妃様」メアリー王女が言った。「暗闇のなかとはいえ、あなたがそんなことが頼めるだなんて、思ってもみませんでしたわ」

「あなたにもう一度お願いすることに致しましょう」王妃が言った。「蠟燭の明かりがわたしの顔を照らすあなたのお部屋で」

「ええ、そうして頂きましょう」メアリー王女が言った。「さあ、そろそろ、参りましょうか」

二人は暗い螺旋状の階段を下りて行った。階段の降り口には、王妃のお付きの者たちが列を作って二人を待ち受けていた。最初の列には黒と金の服を着た二人のトランペット奏者、次の列には角灯を持った四人の槍兵、その次の列には王妃私室の式部官と五人から七人の貴族、その次の列には王妃の侍女、すなわち、王妃と寝室を共にするロッチフォード夫人とレディー・シセリーがいた。王妃の侍女たちは王妃とメアリー王女が間に入れるように離れて立っていた。その後ろには、緋色の服を着、縁なし帽に王妃の記章を付けた四人の若い小姓たち、その次の列には王妃のドアの見張り番と背後から王妃の足元を照らす松明を持つ四人の槍兵がいた。トランペット奏者がトランペットを甲高く四回吹き鳴らし、次に消音のためにトランペットの口に拳を当ててもう四回吹き鳴らした。この大きな金属音は暗い廊下を深く深く螺旋状に下降して行き、王妃がお祈りを終えて就寝されるということを人々に知らせた。この儀礼は、以前のどの王妃よりもこの新王妃を愛する王が、彼女に敬意を表すために特別に考案したものだった。その目的は、王妃の行いをすべての人に知らしめて、それを模範とさせることであった。

しかし、王妃は一行にメアリー王女のドアまで案内するように命じ、その戸口で全員解散とした。ただし、侍女たちとドアの見張り番と槍兵は外に置いたままにした。男も女も、スツールに座ったり壁に凭れたりして待った。

綺麗な部屋に入ると、蠟燭の明かりのなかで、メアリー王女はしげしげと王妃の顔を覗き込み、王妃に笑いかけた。

「さあ、もう一度あなたの連禱を言って頂戴」王女が嘲った。「腰かけて、聞かせてもらうわ」王女はテーブルの前の椅子に座り、顔をそむけ、ペンを削るのにいつも使っている錐状の小剣をテーブルの覆いに何度も小さく突き刺した。

王女の傍らに立ち、炉棚の上のたくさんの蠟燭に顔をたっぷりと照らされた王妃は、全身黒衣を纏い、フードの尾を背中越しに足元まで垂らした格好で、一連の祈りを辛抱強く繰り返した。メアリー王女が父親と仲よくされますように、そして、まずは、オルレアン公の代理として結婚の申し込みに来た大使たちに愛想よくされ、その後、神聖ローマ皇帝の息子のフェリペ皇子との結婚を喜んで承諾されますように、そしてイングランド王室の姫君に復位されたならば、その地位にふさわしく振る舞い、王のもとを追われたキャサリン・オブ・アラゴンのことで泣き言を言いませんように、と。

王妃は辛抱強い冷静な声でそう言った。しかし、話が終わりに近づくにつれて、片手を伸ばし、声は豊かさを増していった。

「それに、ああ」王妃が、娘の背中に向かって頑なに真剣に懇願した。「もしあなたが、あなたとわたしを共に生んだ緑の肥沃な大地に愛情をお持ちならば——」

「ですが、わたしは私生児です」メアリー王女が言った。

「もし家を追われた聖人たちを、愛する故郷の牧草地に戻してあげるおつもりがあるならば、もし神の母、わたしたち皆の母に結婚持参金を与えて喜ばせるおつもりがあるならば、もしたくさんの優しく単純な魂が再び天に向けて連れ戻されるのをご覧になるおつもりがあるならば——」

「あら、あら」メアリー王女が言った。

「何て卑屈な態度なのでしょう！　わたしの前でそんなふうに這い蹲るのは恥だとお考えであるとばかり思っていましたわ」

「泥のなかであっても這い蹲ります」キャサリンが言った。「もしそれで神の教会を勝ち得ることができるならば、もっとも邪悪の男の靴に付いた泥にさえキスしますわ――」

「あら、あら」メアリー王女が言った。

「あなたは救世主とその母についてのわたしの話を最後まで言わせないおつもりね」王妃が言った。「わたしの話に心を動かされるのが恐いのかしら」

メアリー王女は椅子に座ったまま、突然、キャサリンのほうを向いた。顔は蒼ざめ、窪んだこめかみの皮膚が震えた――

「王妃様」メアリーが大きな声をあげた「わたしが神様と魂についてのあなたの下らない話を聞けば、母の思い出やわたしがこれまで味わってきた屈辱の記憶が消えると言うのは、冒瀆に他ならないわ」

メアリーは目を閉じ、唾を飲み込み、急に立ち上がって、椅子をひっくり返した。

「魂を救えるって言うの？」メアリーが言った。「わずかな数の、それも臆病者の魂を！　それがわたしに何の関係があるのでしょう。そんなものは永遠の劫火のなかで焼かれればよいのだわ。誰が母やわたしのために立ち上がって反撃してくれたでしょう。そんな魂なんて、震えながら地獄へ落ちればよいのだわ」

「王女様」王妃が言った。「どんなに多くの者があなたのために謀叛を企てて死刑になったか、あなたはよく知っているではありませんか」

「そうした魂は、死んで殉教者の冠をかぶるでしょう」メアリー王女が言った。「でも、わたしを助けてもくれなければ、母のために反撃してもくれなかった残りの人たちは、異端者として腐ってしまえばよいのだわ」

「それでも神の教会が！」王妃が言った。「あなたがこのように振る舞うことを誓うなら、陛下はローマ教皇にあの手紙を送ると約束されたのよ」

メアリーが声を立てて笑った――

「ご立派なこと！」メアリーが言った。「男の犯罪をごまかすのは、いつも女の仕事だわ。少し前に斬首されたソールズベリー伯爵夫人の死をどう説明されるおつもり？」

メアリーは身を屈め、王妃の顔に向けて頭を突きつけた。キャサリンは王女の前で微動だにせずに立っていた。

「神のみぞ知る、です」王妃が言った。「わたしにも止めることはできませんでした。不正な証言が――なかには正しいものもあったけれど――伯爵夫人に対してあれほどたくさん出されたのですから。今後平穏のときが来れば、わが主人たる陛下がその償いをしてくださるでしょう」

「今後平穏のときが来れば、ですって！」メアリー王女が嘲笑った。「ああ、神様。男に支配されると、わたしたち女は何と浅はかになるのでしょう！　今後平穏のときが来れば、ですって！　どんな手段で平穏がもたらされるというのですか？」

「言わせてもらいますが」王女が少し間を置いて続けた。「これは皆、いかさま、嘘、偽り、ごまかしに他なりません。それに、どこまでも真っ直ぐなご気性のあなたが、目的を果たすためには、わたしの前で這《は》い蹲《つくば》ろうとしているではありませんか？　お聞きなさい！」

王女は気持ちを落ち着かせ、考えをまとめるために目を閉じた。というのも心を動かされたように見えることをひどく嫌ったからであった。

「父に好意を抱いているように見せることはできるでしょう。ですが、それはあなたの求めに応じての偽りの行為にすぎません。というのも、わたしは父を悪魔のように嫌っているからです。何故わたしはそんなことをしなければならないのでしょう。父の誇りが傷つかないように、世間に向けて人当たりのよい顔をして見せるためですか。オルレアン公の大使たちを歓迎する振りをすることはできるでしょう。ですが、それはあなたの求めに応じてのいかさまにすぎません。というのも、わたしをフランス王家の王子と結婚させる意向など、もともと存在しないのですからね。それでも英国国王がフランスと同盟を結ぶといけないと神聖ローマ帝国皇帝を慌てさせるまで、わたしは大使たちを引き摺り回さなければならないのです。何と汚らわしい話でしょう！　それでもあなたはそれに賛同するのですか！」

「わたしが望むのは――」キャサリンが話し始めた。

「ああ、分かっています。分かっていますとも」メアリーが嘲った。「でしゃばる必要さえなければ慎しくしていたい、というのでしょ。それは盗人の妻の言い分です。さあ、もう一度お聞きなさい」

「さあ、もう一度お聞きなさい」王女が話を続けた。「そのうちに皇帝の家来たちがやって来ると、もっとたくさんのいかさまやごまかしが行われ、わたしを高値で買わせるために、たくさんの名誉がわたしに与えられ、次いでわたしには、皇帝の家来たちをますます乗り気にさせるようにと要請が出るのです。ですが、それは取り消されて、次にはシュマルカルデン同盟の公爵が大使を送ってくるでしょう——」

「いいえ、神かけて、そんなことはありません」キャサリンが言った。

「あら、父のことは分かっています」メアリーがキャサリンを嘲笑った。「あなたはできれば父をローマに縛りつけておこうとするでしょう。でも、あなたはソールズベリー伯爵夫人を救えなかったではありませんか。同様に、あなたは父がシュマルカルデン同盟やルター派信徒たちと取引するのを止めさせることはできないでしょう。その取引が父の途方もない情熱や虚栄心に役立つものである限りは。そして、たとえ父がそうした取引を行わなかったとしても、やがて別の極悪非道を行うことになるでしょう。あなたはその点で父を甘やかすでしょう——父の利己的な体面を守り貪欲な誇りを支えるために。あなたがそこに立って求めているのは、そういうことなのですわ」

「神にかけて、それでもわたしはそれを求めます」キャサリンが言った。「それ以外どうしようもないのです」

「まあ、それならば」メアリー王女が言った。「何度でも求めるがいいわ。あなたに恥をかかせてあげましょう」

「夜も昼も、わたしはあなたに求めます」キャサリンが言った。

メアリー王女は鼻であしらった。

「大変結構なことですわ」王女は言った。「あなたは誇り高い高潔な人ですからね。あなたを辱めて差し上げましょう。父にとっては、這い蹲り、へりくだり、おべっかを使うことなど何でもないことです。むしろ、喜んでそれをやるでしょう。偽りの悔悟を示しながら涙を流し、途方もない約束をし、口角泡を飛ばしながら悔い改めの誓いを言い立て、わたしのことを永遠のいとし子と呼ぶでしょう――」

王女は一呼吸置いて、それから付け加えた――

「そんなことは父にとって何でもないことです。ですが、父の誇りであるあなたが、ご自身誇り高い方であるあなたが、それをするということは――恥ずべき昼と自己嫌悪の夜を耐え忍ぶことを意味するでしょう。もしあなたが目的を果たそうとなさるなら、そのためのお祈りを捧げなくてはなりません」

「ヤコブが仕えたように[2]、わたしも務めを果たしましょう」キャサリンが言った。

「七年ですよ！」メアリー王女がキャサリンをからかった。「あなたがそんなに長い間苦しむことが断じてありませんように！　その前にわたしはオルレアン公のところか、皇帝のところか、シュマルカルデン同盟のどこかに片付けられてしまうでしょう。そのくらいの慰めは与えて差し上げますわ」メアリーは話を止め、顔をあげて言った。「誰かドアをノックしているわ」

大司教の従者がお妃様への手紙をお持ちになりました、と戸口から答えがあった。

Ⅷ章

髭を剃ったラセルズが入ってきて、写した手紙の束を抱えたまま跪いた。

王妃は手紙の束をラセルズから受け取り、もし王女が自分の言うとおりにすれば王が真摯にローマに屈しようとしている証拠として、これを後でメアリー王女に読んで聞かせようと思い、大きなテーブルの上に置いた。

王妃が振り向くと、ラセルズは、まだ戸口の手前で目を床に伏せて跪いていた。

「ああ、有難う」王妃が言った。「もう結構。大司教のもとにお戻りなさい」

王妃はメアリー王女との忍耐の勝負を決着させようと考えていた。だが、ラセルズの色白で感じのよい顔が目に入ると、少しの間、そこに目を留めた。

「あなたの顔には見覚えがあるわ」王妃が言った。「どこで見たのかしら」

ラセルズが王妃を見上げた。その目は青く人目を引いた。というのも、感情が昂ると瞼が大きく開き、瞳のまわりに白目が現われるからだった。

「確かに見たことがあるわ」王妃が言った。

「いろいろな顔をお覚えなのは、王室の方の才能でございましょう」ラセルズが言った。「わたしは大司教のしがない従者、ラセルズにございます」

王妃が言った。

「ラセルズ？　ラセルズですって？」と言いながら記憶を手繰った。

「わたしには瓜二つの妹がおります」ラセルズが答えた。「名をメアリーと申します」

王妃が言った――

「あら、まあ！　あなたの妹さんとは祖母の家の女中部屋で一緒に寝た仲だったわ」

ラセルズが真顔で言った。

「そのようです」

すると王妃が言った――

「さあ、立ち上がりなさい。妹さんがどうしているか教えて頂戴。子供の頃、妹さんには随分親切にしてもらったわ。足が冷えたときなんか、暖炉のなかで煉瓦を暖めて、それを足に当ててくれたわ。今はどうしているの？　さあ、立ち上がって」

「妹の生活は芳しくないので、わたしも立つわけにはまいりません」ラセルズが答えた。

「それでは、わたしに恩恵を請うてください」王妃が言った。「お妹さんのためなら、真摯にできる限りのことを致しましょう」

ラセルズは跪いたまま、妹には是非会いたいと思っている、と答えた。妹はあの辺りのホールという名の地方地主と結婚したが、その男は、今は亡くなり、遺されたものと言えば、彼の年老いた両親の住む小さな農場一つという有様なのだ、と。

「わたしがここまでの旅費を工面しましょう」王妃が言った。「泊まるところも用意しましょう」

「安全通行証も出して頂かなければなりません」とラセルズが答えた。「お妃様の許可と承認がなければ、誰も宮廷から七マイル以内の範囲に立ち入ることはできませんから」

「ええ、わたし自身の馬と護衛兵を送りましょう」と王妃が言った。「妹さんにはちょっとしたことでたくさんの恩を受けてきましたもの。わたしにちゃんとしたドレスを初めて縫ってくれたのも妹さんでした」

ラセルズは未だ跪いたまま、目を床に伏せていた。

「わたしたちはお妃様のよき僕です。妹もわたしも」ラセルズが言った。「妹は旧教支持の立場を貫いて絞首台で殺された男――地方地主のホール――と結婚しておりました。そして、ローマ司教への手紙の、英語の下書きの大部分を書いたのがわたしです。大司教が、体の具合が悪く、床についていなければならなかったものですから」

「ええ、確かにあなたはわたしにとてもよく尽してくれました」王妃が答えた。「何か褒美をとらせましょう」

「お妃様」とラセルズが言った。「わたしは妹を愛しており、妹もわたしを愛しております。そこで妹にこの宮廷内の職を与えていただきたいのです。高い地位の職を求めは致しません。お妃様のおそばに仕えるような高い地位の職は。それにはもう人がいて、お妃様の身の回りに空いている職はほとんどございませんでしょうから」

このとき、ラセルズがこのように所望したとき、王妃はマーゴット・ポインズが女子修道院に入ることを考えていた。その日の午後すでに、王妃は第二女官であるメアリー・トレリオンを第一女官に昇進させ、以下の者たちを順繰りに上にあげていくことに決めていた。

「そうね」王妃が言った。「たぶん勤め口は見つけてあげられるかもしれません。でも――まだそんなことは言われていませんが――昔、わたしに恩恵を施してくれたからといって贔屓したとは言われたくないのです。というのも、わたしがまだ宮廷に来ていない頃から宮廷でよく仕え、最初に報いられるべき者たちがたくさんいるのですからね。ですが、あなたはこの手紙の英文を書き、この国に大きな貢献をしたのですから、あなたの妹さんに報いることであなたに報いることができるのならば、どういう報い方ができるか、とくと考えてみることに致しましょう」

ラセルズが立ち上がった。

「何年も会っておりませんので、妹は田舎臭く、宮廷にふさわしくなくなっているということもあるかもしれません。ですから、妹のために高い地位は望みません。ただ、ときどき、わたしたち二人が顔を合わせられ、妹が衣食住を保証されさえすれば結構なのです」

「よい進言をしてくれました」王妃が言った。「配下の者を妹さんの住んでいるところに送り、素行を調査させましょう。もし宮廷にふさわしい、お淑やかな人だったなら、身の回りの職に就いてもらいましょう。もし田舎臭すぎたら、別の職を用意します。さあ、行きなさい。そして今日はもうお休みなさい」

ラセルズは当時宮廷で流行り始めたばかりの体を九十度に曲げるお辞儀をし、身を折り曲げたまま回れ右をして戸口から出て行った。王妃はしばらくその場に留まり、考えをめぐらした。

「ああ」王妃が言った。「今から考えると、小さい頃のわたしは、随分と辛い暮らしをしていたものだわ。でも、当時はたいしたこととは思わなかった」

「忘れるのが一番よ」メアリー王女が答えた。

「いいえ」王妃が言った。「夕食抜きでベッドに入るのがどんなものか、忘れるには骨身に染み込みすぎていますもの。暗がりだらけの大きな家だった――一面暗がりだった。垂木の下から夜気が忍び寄ってくるような場所だったわ」

王妃は老公爵夫人である祖母の家の女中たちの共同寝室を思い出していた。

「わたしは随分と高みにまで登ったわ」王妃が言った。「ですが、考えてみると――」

キャサリンは貧しい男の娘で、まったく取るに足らぬ存在と見なされていた。いつも女中たちや召使の子供たちと一緒に過ごしていた。夜の八時には規則正しく、祖母がキャサリンと女中たち皆を、女中用の大きな共同寝室に鍵をかけて閉じ込めたものだった。女中たちはときには十名、ときには二十名いた。この共同寝室はむきだしの屋根の下の細長い屋根裏部屋もしくは納屋といったものにすぎなかった。女中たちは、噂話をし合っているうちに、たちまち眠りにつくこともあれば、恋人や召使やその他の者たちが縄梯子を使って窓から上がってくることもあった。男たちは小さなパイやワインや蠟燭を持ってきて、下品に飲んで騒いだ。

「ああ」王妃が言った。「わたしにも恋人がいたのよ。音楽家だったけれど名前は忘れてしまったわ。ああ、それからもう一人。ディアラムもいたわ。でも、彼はその後、亡くなったらしいわ。ディアラムはわたしの従兄だったかもしれない。家にはたくさんの男衆がいたから、正確には思い出せないけれど」

王妃は遠くを見つめ、思い出を手繰りながら、じっと立っていた。メアリー王女は好奇心に満ちた皮肉な目で、王妃の顔をまじまじと見つめた。

「ああ、何て単純な王妃様なのでしょう」王女が言った。「田舎臭いわ」

王妃は手がかりを捕まえたと言わんばかりに、両手を体の前で合わせた。

「思い出したわ」王妃が言った。「これは一種の喜劇ね。わたしの従兄だと言っていたディアラムは、わたしの恋人だと名乗ったことで音楽家を殴ったのよ。すると、音楽家は、わたしの祖母のところに行って、老公爵夫人に床に入ってまた一時間したら起きてきて、なかを覗いて御覧なさいと言ったの。そこで祖母がやって来て、南京錠に鍵を突っ込んで回し、なかを覗くと、蠟燭と小さなパイと酒盛りの現場が見渡せたっていうわけ」

「ああ」と王妃が言葉を継いだ。「あのときは叩かれたわ。でも、どうして叩かれたのか分からなかった。それからは、別の部屋で眠らされるようになった。その後、父が戦争から戻ってきてね。こうしたいかがわしい連中と交際していたことで、わたしのことを怒り、自分の貧しい家に引き取ったの。家庭教師にユーダルが付き、粗末な食事とたくさんの鞭打ちが与えられたわ」

「まあ、そんなことは忘れてお仕舞いなさい」メアリー王女が再び言った。

「慎ましさを忘れないようよく覚えておきなさいと、他の教師たちには言われたものよ」

「あなたは十二分に慎ましいわ」メアリー王女が言った。「それに、そうした思い出は、この場所にはふさわしくありません。メアリー・ラセルズは遠ざけておくほうがよいでしょう」

キャサリンが言った。

「いいえ、もう約束してしまいました」

「それならば十分に報いてあげなさい」とメアリー王女が勧めると、王妃が答えた――

「いいえ、それはわたしの良心に反します。わたしは今では王妃なのだから、何も恐れることはありません」

メアリー王女が角張った肩をすくめた。

「一日が終わるまで、その日を幸せと呼ぶことなかれ[1]、というあなたのラテン語はどこへ行ってしまったの?」メアリー王女が訊ねた。

「別の句でそれに対抗しましょう」王妃が言った。「『聖書』からの引用です。――正しき人は評価を恐れないだろう[2]」

「まあ」メアリーが答えた。「あなたがどうベッドを整えようとあなたの勝手です。でも、あなたはユーダル先生やプルタルコス[3]師からでなく、こうした女中たちから人生の舵の取り方を学んだほうがよかったようね」

王妃はローマ教皇に宛てた王の手紙を読んでくれるように請うた以外、メアリー王女の問に答えようとはしなかった。

「それに、確かではないかしら」王妃が言った。「もしわたしが高貴なローマ人たちの書を読んでいなかったなら、陛下に自分の望みをたくさん実現してもらうための言葉の巧みさも、わたしは持ち合わすことがなかったでしょう」

「ああ、あなたに神様のご慈悲がありますように！」王妃の継子が言った。「どうかあなたが、その方針を悔いることがありませんように！」

第二部　不和の兆し

I章

この夏、ポンテフラクト城からは、広範な国土を北へ南へと、たくさんの遠征が行われた。日光が荒野や高地に降り注いだ。国王は多くの供を連れ、ニューカッスル[1]まで出かけた。しかし、彼を出迎えるはずのスコットランド王は、そこには来ていなかった。そこで国王はさらに北まで歩を進めた。屠殺業者が国王の前で牛を追い、毎夜そのうちの何頭かを屠殺した。牛の蹄が王の馬の前で、広く踏み固めた道を作った。王の背後には、テントで仕える者たちが続いた。料理人や給仕や御用商人たちである。一行は新しい城がまばらにしか存在しない地域を通っていたので、ときには荒野の脇で眠らねばならず、金と黒のテントを携えていた。テントは金メッキされた柱で支えられ、絹の綱と銀の針金で設営された。その地域の貴族や大物たちが、緑の枝、音楽、屠殺した鹿、牛乳を充たした美しい木製の小樽を持って来ては王に謁を乞うた。しかし、国王がベリック[2]に近づいても、まだスコットランド王が彼を出迎えることはなかった。イングランド王の甥が会合の約束を果たそうとしていないのは明らかだった。お供の間で馬を駆っていたヘンリーは、エディンバラ[3]の町まで歩を進め、目にもの見せてくれるぞ、と息巻いた。砲兵を含め各兵科あわせて七千に近い兵士を甥に見せ付けてやるのだ、と言って。しかし、実のところ、こうした振る舞いは、彼の望むところではなかった。というのも、スコットランドに武装して入っていくとすれば、北部監察院が戦闘準備を整わせた全部の兵の集結を待たなければならなかったからである。これらの兵は辺境の地方一帯に散らばっていて、エディンバラに集結させるには何日もかかるに違いなかった。その上、夏の季節もかなり深まり、もし国王が帰りを遅らせれば、ポンテフラクトからロンドンに戻るその後の旅程も冬の終わりまで持ち越されそうだった。王はキャサリンと我が息子が冬の旅に耐えられるか少し不安だった。実際、彼はポンテフラクトに人を遣わせ、直ちに大きな護衛団を付けて王子をハンプトン宮殿に送り返し、夜が寒くならないうちにそこに到着させるようにと命じたのだった。

国王は国境付近で四日間野営した――テントのなかで過ごすことは大いに王の性に合った。野営することで若い頃の情熱を再び取り戻し、自分もそれほど年老いたわけでないと感じることができたからだった。――この野営の後、その夏の間に捕えられた四十人の辺境地方の住民と牛泥棒を王には紋章院総裁に引き渡した。これらの住人や牛泥棒は許してやり、スコットランド王と会った際に引き渡そうと、王は考えていた。しかし紋章院総裁は、石碑がスコットランドとの国境を示しているところから道に沿って、四十の絞首台を設えた。絞首台はどれも高かったが、あるものは他ののよりさらに高かった。囚人たちのなかに身分の高い者たちも含まれていたためだった。そして、ノーフォーク紋章院総裁は、国境近くまでイングランド王を見ようとやってきた群衆の見ているところで、四十人を木から吊り下げて絞首刑に処したのだった。

口から泡を吹き、天の高みを背景にぶら下がる、この見事な果実の収穫を肩越しに見て笑いながら、国王とその家臣たちは、イングランドの北部国境地方へと馬で引き返して行った。夏の気候は乗馬に適していた。道すがら、一行は狩りをしたり裁きを与えたりしながら、北の国でかつて行われた戦の話に花を咲かせたのだった。

しかし、エディンバラには王の帰還を悲しむ男が一人いた。トマス・カルペパーである。彼は異国の地にもう十九ヶ月滞在していた。彼にとって、スコットランド人は不愉快極まりない人種で、この町も不愉快極まりなかった。スコットランドの食事は彼の口に合わず、また、この地で織られたどんな服も着ようとしなかったため、彼の着ている服はボロボロだった。彼は一種の囚人でもあった。というのも、カルペパーはイングランド国王がスコットランド王のもとに送った大使に仕えるよう任じられていたからである。著名なスパイ、スロックモートンが宮廷を離れる前にやった最後の仕事は、王妃の従兄である危険人物トマス・カルペパーをしっかりと見張り、休暇を与えないようにしてもらいたい旨の手紙を書き送ることだった。

その後、この状況をさらに確固たるものとする一つの事件があった。従妹のキャサリン・ハワード――カルペパーはキャサリンの母の兄の息子だったが――が国王と結婚したとか、ハンプトン宮殿で王妃としてお披露目されたとかいった知らせ、というか、噂を耳にするや、カルペパーは突然怒りの発作に駆られて、そのときいた魚市場で、前後の見境もなく魚売りの婆さんを剣で突き刺してしまったのだ。この婆さん、海路もたらされた今の話を、英国王の結婚であるから英国人のカルペパーが大喜びするだろうと思って、彼に教えたのだが…。魚売りの婆さんは魚の間で息絶え、剣をもったカルペパーはなおも魚市場の近くにいた連中に誰彼構わずに襲いかかり、やがて鱈の上で足を滑らせて倒れ、多くの者たちに取り押さえられたのだった。

このため、カルペパーは、婆さんの跡継ぎたちと示談を成立させ、多くの切り傷や打撲傷に対する支払いを済ませるまで、牢屋に留置されなければならなかった。当時たまたまエディンバラにいたサー・ニコラス・ホービー[4]は、何がカルペパーをこれほどまでに苦しめているのか、カルペパーが今や王妃となった従妹を恋しくてたまらないのだ、ということをよく理解していた。そもそもキャサリンを宮廷に連れて来たのはカルペパーではなかったか？　それに噂によれば、それ以前、父親が貧乏でキャサリンが飢え死にしそうだったとき、カルペパーは自分の農場を売って彼女に食べる物や着る物を買い与えたというではないか？　そこで、サー・ホービーは英国大使にもスコットランド王にも、発作が完全に治まったと安心できるまでカルペパーを留置しておくように要請したのだった。流血への賠償やら、九ヶ月の監獄入りやらで、釈放されたときのカルペパーは文無しで、大使の食客に甘んじなければならず、手紙で金を無心したり、働いて金を稼いだりするまでは、イングランドに戻ることができなかった。そのために何ヶ月も必要とした。そのうち、彼は酒と地元の女に金をつぎ込むようになり、王妃となった従妹のことは忘れたと自分に言い聞かせた。そのうえ、許可なく職を離れることは死を意味すると、周りの者たちから念を押されていた。

ところが、北の地への巡行が行われたことで、カルペパーの焦燥感がまた高まった。食べ物も喉を通らず、酒を飲んでは喧嘩をするようになった。王妃も国王と共にこの地にやって来るという噂が立ち、彼はこの忌まわしい町から出て行けるように王妃か王に頼んでみようと力強く宣言した。国王が近づいて来れば来るほど、彼の思いは強くなった。そこで、国王が踵を返したという知らせが飛び込むと、カルペパーはもはや自分を納得させることができなくなった。その頃には、十分に金もでき、七日間、自分で部屋を借りていたし、この前夜にはサイコロ賭博で、スコットランドの弓の射手から男爵領の半分を勝ち取っていた。しかし、カルペパーには通行証がなく、拒否されることを恐れて通行証を求めることもできず、顔と手を墨で黒くして、小型漁船に潜り込み、リース(5)の港をダラム(6)に向けて出帆した。賄賂を使って船長に乗組員の一人として雇ってくれるように頼んだのである。ダラムに着くと、体を洗ったり食事をしたりしてぐずぐずすることなく、馬を一頭買い入れ、二日前に南に向けて発った王の一行をその馬で追い、ついに追いついた。だが、彼には、一行のしんがりにいた御用商人たちに王妃がどこにいるか訊ねるだけの才覚しか残っていなかった。御用商人たちは、痩せ馬に乗って突然現われたこの人物を笑い者にした。著名な詐欺師であるそのなかの一人がカルペパーのもっていた金をすべて巻き上げ、その代わりに、王妃はポンテフラクトから一歩も出ていないという知らせを伝えたのだった。もう一つの袋にもっていたわずかな量の銀で、カルペパーは食糧と飲料を仕入れ、鞍頭の横について案内をする貧乏な農夫を一人雇い入れた。

丘も谷も、ヒースの荒れ野もギョリュウモドキの茂みも、カルペパーの目には入らなかった。従妹の王妃を探し当てることしか頭にはなかった。時には、煤で汚れた顔を涙が伝った。時には、宙に剣を振り回し、馬を鞭打ちながら悪態をついた。これからどうしようか、どこで休もうか、どの道を通って丘を越えていこうか、そんなことは一切頭になかった。確かに言えるのは、農夫がカルペパーを忠実に案内したということだけだった。

国王があと一日の旅で戻ってこられるところまで来ているという知らせを聞いて、王妃は王を迎えに北に向けて馬を走らせた。その道すがら、王妃は、それほど遠くない丘の斜面に、死んだ馬の背に座って、その馬を殴りつけている男の姿を見た。その男の傍らには、毛皮の服を着込み、生皮の長靴を履いた農夫が立っていた。王妃の背後にはたくさんの家来や侍女たちが続いていて、王妃としては、来ようと思っていた地点にもう到達していた。そこで、王妃は手綱を引いて馬を止め、今見た男たちが何者か訊ねさせるため、二人の騎兵を送った。

男らは、金を奪われ正気を失った旅人と、その男の素性をまったく知らない案内人であるとの報告を聞くと、王妃は馬で来た一行を後戻りさせ、供の者に、旅人は大枝で編んだ寝藁に乗せて城に運び、再び旅ができるようになるまで世話をし、面倒を見るようにと命じたのだった。さらに、この機を利用して、こんな意見も述べたのだった。古い修道院が廃止されたのは、旅人にとって何とも都合の悪いことです。昔はここと、ダラムとの間に、貧乏な旅人が泊まれる修道院が七つありました。公道で商人が金を奪われたときには、故郷に戻る途中の都合のよいところで修道院に泊めてもらい、後で自分の好きなだけ、あるいはできる範囲で、神父たちに返礼すれば良かったのです。今ではこの長い道のりに、一つの避難所もなくなってしまいました。神の恩寵がなければ、あの哀れな旅人もカラスに目を穿り出されるまで、あの場所に横たわっていたでしょう。

王妃の言葉や行動を褒める者もあったが、陰で王妃の情け深さを笑う者もわずかながらあった。ルター派寄りの人たちは、古い修道院がなくなったのは、神のおかげだと言った。というのも、修道院はならず者や無益な旅人や聖地巡礼者や放浪者の巣窟になっていたからだ、と。そして、修道院が廃止されて以来、一万四千のこういった輩が、怠け者の浮浪者として、路傍で絞首刑に処され、国土が大いに浄化されたのもまた、神様のおかげだと言ったのだった。

Ⅱ章

リンカンシャー州の、スタムフォードから少し北東の地域には、ウィリアム征服王[1]がドーバーのセント・ラディガンド僧院[2]の修道士たちに与えた広大な土地があった。これらの修道士たちは、何世紀も前にこの土地を干拓し、その仕事の監督を初めのうちは自分たちが任命する小修道院長に任せたが、後に、堀や溝や堤防がすべてできあがると、仕事の監督を借地人である騎士や貧しい郷士たちに任せた。借地人たちは、土地を耕作し、洪水への防御を続け、土地管理人や治水管理者や治安判事らに応分の税を納めた。ロムニー沼沢地[3]で、この平地の土地管理人や治安判事に割当税が支払われたのと同様のことであった。

ラディガンド僧院所有の単純封土二百エーカーは、百五十年に渡って常に、ホールという名の借地人が借地権を握っていた。メアリー・ラセルズがノーフォーク公爵夫人の女中だった頃に嫁いだ相手がエドワード・ホールだった。このエドワード・ホールは、当時、公爵夫人に仕える、下男より少し身分が上の従者だった。彼の両親は、未だにネオツ・エンドと呼ばれる農場に住んでいた。

そこがネオツ・エンドと呼ばれるのは、聖ネオト(4)の堀という名の大きな堀とセント・ラディガンドの土地の境界石が置かれた小さな下水溝がある方角にあったからだった。

しかし、今は亡き王璽尚書が権力を握っていた厄介な時代に、エドワード・ホールはラディガンドの借地人たちの間で企まれた陰謀や蜂起についてスパイのスロックモートンに密告したのだった。北部全体が蜂起した恩寵の巡礼の乱(5)の少し前のことだった。ラディガンドの借地人は、もし小修道院が廃止されたならば、気楽に気持ちよく土地を借りていられなくなってしまうと大声をあげたり、ブツブツと呟いたりした。彼らの借地料は、あらゆる品々や穀物が極めて安かった大昔に算定され決められたものだった。借地人たちの言い分はこうだった。もし国王が自分たちの土地を取り上げて大貴族に渡したならば、大変に重い負担が課され強要されるだろう。一方、暢気な小修道院長たちのもとに置かれたまま数年経てば、修道士たちは遠くの領地のことなど忘れてしまい、不作の時にはまったく借地料を取り立てないだろう。きつい、取立ての厳しい小修道院長のもとであっても、修道士たちは地代を請求するだけで、それもわずかな額となろう。さらに借地人たちは、国王とトマス・クロムウェルは自分たちを異教徒のギリシャ人に、子供たちをサラセン人に変えてしまうだろうとまで言ったのだった。このような次第で、ラディガンドの借地人たちは反乱や陰謀を企てたのだった。

しかし、エドワード・ホールが起きている事態をスロックモートンに告げたために、武装隊がその地に派遣され、大方の借地人は絞首刑に処され、土地はすべて取り上げられた。生き延びて刑務所から出た者も、放浪の身となり、健常乞食となって、その多くの者が、絞首台代わりの木にぶら下げられたのだった。

土地の大半は、僧院の建物と十分の一税の穀物を貯蔵するための納屋とともに、サー・スロックモートンに授与された。しかし、ホール家の農場とその近くの別の三百エーカーの農場はエドワード・ホールに授与されたのだった。そこで、このエドワード・ホールは妻を娶り、妻のメアリー・ホールをリンカンシャー州のネオッツ・エンドに連れて来ることができた。しかし、恩寵の巡礼の乱が起こり、大きな蜂起がリンカンシャー州各地で頻発すると、暴徒たちは直ちにネオッツ・エンドに来て、農場や牛小屋を焼き、すべての動物を殺したり追い払ったりし、小麦を踏み潰し、亜麻の畑を荒らした。そして、大きな堀に沿って立つ二本の柳の木の間に竿を渡し、そこからエドワード・ホールを水上に吊り下げた。そこで、エドワード・ホールは、彼自身が作った干草の煙で水分を搾り取られ、ハムのように燻製処理されてしまったのだった。

その後のメアリー・ラセルズの境遇は大変悲惨なものだった。メアリーはエドワード・ホールの年老いた父親と寝たきりの母親を養わねばならなかったが、反乱者たちが手を付けなかったガチョウとアヒルを除けば、残った動物は一匹もいなかった。彼らの手もとに残った家は、エドワード・ホールの別の農場にある、彼らが荒れるが侭にしておいた農家一つだけだった。それに、長いこと、誰一人メアリーのために働いてくれようとはしなかった。

しかし、ついに反乱が悲惨な終焉を迎えた後で、数人の作男が彼女のもとにやって来て、メアリーは何とか生活をやりくりできるようになった。王璽尚書が倒れた後は、さらに暮らし向きが良くなった。スパイのスロックモートンが地所に来て、自宅を綺麗にするために、大工や石工や建具工を一緒に連れてきた。スロックモートンはそのなかの何人かをメアリー・ホールに貸した。しかし、この地方に住むある博識な女によって、修道士から奪った土地は繁栄しないという預言が唱えられていた。それに、すべての治安判事と土地管理人と治水管理人がどこの地でも絞首刑にされ、それ以来新たに任命されなかったので、同時に、下水は詰まり、土地は水浸しになり、疫病や吸虫が牛馬や羊を襲い、夜霧が穀物や果樹の花を枯らし始めていた。そこで、スロックモートンといえども、富や土地をあまり上手に活用することができなかった。

こうした状況で、ある朝、ガチョウやアヒルに餌をやりながら戸口に立っていたメアリー・ホールのもとに、一人の少年が駆けつけ、膨れ上がった灰色の広い堀の向こうに、重騎兵が何人か立っていると言った。その男たちは王妃陛下の遣いであり、堀を渡るための船を送ってもらいたいと叫んでいるということだった。

メアリー・ホールの青白い顔に赤味が差した。というのも、こんな辺鄙なところであっても、彼女のかつての寝室仲間が王妃になったという噂は彼女の耳にも届いていたからだった。時には、悲惨な状況から抜け出すための助けをして頂けないかと王妃に手紙を書き送ることとさえ考えていた。しかし、結局いつも恐れをなして止めてしまった。というのも、彼女の子供らしい純朴さを汚した者としてのみ自分のことを覚えているかもしれないと考えたからだった。老公爵夫人の家の女中たちの共同寝室では、清純な尼僧たちの修道院生活が送られていたわけでないことを、メアリーは思い出した。そこで、すっかり恐れをなしたメアリーは、庭師と羊飼いに、二艘ある船のうち大きいほうをわざわざ遠くまで取りに行かせ、王妃陛下の臣下たちを渡らせることにした。それから、自分は居間を片付け、身なりを整えるために、家のなかに入った。

煉瓦の土台にところどころタイルを張り木で覆った建築の古い農舎に、メアリーは一日中老人たちが座っていられる居間を建て増ししていた。そこは編み枝細工を粘土で覆った作りで、外側は白く塗られ、不法居住者の小屋のようにほとんど地面近くまで藁で葺かれていた。その部屋は、ほぼまわり一面に木製の戸棚があり、戸棚の下には、男たちが腰を下ろすことで滑らかに摩り減ったオランダ風の収納箱が置かれていた——このリンカンシャー州は、オランダとの貿易が盛んだった。巨大なオークの木の平板でできた大きなテーブルはボストン(6)の近くから来たものだった。この周りに集まって、一家は食事をした。炉の上にも、同じオークの木材で作ったもう一枚の平板があった。メアリーの小さな年老いた姑が、羊の皮で覆われた木の椅子に座っていた。中風で身を震わせながら、夜も昼もそこに座っていた。時々、ヤマアラシの鳴き声によく似た、気味の悪い奇声を発したが、話をすることはなく、エドワード・ホールの少々できそこないの息子からスプーンで食事を与えられていた。年老いた継父はいつも彼女の向かいに座った。脚は利かず、頭は不自然に捻じ曲がって戸口のほうを向き、まるで覗き見しているかのようだったが、これは、実際はリューマチのせいだった。妻の無口の埋め合わせをするかのように、舅は誰かがその場に居合わせると、ひっきりなしにしゃべったが、いつもリンカンシャー州の方言でしゃべったので、メアリー・ホールは言っていることをほとんど理解できず、実際、だいぶ前から耳を傾けるのを止めてしまっていた。舅は忘れられた洪水や耕作の仕方のこと、昔の縁日のこと、かなり前に水浸しになった畑の境界線のこと、エドワード四世(7)のボストン訪問のこと、自分が弁舌爽やかで旧家の出だったため、すべてのラディガンドの配下の者たちのなかから選ばれて、三つの銀の馬蹄をエドワード王に手渡したことについて語った。舅の後ろには、柵で囲われた食器棚があり、わずかの白目製の食器や作男の食事のためのたくさんの木の椀が載っていた。黒くペンキを塗られた右側のドアは、古い家の地下室に続いていていた。また、昔、修道院のものだった、巨大な錠に鉄の閂を差し込む様式のもう一つのドアは、女中や作男が眠る古い家の部分に続いていた。このドアは、日中はいつも開いていたが、日が暮れてから夜明けまでは錠がかけられた。というのも、作男は、野獣のように、夜になると残忍になる畜生のような連中だと考えられていたからだった。確かにこの連中が主人の喉を掻き切ることはありそうにないにしても、貧しい地下室に置いてある塩漬けにされた肉や干した魚や香料入りの蜂蜜酒やリンゴ酒に手を付けることはありそうだった。床は踏み固められた粘土で、湿り溶けかけていたが、イグサで覆われていたので、部屋には腐った土の匂いがした。入口の重い扉の内側には、泥棒除けの非常に大きな錠と閂が付いていた。垂木の付いた天井はとても低く、メアリーが床を歩くと、髪に触れた。窓にはガラスは嵌っておらず、羊皮紙のような薄い赤茶けた羊の皮が貼られていた。階段の前にはくぐり門があったが、それは犬が——泥棒や作男から一家を守るために飼っているたくさんの大きくて獰猛な犬が――二階に上って来ないようにするためのものだった。

　メアリーはこの家に入るたびに、心が重くなった。というのも、日に日に、隅柱が少しずつ片側に傾き、戸棚が湾曲し、扉は開け閉めがしにくくなっていったからだった。それに、外の畑はますます水浸しになり、土地は酸っぱい匂いを発し、羊は草を食まなくなるか、吸虫のせいで死んでいった。

「絶対に」メアリーは時々大声をあげたものだった。「神様がこんなことのためにわたしをお造りになったはずはないわ」

　夜には恐くなり、沼沢地や周りの暗い人跡未踏の世界を思って身震いした。ワタリガラスがカーカーと鳴き、ヨタカが鋭い声をあげ、雄ギツネが吼え、炎が湿原らしき地面の上で踊った。夫が絞首刑になった晩、メアリーの鏡は割られた。彼女は手桶のなかの水以外、別の鏡を持とうとは決してしなかった。自分が随分と老けたのか、褐色の髪とピンク色の頬をまだ保っているかすらも分からず、どうやって笑ったらいいかも忘れてしまい、きっと目尻にカラスの足跡ができているだろうと思わざるをえなかった。

　メアリーの最高のドレスは、彼女の私室である屋根裏部屋で、すっかり湿って黴だらけになっていた。彼女はこの服をできる限り綺麗に整えた。実際、困窮生活を送り、手に負えない作男や田舎者を打ち据えるために鞭をもってテーブルの上座に座っていられるような身分ではなかったので、黄色がかった深紅色の花嫁衣裳を身につけるしかなかったのだった。非常に長いこと箪笥にしまったままでいたコールテンのフードに髪をたくし込んだ。顔は手桶の水で洗った。この部屋には、手桶と、箪笥と、グレーの羊毛のカーテンがかかったベッドが備わっているだけだった。メアリーが動くと、屋根の藁が彼女のフードに引っかかり、床のひび割れを通して舅が女中たちに甲高い声でしゃべっているのが聞こえた。

下に降りていくと、緋色の服を着た六人の男と黒服を着た一人の男が、戸口の前の畑を横切って近づいてきた。緋色の六人は、全部で六つの鉾槍と六つの剣、一つの小さな幟をもち、黒服を着た男は剣を一つだけもっていた。彼らの馬は堀の向こうの木立のなかに繋がれていた。部屋のなかでは、女中たちがテーブルの平板の上にナイフや白目の皿を放り投げ、ガチャガチャといわせていた。また、酒を入れる角や塩入れをイグサのなかにどさっと落とした。祖父は椅子に座って甲高い声でしゃべっていた。雌鳥とその雛たちが女中の足の間を鋭い鳴き声をあげながら走り回った。そのとき、ラセルズが戸口から入ってきた。

Ⅲ章

サー・ラセルズが薄暗い穴倉のなかを見回した。

「おい。この家は悪臭がするぞ」そう言って、ポケットから、クローブと生姜が詰まった、乾いて萎びたオレンジの皮の袋を取り出した。「おい」ラセルズが王妃の騎馬隊と共に後から付いて来た騎兵隊旗手に向かって言った。「なかに入ってはいかん。あなたがたの間に疫病を流行らせてしまうからな」それから付け加えて言った。

「妹はひどい家に住んでいるとあなたがたに伝えたでしょう」

「いやあ、これは思いも寄らなかった」騎兵隊旗手が言った。旗手は宮廷を離れることに耐えられない、白髪まじりのあご髭を生やした男だった。宮廷では、大好きな酒の瓶を傍らに、一日中、一人か二人の仲間とチェッカーをして遊んでいた。ただし、王妃が馬で出かけるときには、その一行に加わった。旗手は敷居を跨がず、部下たちに厳しく命じた。

「ここで帯を外すな。もっと先に行くぞ」それというのも、兵たちのなかには、泥壁に槍を立てかけ、ドアの前のテーブルの上に剣と重いボトルベルトを投げ捨ててしまった者もあったからだった。肘掛椅子に座っていた老人が突然、兵たち皆に向かってわけのわからぬことをしゃべり出した――三十年前に手足を切断され体を吊るされた馬泥棒の話だった。旗手は少しの間老人を見つめ、言った――

「あんたはこの女の義理の父親だな。娘さんについて何か言うべきことがあるかね」鼻をつまみながら、身を屈め、ドアのなかを覗き込んだ。老人は斜視の目のこと以外何も語るべきことのない馬泥棒のピーズ・コッド・ノルのことをペチャクチャとしゃべった。

「なるほど」白髪まじりの旗手が言った。「ここでは意味のある言葉は聞けそうにないな」彼はメアリー・ホールに目を向けた。

「奥さん。王妃陛下からのお手紙だ」と言って、手紙が入った札入れを見つけるためにベルトのなかを探り、さらに話し続けた。「だが、文字が読めないのではないか。それでは、口で言うがね、王妃陛下があなたに仕えに来てもらいたいとご命令なのだ――人物証明書次第ではダメになるかもしれないが。とにかく、城にお出で頂きたい」

メアリー・ホールは身分ある人間にどう話したらいいか分からなかった。それほど長くそうした人間のいる場所から遠ざかっていた。彼女はゴックンと唾を飲み込み、心臓の上の乳房を押さえた。

「ここはどこの村です?」と旗手が訊ねた。「村でなければ、どこの治安判事が捺印した人物証明書をあなたに書いてくれますかな」

近隣の者たちは皆、絞首刑にされたので、村など存在しないとメアリーは言い立てた。ここから半マイルのところに、治安判事のニコラス・スロックモートン様の家があります。わが家のはずれから、その家をご覧いただけましょう。あるいはその家まで作男に案内させましょう、と。しかし、旗手は案内などいらないと言った。ここから治安判事の家までなら、どんな男であろうとどんな手伝い女であろうとどんな子供であろうと必要ないと言った。彼は裏の戸口を守るために一人の兵を、表の戸口を守るために一人の兵を置き、誰一人家から出たり、堀の端の向こうに行ったりしないようにさせた。

「あなたもここに留まっていてください、サー・ラセルズ」旗手が言った。

「だが、妹とこの丘を歩く許可を与えてもらえませんか」ラセルズが愛想よく言った。「草の葉に賄賂を贈っても妹の貞節について偽証させたりはできませんからね」

「よろしい。この丘を歩くことは許しましょう」旗手が答えた。旗手は王妃の手紙の束を取り出すと、また帯を締めた。

「わたしと一緒に馬で出かける用意をするのです」旗手がメアリー・ホールに言った。「夜が暮れるまでにはこの沼地から出て、シュリンプトン・インで眠ることにしたいですからな」

旗手は身のまわりを見回し、付け加えて言った——

「ガチョウを三羽もらっていきますぞ。すぐに殺してください」

ラセルズは屈強な乗馬者が長い歩幅で家のまわりを歩く間、その世話を焼いた。

「確かに」とラセルズが笑った。「これは、あばずれについて情報を得る一つのやり方だな。あいつがおまえの人物調査をしている間、俺たちは囚人扱いだ」

「まあ、何てこと！」とメアリー・ホールが言い、咄嗟に両手をあげた。

「あいつが戻るまで、俺たちは囚人だってことさ」兄は上機嫌で言った。「だが、ここは何とも汚い穴倉だな。さあ、日光を浴びに出て来いよ」

妹が言った──

「兄さんが一緒だってことは、わたしを囚人として引っぱって行くわけじゃないのね」

兄は不可思議に輝く目でまじまじと妹を見つめた。それから、とてもゆっくりとした口調で言った。「老公爵夫人の家での悪ふざけや乱痴気騒ぎは、そんなにひどかったのか」

妹は顔を青くし、兄貴に拳骨で脅かされたかのように後ずさりした。

「王妃様はまだまったく子供だったから」と妹は言った。「覚えてなんかいないわよ。それ以降は、とても信心深い生活を送ってきたわ」

「おまえを救うためにできるだけのことをするつもりだ」兄が言った。「それについて聞かせてくれ。俺たちは囚人だから、逃げるわけにもいかないし、な」

「兄さんが！」妹が大声をあげた。「わたしの結婚持参金を盗んだ兄さんが！」

兄はごまかすかのように笑った。

「俺の命令に従うなら、おまえを騎士と結婚させてやろうと思って、金はちゃんととってある。

ホールと結婚することに反対しただけだ」

「嘘よ！」妹が言った。「兄さんが結婚を無理強いしたんだわ」

女中たちが、逃げて行った地下室から覗き見していた。

「草の上に出て来いよ」兄が言った。「俺が言いたいのはそれだけだ。俺たちは兄妹として一蓮托生だってことさ」

二人の顔の違いは、妹が恐がり、兄が今度はどんな嘘をつこうかと考え微笑んでいるという点だけだった。フードをまとった妹の顔は、風雨に晒された皮膚の下で蒼ざめ、室内で仕事をする人のピンクがかった白を示す兄の顔色に近づいた。妹は眩暈がしていたので、非常にゆっくりと兄のもとにやって来た。しかし、彼女が敷居に差し掛かろうとしたとき、兄が妹の手を摑み、その手を自らの肘の下に手繰り寄せた。

「ほんとのことを言って」妹が言った。「わたしは宮廷に行くことになるの？　それとも牢屋なの？……でも、兄さんはほんとのことを言いやしない。小さな双子だったときもそうだったわ。ああ、神様、お助けを！　この前の日曜日、わたしは庭師と結婚する決心をしたのよ。ここから出て行ったら、わたしも兄さん同様の嘘つきになってしまうわ」

「妹よ」兄が言った。「これだけは心底から言っておく。おまえが俺に従い、情報を伝えてくれるかどうかで、結果は決まるのだ」背は兄のほうが少し高かったので、歩み去っていくとき、兄は妹のほうに体を傾けて寄り添った。

それから四日目に、一行はポンテフラクト城の南東方面にある大きな森に到着した。それまではだいたい妹と共に馬を進めていたラセルズが、ここで彼女のもとを離れ、一団の兵士が乗ってゆっくりと重々しく進む馬の先頭に立った。木々の間で道は四十ヤードの幅の芝地となって広がっていた。強盗どもの待ち伏せを警戒してのことだった。ラセルズが単独で一時間半乗馬すると、道路を遮るように、四人の見張りが置かれていた。ここで、廷内に入るための許可証を見せるために探しながら、ラセルズはどんな知らせがあるか、王は今どこにおられるのかと訊ねた。

城に戻るのに二日はかかるファイヴフォールド・ヴェンツに王はまだ滞在していると、ラセルズは聞かされた。そして、たまたま、明日の狩猟のために森のなかで鹿の居場所に印を付けていた騎馬林務官が道に出てきたので、ラセルズはこの男に、案内人として自分と一緒に来るようにと命じた。

「旦那、旦那が道を間違えるはずはありません」騎手はむっつりとして言った。「わたしは鹿の見張りをせねばならないのです」

「俺はあんたに案内してもらいたいのだ」ラセルズが言った。「この土地はよく知らんのでね」

「確かに」騎手はラセルズに答えた。「旦那が馬で鷹狩りに出る姿はあまり見かけたことがありませんね」

二人が真っ直ぐな道を進んでいく間、ラセルズはシェリー酒で林務官の口を軽くし、王がまったく不本意ながらもファイヴフォールド・ヴェンツに留まっていると噂されていることを聞き知った。明日、狩猟場で、牡鹿の大群と一、二頭の狼を狩り立てる狩りが行われることになっていた。噂では、王は早く城に戻って王妃と過ごしたい意向だったが、王と一緒に馬で来た若い忠臣たちが、この勇壮な追跡と大殺戮を楽しんでいきましょうとしつこくせがんだので、王はその願いを聞き入れ、そこに――二十四時間――留まることにしたというのだった。

「ほう、あんたはいろいろなことをよく知っているな」ラセルズが答えた。

「お迎えする我々は知識を仕込んでおく必要があるのです」林務官が言った。「他に頼るべきものがほとんどないのですから」

「ああ、確かに辛い仕事だろう」ラセルズが言った。「先週の木曜日、あんたは王妃様が鷹を呼び戻すのにロジャー・ペラム殿のハンカチを借りるのを見なかったかね」

「いいや、見なかったですね」林務官が答えた。「先週の木曜日は霜が降りて、王妃様は馬で外出などなさいませんでした」

「そうか、土曜日だったかな」ラセルズが言った。

「土曜日にも見ませんでした」林務官が声を張り上げた。「誓って申し上げます。土曜日には王妃様は弓を射られましたが、誰もが知っての通り、ロジャー・ペラム殿は金曜日に落馬して、まだ寝込んでおいででした」

「それではニコラス・ロッチフォード殿だったかな」ラセルズがしつこく言った。

「旦那」林務官が言った。「旦那は大変間違った噂をお聞きのようですし、馬で狩りに出た経験がほとんどないってこともよく分かります」

「読書好きなほうなのでな」ラセルズが言った。「だが、どうして」

「旦那」林務官が答えた。「こういうことです。王妃様は馬で狩りに出かけられるときには、いつも背後に小姓の少年トゥーサンを従えて行かれます。この少年が王妃様の放たれたそれぞれの鷹に対し適するおとりを常に持っているのです。隼や鷹、ジェネットやティアセルが降下してくると、王妃様は少年に、そのときたまたまやって来た鳥に見合ったおとりを要求いたします。王妃様は狩りや狩猟、鷹狩りの決まりを大変よく守られています。その点、わたしは王妃様に敬意を表しております」

ラセルズが言った。「いやはや、いやはや」

「ハンカチの借用ということについて言えば」林務官が続けて言った。「それは馬鹿げた話です。ご婦人は、宝石で飾られた羽根、緋色の巾着、その他さまざまな明るい色のものを借用して、鳥の目を引こうとするかもしれません――ひもの上に小さな鏡を付けておくのも有効です。しかし、ハンカチはねえ！　いやあ、読書好きの旦那、ご婦人がそんなことをするのは、『この騎士はわたしの僕で、わたしは彼の女主人』ということを世間に示そうという場合だけでしょう。そいつはこうした言葉を意味するだけですよ！――おまけに、そのご婦人は、鷹を逃がして、ハンカチを貸してくれた殿方を誘惑しようとしているんだってことになりましょう」

「いやはや、いやはや」ラセルズが言った。「そんなことを知らないほど、俺は無知ではないぞ。だから、訊ねたのだ。とても妙なことに思えたのでな」

「それは大変馬鹿げた話で、悪質でさえあります」林務官が答えた。「誓って言いますが、王妃様は森や荒野や狩りの決まりを――わたしにとっても王妃様にとっても名誉なことですが――とても注意深く守るお方なのです」

「そのようだな」ラセルズが言った。「だが、城が見えてきた。ここまでで結構だ。立派な鹿のもとへ戻っていいぞ」

「どこかに行ってしまってなければ良いですが」林務官が言った。「わたしがいなくても、旦那は道を見つけることができたでしょうに」


城へ入る道は一本しかなかった。南側から険しい緑の土手を北に登る道だった。途中、ラセルズは、二本の槍に緑の大枝を編み合わせその上に馬衣を敷いて作った担架を担ぐ四人の男を追い越さねばならなかった。ラセルズがその先頭を越したとき、担架に寝ていた男が飛び降りてきて、叫んだ――

「俺は王妃の従兄であり、僕《しもべ》だ。俺があいつを宮廷に連れてきたのだ」

ラセルズの馬が横に跳ね退き、土手に大きく跳ね上がった。騎手がようやく馬を制御し回れ右させたのは、馬が十歩も先へ進んでからのことだった。襤褸を着た黒い顔の男が埃っぽい道路に降り立ち、乱暴に大声をあげた。担ぎ手たちは担架を下に置いた。汗を拭うと、四人全員でカルペパーに襲い掛かり、その脚と腕をつかんで運び去ろうとした。彼らは絶えず担架から飛び出していくカルペパーにうんざりしていた。

しかし、四人の前に馬に乗ったラセルズが立ちはだかり、彼らの行く手を塞いだ。カルペパーが四肢を縮めまた伸ばしたので、彼を押さえていた四人が四人ともよろめいた。そして——

「お願いです、旦那」一人がぶつぶつと不平を言った。「俺たちが通れるように、どうか脇へどいてください。この男を担ぐだけでも大層な苦労なんですから」

「まあ、その哀れな男を担架に下ろしたなら」ラセルズが言った。「少し話そうではないか」

担ぎ手たちはカルペパーを馬衣の上に載せ、一人が跪いて押させた。

「もし旦那がこの男を寝かせるのに馬を貸してくれるなら、もっと楽に運べるんですがね」と一人が言った。この時代、スパイの地位と職業はほとんど尊敬されていなかったので——王璽尚書の時代の偉大なスパイたちはまったく別だったが——王妃の衛兵であるこれらの男たちはラセルズにぞんざいな口を利いた。スパイの職を別にすれば、ラセルズは大司教の哀れな従者にすぎなかった。

ラセルズは顎に手を当てて、馬上にうずくまった。

「もしこいつが王妃の従兄だとしたら、おまえたちは随分とひどい扱いをするではないか」ラセルズが言った。

さっきの担ぎ手があご髭を前に突き出し、空に向けて笑った。

「こいつは偽物にすぎませんや――ぼろをまとった小売商人でさあ。こいつが王妃様の従兄だったら、こんなぼろ布に乗せて運ぶわけがないでしょうが」

「俺は王妃の従兄、T・カルペパーだ」とカルペパーが空に向かって叫んだ。「俺をあの女から引き離す者は誰だ」

「さあ、旦那もはっきりと聞いたでしょう」担ぎ手が言った。「この男は血迷い、呆け、飢えと渇きで幻覚を見るようになっているのです」

ラセルズは鞍の先端に肘をかけ、手で顎をつかんで、考え込んだ。

「おまえたちはどんな次第でこの男を運ぶことになったのだ」

すると担ぎ手たちは一人また一人とラセルズに話を聞かせた。王妃が北部方面に馬で出掛け、その最北端に着いたとき、遠くの茂みのなかで、この男が干草を背負った馬の死骸を鞭打っていたのだ、と。男は強盗に襲われ、喉を乾かせ、発熱で頭がぼうっとしている旅人だった。王妃様は、男の顔を見もしなければ、話を聞くこともなかったが、この男を城に連れて行き、慰め癒すようにと、情け深くも命じたのだった。放っておけば、きっとこのまま死んでしまうだろうからと言って。その後、新たな担ぎ手となる四人が膝まであるヒースのなかを男のもとへたどり着かんとする間際まで近づいていくと、男は驚いて立ち上がり、遠くに見える王妃様の騎馬行列や多くの者をなにやらじっと見つめたのだった。そして剣を抜いて叫んだ。あれが王妃なら、俺は王妃の従兄なのだ、と。四人は足をすくって男をヒースの茂みのなかに転倒させ、斧の先端で頭を一発殴りつけて黙らせたのだった。

「だが、ここまで連れてきて、どこへこの男を預けたらよいのか困っとるのです」一番年上の担ぎ手が言った。

ラセルズは魅了されたかのように病人の顔を見つめた。そしてゆっくりと馬から降りた。このときカルペパーは目を閉じてじっと横たわっていたが、堅く強くかけられた縄をぶった切ろうとするかのように胸を隆起させた。

「この男のことは知っている。ジョン・ロブという名の男だ」ラセルズが言った。「王妃様がこの男の顔を確認しなかったというのは本当か」

「ああ、王妃様はこの男から四分の一マイル内に近づきませんでした」担ぎ手が言った。

「見たこともない男に慈悲をおかけになるとは、王妃様も随分とご親切なことだ」ラセルズがぼんやりと答えた。そして、じっくりとカルペパーに視線を注いだ。カルペパーは、両手を頭の先に広げてじっと横たわり、汚れた顔を空に向けていた。しかし、ラセルズが彼の上に身を屈めると、ブルっと体を震わせ啜り泣いた。

ラセルズは両膝に手を置いて屈みこんだ。ラセルズは恐れた——非常に恐れていた。これまで彼は王妃の従兄カルペパーに会ったことがなかった。だが、彼の噂は聞いていた。赤い髪をして、あご髭を生やし、常に緑の服を着、ストッキングをはいて歩き回っていることを。今ここにいる男も髪が赤く、石炭に汚れたあご髭は赤く縮れ、黒い汚れで覆われた上着はリンカングリーンの上質な生地で仕立てられていた。それに黒煤の下のストッキングは赤い絹製だった。担ぎ手たちが襤褸を着て汚れにまみれた王妃の親戚をもの笑いの種にしている間、ラセルズはゆっくりと考えた。

ラセルズはさらに長く考える時間が得られるように、空になるまで飲んでいいぞと言って、担ぎ手たちに酒瓶を渡した。

もしこいつが王妃に知られずに、呆けておかしくなってポンテフラクトにやって来た王妃の従兄だったなら、こいつを利用せぬ法はあるまい。というのも、世間の誰もが、この男が狂気じみた愛情をあの女に捧げていることを――女の服を買うために農場を売ったことを知っているのだ。女を騾馬に乗せてグリニッジの宮廷に連れて行ったのもこの男だ。そのとき、女の乗っていた騾馬が――皆が知っているように――入り口でつまずいたのだ。この男は、王とケイト・ハワードが一緒に座っていたとき、二人に剣を抜いて襲いかかったことがあったとも言われていた。この王妃の狂った横柄な恋人を何にせよ利用せぬ法はあるまい。そう考えて、ラセルズは燃える思いに身を震わせた。

だが、その勇気が自分にあるか？

カルペパーは、スコットランドに送られ、国土の最北端の地で監禁生活を送っていたはずだ。それが、戻ってきたとすれば？　この汚れは石炭の汚れだ。通航証を持たぬ者、逃亡者等々の輩は、石炭を積んでリースに向かうダラム船に乗ってスコットランドから逃げてくることをラセルズは知っていた。すると、この男はダラム船に乗ってきたのだ。だとすると…

もしこいつがカルペパーなら、やつは無許可でやって来たのだ。逃亡者だということだ。俺に逃亡者と取り引きし――逃亡者を匿う勇気があるか？　王妃陛下に気づかれずに。腹が決まらぬじれったさで、ラセルズは足を蹴り上げた。

ラセルズは素早く頭を回転させた。

これまでの自分の持ち駒は――王妃のみだらな宮廷生活について広まっている噂、ロンドン・タウンでの噂だ。王妃の部屋の扉番も買収し、自分のために働いてくれるよう説き伏せてある。妹もいる。

妹を脅せば、王妃の結婚前の話を語るだろう。そして妹は見つけてくれるだろう。メアリー・ホールよりもさらに進んで話してくれる侍女や下僕たちを。だが、王妃の部屋の扉番は！　それに加えて、王妃への愛で気も狂わんばかりの王妃の従兄は！　この二人を利用せぬ法はあるまい。

チクチク肌を刺す汗が額に滲んだ。上方の城の門から四人の騎兵が出て来ていた。決断しなければならない。金の入った財布をそばにしたスリの手のように、彼の指は震えた。

ラセルズは背筋を伸ばし、まっすぐに立った。

「そう、これは俺の友達のジョン・ロブだ」ラセルズは冷静に言った。

さらに、この男は王妃の従兄がいたエディンバラから来たのだとも付け加えた。男は王妃の従兄から、いかに二人が一心同体であったかを語るたくさんの手紙を貰っていた。そこで、狂乱状態で王妃を見たとき、男は自分がカルペパーだという奇想に取り付かれたのに違いない、と。

ラセルズはこうした言葉を吐き出し、冷静に息をついた。というのも、迷いが吹っ切れたからだった。王妃の部屋の扉番も王妃の狂った愛人も、持ち駒として利用してやろう。

ラセルズは自分の馬にカルペパーを乗せるようにと担ぎ手たちに命じた。そして、城の暗い内部の自分の部屋の近くに大司教の家令から部屋を借りるから、そこまでカルペパーを支えて連れて行くように命じた。そこで自分が費用を出してジョン・ロブを養うのだと言った。

担ぎ手たちが、旦那の行いはキリスト教徒らしい大変に立派な行為だが、俺たちは骨の折れる仕事をした分、王妃からの報酬をもらいたいと主張すると、ラセルズは自分がおまえたちに一人一クラウン[1]ずつ払おう、それに加えて王妃の執事から何がしかの報酬をもらえるかもしれないと言った。ラセルズは一人に一クラウンずつ贈る振りをして、担ぎ手たちの名前を一人一人訊ね、書き留めた。そして、四人の騎兵が通り過ぎると、担ぎ手たちはカルペパーを持ち上げてラセルズの馬に乗せ、皆一緒に城へ入って行った。

しかし、その夜、カルペパーが人事不省で横たわっている間、ラセルズは大司教の家令のところへ行って、ダブリンから十分の一税を持って帰るため夜が明けたら海を渡ってアイルランドへ赴くことになっている大司教の執行吏の護衛に、自分が名前を書き留めた四人の男を選んで、船に乗せるようにと頼んだ。さらに、翌日、カルペパーを別の部屋に移させた。そして、三日間にわたり、王妃の従兄がスコットランドから戻ったという噂を城中に流した。そのときまでにはカルペパーはほとんど酔いから醒めていたが、それでもまだ頭が混乱し、ときどき喚き声をあげる始末だった。

Ⅳ章

その三日目の晩、王妃はメアリー王女と共に屋根裏の礼拝堂から下りて来ると、またもう一度王女の部屋に入り、王女に父親の意向に従うようにと懇願した。王女は前回よりは冷淡でない皮肉を交えて王妃に抗弁した。王妃が懇願している最中、「大至急」と記された手紙が彼女のもとにもたらされた。王妃はそれを開き、眉を吊り上げた。署名を見て顔をしかめた。それから、手紙をテーブルの上に放り投げた。

「過去とはなかなか縁が切れないものだわ」王妃が言った。

「いったいどんな過去なのでしょう」メアリー王女が訊ねた。

王妃が肩をすくめた。

「そんなことを話しにここへ来たわけではありません」王妃が言った。「わたしは早めに眠りたいのです。明日は、陛下がお戻りになるのですから。それに、あなたに懇願することがたくさんあるのです」

「あなたの懇願にはもううんざりだわ」メアリー王女が言った。「もう懇願は十分。あなたが陛下に対し新鮮なところをお見せになりたいのなら、まずわたしに対して新鮮なところを見せて頂戴！話題を変えて頂きたいわ」

王妃がメアリーに反論しようとした。

「もう懇願は十分だと言ったではありませんか」とメアリーが機先を制した。「本当に懇願は十分です。もはや楽しくも何ともありません。それより、あなたの手紙が誰から来たのか賭けてみましょうか」

不本意ながら、王妃は沈黙を守った。その日、彼女は世俗のものも教父のものもひっくるめてたくさんの古代の書物を読み、言いたいことがたくさんでき、それが口から出かかったり、熱く胸に秘められたりしていた。彼女には、陛下が明日戻られるのに備えて、陛下によい知らせを伝えたいという強い願望があった。もう一度この国に大修道院や聖堂参事会や神の愛を再生することになるよい知らせを。しかし、未だ青い目で懇願を続けながらも、王妃には王女にそのための格言を押しつけることができなかった。

「あなたの手紙はサー・ニコラス・スロックモートンからのものでしょう」メアリー王女が言った。「ちょっと読ませて頂戴」

「あの勲爵士がこの宮廷に戻ったのを知っていたのね」王妃が言った。

「そうよ。それに、あなたが彼に会おうとせず、馬鹿みたいに、再び立ち去るよう命じたことも」

「あなたがわたしを馬鹿だと言うのは」キャサリンが反論した。「わたしが自分の良心に耳を傾け、スパイや偽証を唆《そそのか》す者たちを嫌っているためかしら」

「あら」メアリー王女が答えた。「わたしがあなたのことを馬鹿だと言うのは、男が遠くから馬で駆けつけて、罰を受ける危険も顧みず、あなたに伝えたいという話に、耳を傾けようとしないからですわ」

「まあ」キャサリンが言った。「わたしが刑罰を科すと言って彼が来るのを禁じたのは、彼をここに置きたくなかったからです」

「それでも彼はとてもあなたを愛し、あなたに仕えました」

「嘘をもって仕えたのです」と王妃は言い、腹を立てた。「彼に仕えてもらいたくなんてなかったわ。彼の偽証で、クロムウェルは倒され、わたしがクロムウェルの地位を継ぐことになりましたですが、わたしはむしろ神の真理によってクロムウェルが倒されることを望んだのです。さもなければ、クロムウェルに倒れてもらいたくはなかった。そう誓います」

「まあ、お馬鹿さんだこと！」メアリー王女が言った。「その勲爵士の手紙を見せて頂戴」

「わたしもまだ読んでいません」キャサリンが言った。

「それでは、わたしが読むわ」メアリー王女が答えた。王女は部屋を横切り、手紙が大きな地球儀と並んでテーブルの上に置かれているところまで行った。戻ってくると、再び王妃のほうを向き、丁寧にお辞儀した。そのため黒いガウンがぎこちなく広がったが、皮肉な眼差しをキャサリンの顔に注いだまま、王女は壇の下に置かれた椅子に後ろ向きに上って行った。

キャサリンは胸に手を当てた。

「いったい、どういうことです？」キャサリンが言った。「前には決してそこに座らなかったのに」

「それは真実ではありません」メアリー王女が厳しい口調で言った。「この三日間、わたしは、この椅子にこのように後ろ向きに上り、こうして品よく座る方法を練習してきました」

「それで？」キャサリンが訊ねた。

「それで、これ以上質問は受け付けない、ということです」王妃の継子が答えた。「もうあなたの声は聞き飽きたっていう意味ですわ、王妃様」

キャサリンはあえて反論しようとはしなかった。この娘の横暴な、気紛れな性格をよく知っていたからだった。しかし、激しい怒りで眩暈を覚え、テーブル脇の椅子に手を伸ばした。その椅子に座ると、唇を開き、前に身を乗り出して、壇の下の娘をじっと見つめた。

メアリーは、大きな羊皮紙に書かれたスロックモートンの手紙を、黒衣に覆われた膝の上に広げた。そして、部屋の隅の炉から来る光が書き物の上に当たるように、体を前に屈めた。

それから、皮肉っぽく言った。「この高座からよりは、部屋の隅の下座からのほうが、罵倒はしやすそうだわね」――そして、喘いでいるキャサリンに、読み聞かせた。

やがて目を上げて、王妃の顔をこっそりと覗き込んだ。

「この勲爵士が頼んでいることを、あなたはする気がないのですか？」王女が言った。「彼の求めは賢明なことだと思うけれど」

「神かけて」キャサリンが言った。「今はその男の話など聞きたくありません」

「あら」メアリー王女が冷ややかに答えた。「もしもわたしが王妃様の同盟者であるとしたら、わたしは王妃様の助言者でもなければならず、わたしの発言は重みを持つはずですわ」

「でも、あなたは、あなたは…」キャサリンが切り出した。

「わたしの発言を聞いてください」メアリーが言った。「あなたの発言は聞きません。さあ、この立派な勲爵士の言い分をお聞きなさい。わたしがあなたの幸せを願う者だとしたら、わたしは、これほどにあなたの幸運を願うこの男を立派だと呼ばなければなりません」

キャサリンは悲痛のあまり手をもみしぼった。

「拷問の苦しみを与えてくれるのね」

「ああ、わたしも拷問の苦しみを味わってきましたわ」メアリーが答えた。「でも、それを乗り越えて生きています」

メアリーは喉に唾を飲み込むと、再び書き物に目をやり、言葉を発した――

「この勲爵士は、メアリー・ラセルズだかホールとかいう女と、この女の兄で、大司教に仕えるエドワード・ラセルズという男に気をつけるようにと、あなたに命じています」

「スロックモートンの言うことなど聞きたくありません」キャサリンが答えた。

「ええ、でもそうせざるをえないのです」メアリーが言った。「でなければ、わたしはこの椅子から下りますよ。破滅する王妃と同盟を組む気はありませんからね。賢明なことではないですもの」

「神よ、わたしを助け給え」

「神は、よく己と相談し賢明な考えを持つに至る者を、もっともよく助けてくださるものです」キャサリンの継子が答えた。「以下が勲爵士の言葉です」王女は羊皮紙を掲げ持ち、手紙を読み上げた。

「『それ故に、わたしは――あなたはわたしがどんなにあなたの幸せを願っているか知っておいでのはずです――跪いて、次の二つのうちの一つをあなたがしてくださることをお祈り致します。この二人を宮廷とあなた様の御前から立ち退かせるか、二人があなたにきちんと仕えるようにたくさんの報酬を払うかのどちらかを。小さな腐った果実でもひどい悪臭を広めるものです。わずかな発酵でも井戸全体を汚染するものです。この二人は、わたしが人から忠告され、確信し、納得し、告発してきたように、あなたの名声のまわりに腐った霧や靄を撒き散らし、あなたの善良で慈悲深い行為をも邪悪な見せかけのものに変えてしまいます――ご存知のように、わたしが命と手足を拷問台の危険にさらしてまで仕えてきた、やんごとなき存在である王妃様に、わたしは誓い、断言いたします…』」

メアリー王女は王妃の顔を見上げた。

「この男の懇願に、聞く耳を持たないのですか」王女は言った。

「ラセルズとその妹には、彼らの功に応じた報酬を与えましょう」王妃が言った。「値する分だけを。それ以上ではなく。それに、この勲爵士がいくら懇願しても、わたしは、従者や女中に不利な証言をさせようと彼が連れて来る証人の話を聞く気にはなれません。どうか、神様、わたしに力をお与えください。わたしはスロックモートンが彼の主人クロムウェルにどう仕えたかよく知っているのですから」

「あなた自身のために！」メアリーが言った。

王妃は、染みを洗い落とそうとするかのように、手をもみしだいた。

「神よ、わたしを助け給え」王妃は言った。「わたしは陛下に、今は亡き王璽尚書の命乞いさえしたのです」

「陛下はあなたの話を聞こうとはしなかったわけね」メアリー王女が言った。王女は、冷静な、探るような目で、長いこと王妃の顔を見つめた。

「初耳だわ」と王女が言った。「あなたが王璽尚書の命乞いをされたとは！」

「ええ、お願いしました」キャサリンが言った。「王璽尚書が陛下に対して大逆罪を働いたとは思えませんでしたから」

王女は座っている場所で背筋を伸ばした。

「あなたほど女王らしくない姿は、みせたくないものだわ」王女が言った。「わたしも王家の一員ですからね。それでも、この勲爵士の言葉はお聞きなさい」

そして再び、手紙を読み聞かせた。

「『このラセルズと共に、メアリー・ラセルズだかホールだかを連れに来た騎兵隊旗手の口からわたしは聞いたのです。わたくし、勲爵士スロックモートンは自分の耳で直に聞いたことを誓います。騎兵隊旗手が言うには、一緒の馬に乗ってずっと旅していたとき、このラセルズが王妃様について様々な質問を浴びせかけてきたそうです。例えば、「あなたが護衛をして王妃様が馬でお出かけになるとき、王妃様には贔屓にしている殿方がいらっしゃるのですか」とか「王妃様がペラムとかいう騎士からハンカチを受け取ったという話をご存知ですか」といった質問を――あれやこれやの質問攻めで、騎兵隊旗手はラセルズの話を聞いているうちに反吐が出る思いをしたそうです。さあ、慈悲深く、やんごとなき王妃様、こんな質問をする男は一体何を求めているのでしょう』」

再び、メアリー王女はしゃべるのを止めて、王妃を見た。

「ええ」キャサリンが言った。「敵はそうやってわたしのことを話すのでしょうね。それを予期しなかったとしたら、わたしもあなたの言う愚か者ということになるでしょう。でも――」そこで、胸を張って言い足した。「こうした清い生活を送っているのですから、そうした矢がわたしの甲冑を射抜くことはありえませんわ」

「まあ、可哀相に」メアリー王女が言った。「中傷者の舌を切り落とす気がないならば、あなたの生活が中傷にどう対処できるというのでしょう」

王女は陰気な笑いを浮かべ、付け足した――

「それで、この勲爵士の結論はというと——まるで手をもみしだき、跪き、泣きごとを言い、あなたの足に接吻するかのような調子だわ——宮廷に舞い戻ることを許可してくれるよう、あなたに懇願しているわ。『わたしはあなたの食器を磨き、テーブルで給仕し、あなたの馬の汗をこすり落とし、最も卑しい仕事のすべてを引き受けましょう。こうしたむさ苦しい場所で何が囁かれているかを知り、あなたに報告できるように、どうか、わたしを宮廷に来させてください』」

キャサリン・ハワードが言った——

「ペラムにハンカチを借りるほうがまだましだわ」

メアリー王女が脇の床に羊皮紙を落とした。

「わたしはこの勲爵士が望むことをあなたがなさるよう忠告します。このスパイの帝王は、やかましいスパイたちの間で、夢のなかの影のように動くことでしょう。夜の闇のなか、ヌミディアの恐ろしいライオン[1]のように、スパイどもに忍び寄るでしょう。あなたにとって、彼は、あなたがディアーナの教えから学んだすべての人生の美徳より、もっと堅牢な甲冑になってくれるでしょう。王族であり高貴な身分のわたしたちは、そうした泥濘に足を浸けていなければ生きていけないのです」

「ああ、玉座に座る神にかけて、あなたが王家の血を引く者であるなら、教訓を授けて差し上げましょう。お聞きなさい——」

「いいえ、もうあなたの言うことは聞きません」メアリー王女が答えた。「わたしが教えて差し上げましょう。この国で誇り高い人間はあなた一人ではありません。あなたを赤面させるような誇り高さをあなたに見せてあげましょう」

メアリーは立ち上がり、ゆっくりと壇の階段を下りた。肩を怒らせ、手を体の前で組んだ。頭はまっすぐに前を向き、目は黒味がかっていた。王妃が座るところまで来ると、跪いた。

「わたしは、あなたが母親であると認めます」王女が言った。「わたしの父、国王と結婚なさったのですから。どうかわたしの手を取って、わたしのためにあなたが建てたあの席に、わたしを座らせてください。どうかわたしを王女と呼んでください。再びこの国の王室に加えられた王女だと。あなたがわたしにさせたいとお思いのこと、わたしにふさわしい振る舞いとお考えのことを、わたしに教授してください。わたしの手を取って」

「いいえ、それをなさるべきは国王陛下です」王妃が囁いた。だが、その前に、王妃は驚いて立ち上がっていた。その顔は喜びに赤く染まり、その目は気取らない誠実さを湛え輝いていた。王妃は額から一本の髪の毛を払い除け、胸の上で手を組むと、全能の神の住処と見事な陣立ての聖人たちを探し、視線を上方に向けた。

「それをなさるべきは国王陛下です！」王妃が再び言った。

「もう何も言わないでください」メアリー王女が言った。「あなたの懇願はもう十分に聞きました。そう申し上げたはずです」

王女は跪き続けた。

「あなた以外の誰であってもなりません！」王女が言った。「他の誰でもないあなたが、わたしの屈辱と誇り高さを目撃しなければなりません。さあ、わたしの手を取ってください。わたしの忍耐とて永久に続きはしないのですから」

王妃は王女の組んだ手のなかに自分の手を差し挟んだ。そして王女を立ち上がらせた。

メアリー王女は、壇の下で、白い顔をし、黒衣を纏った姿で、高く、影のように、立ち上がった。

「さあ、聞いてください」王女が言った。「このことのために、わたしはあなたに平伏しました。ですが、わたしは極めて誇り高くもありました。というのも、わたしの血管のなかには、あなたや王の血よりも偉大な血が流れているのです。テューダーの血がハワードの血に勝っているように、スペイン王家の母の血はテューダーの血に勝っているのです。そして王家にふさわしいのは――」

「わたしは王妃であるあなたを、わたしの前に跪かせました。嘆願を受け付けることは王家の者にふさわしいことです――でもそれ以上に、嘆願を叶えることがさらに王家の者にふさわしいのです。そして、この点で、わたしはあなた以上に誇り高いのです。あなたがクロムウェルの命乞いをされたと聞いたとき、わたしは、この人は美徳気違いの王妃だと思いました。きっとこの女は没落すると！　分別はこの女とは組まないようにと、わたしに命じました。ですが、王家の者であるわたしが分別を働かせるべきでしょうか。アラゴン家の出であるわたしが、ハワード家のあなたより臆病であっていいものでしょうか」

「答えは――ノーです。あなたが美徳のため、盲目的に、愚か者のように、結果も顧みずに破滅の道を突き進んで行くとしたら、アラゴン家のメアリーであるわたしは、同盟は危険だと分かっていながら、あなたと同盟を結ぶでしょう。しかし、めくらめっぽう破滅するよりも、前もって分かっていながら破滅の道を辿るほうが勇敢なことですから、わたしはあなた以上に勇敢であると明言します。母が亡くなるのを見たときから、美徳は益なきこと、この世では実現不可能なことだということがよく分かりました。ですが、あなた――あなたは、美徳がこの世の君主制を打ち立て、人々を支配すると思っています。従って、あなたがやっていることは利益を求めてのことです。わたしは何ら利益を求めません」

「ああ、神の母にかけて」キャサリン・ハワードが言った。「今日は生涯で一番嬉しい日です」

「お願いですから」メアリーが言った。「わたしから姿が見えず声も聞こえない場所へ出て行ってください。喜びの姿や声には耐えられません。それに、王妃様、どんな日もそれが終わるまでは幸福と呼ばないよう忠告しますわ。真夜中になる前に、完全に破滅させられているかもしれませんもの。わたしはあなたよりたくさんの王妃を知っています。あなたはわたしの知っているなかの五番目ですからね」

そして、さらに付け加えて言った――

「その他の事に関しては、わたしはあなたが望むように行動しましょう。王に服従し、王が求める欺瞞を実行いたしましょう。神があなたを守ってくださいますように。あなたには神のご加護が必要です」

その夜の夕食時、中庭を臨む城の内奥の大広間では、すべての勲爵士と小貴族が席について、王の奢りで食事をしていた。こんなに多くの者が集まったことはなく、四十人ほどの人間がいた。最上席は王妃の記録係であるデスパン卿、塩入れよりはるか離れた最下席にはポインズ青年が座っていた。北部のデイカー卿[2]のような、王妃の取り巻きの大貴族は、この一般席では食事をとらなかった。たとえとるにしても、王妃自身がそこで食事をする、昼の祝宴のときだけだった。

それにもかかわらず、この食事は厳かに行われ、デスパン卿は、綺麗な白い布が敷かれたテーブルを油断なく見張っていた。鳥の胸肉を食べる前に酒に酔うと、罰金が課せられた。もっとも、食卓についたときに、すでに酔っ払っている場合は別だったが。立派な塩入れがテーブル掛けのちょうど真ん中に置かれていた。オランダから来た銀でできた品物で、地球を模《かたど》っていた。天辺が開くようになっていて、何本もの騎士の小旗が下を支えていた。

大広間は全体石造りで、壁はクリーム色だったが、鉄製の松明立ての上方だけは、煤で汚れていた。王の紋章の盾が一方の端のドアの上方に、王妃の紋章の盾がもう一方の端のドアの上方にあった。それぞれの窓の上方には注目に値する鹿の角が飾られていた。中庭から給仕人を入れるための側面の戸口の上方には、この城を訪れたことのある、今は亡き王たちの紋章の盾が、戸口ごとに一つずつ飾られていた。天井は全体金メッキされ彩色され、召し使いの顔が流し目をしたり、目配せをしたりしているのが描かれていたので、酒に酔った人が椅子に座った状態で頭を反り返らせて上を見ると、これらの絵はまるで生命をもっているように見えた。この大広間はデイカー・ホールと呼ばれていた。代々のデイカー卿が、建造中に亡くなった代々の王への供物となるように建てたものだったからだ。

小姓がいる勲爵士たちは、小姓を椅子の後ろに侍らせ、ナプキンを掲げ持たせたり、ワインやビールを角に注がせたりした。台所や料理の受け渡し口から、給仕人が絶えず中庭やタイル張りの床を横切って走ってきた。テーブルは奥の壁際に設えられ、勲爵士たちは皆、壁側にいた。勲爵士の数は少なく、そのほうが、給仕が楽だったのだ。持ち運ばれるナイフのガチャガチャ鳴る音、タイルを渡る靴音がうるさかった一方、会話はほとんど交わされていなかった。というのも、このピンと張り詰めた雰囲気のなかでは、食事だけが重要で、五分もすると、猪だか羊だかの頭からはすっかり肉が剝ぎ取られ、頭蓋骨があらわにされたのだった。

皆が食事を始めたとき、人目につかず、トマス・カルペパーが部屋に入ってこられたのは、こんな具合だからだった。しかし、デスパン卿はすぐさま、傍らに立った人物に気づいた。

「そこのお方、席についてください」デスパン卿が言った。「席を指定できるように名前と位を言ってください」卿は先が凹んだ尖った鼻をし、灰色の四角いあご髭を生やした、顔色のよい、威厳ある貴族だった。この場で最高位にあることと、ドアから隙間風が流れ込んでくることを理由に、ボンネットを被っていた。

トマス・カルペパーの顔は白亜のように白かった。ラセルズがどこかで彼のために緑色の服と赤いストッキングを調達していた。赤いあご髭が顔を縁取り、唇はすぼめられていた。

「あなたの席に座ります」カルペパーが言った。「俺は王妃の従兄トマス・カルペパーですから」

デスパン卿は大皿に目を伏せた。

「わたしの席をお譲りすることはできません」デスパン卿が言った。「ですが、わたしの右手の空席に掛けて頂いて結構です。そこはとても名誉ある席です。ですが、わたしの席はお譲りできません。わたしのついている席はもともと王妃様の席で、わたしはその代理人なのですから」

「あなたの席に座ります」カルペパーが再び言った。

デスパン卿は何よりもこの場所に秩序と静寂を保つことに腐心していた。彼は再び大皿に目を伏せ、それから、彼の耳に囁く一つの声に気づいた。

「いいから、彼の機嫌をとるのです。頭が狂っているのですから」デスパン卿が少し視線の向きを変えると、椅子の背より高いところにラセルズが立っているのが見えた。

「あなたの席に座ります」カルペパーが再び言った。「そして、ここの連中のなかで最も権威のある貴族だと言うこの男には、俺の椅子の後ろで給仕してもらいましょう」

デスパン卿はナイフとフォークを片手にとり、もう一方の手に紡錘型のパンを持った。卿はカルペパーにお辞儀するような仕草をし、カルペパーはその肩を押して卿を追い払った。この光景を見て不思議に思った小貴族たちもいたが、誰もここで交された言葉を聞いた者はなかった。テーブルの末席では、騎士の従者たちが、デスパン卿の大逆罪が発覚したのに違いないと言った。ただ、ポインズ青年だけは、あれは王妃に恋焦がれて正気を失くし、許可なくスコットランドから戻ってきた王妃の従兄だ、と言った。この事件は、給仕人、料理人、料理人の下働き、皿洗い、女中、侍女、女官によって、瞬く間に城中に知れ渡った。その速度たるや、肉を食べることに熱中している人たちのテーブルを同じ話が伝っていくのよりも余程速かった。

カルペパーはドシンと椅子に座り、両手を無様に布の上に投げ出し、どんよりと見開いた目でその布を見つめた。彼はほとんど口を利かなかった――デスパンの給仕人が猪の頭を持ってきたときだけ、その肉を一切れ口に運び、それから、その料理を皿ごと給仕人の頭に投げつけた。このことが下僕たちを怒らせた。というのも、この給仕人は長年デスパン卿に仕えてきた威厳ある男だったからだ。雄羊のような顔をしていたところからも、彼がどんなに威厳ある男だったかが分かろうというものである。ワインを少し飲むと、カルペパーは残りを布の上にひっくり返した。袖で、塩を皿から払い除けた。このことはその後長く、居合わせた男女の記憶に残った。カルペパーは何も飲み込むことができないようだった。というのも肉も酒も平らげることができず、死んだように蒼白い顔をして座っていたからだった。そこで、あの男は狂犬病にかかっていると言う者もあった。カルペパーは一度振り向いて、デスパン卿に訊ねた――

「もしも売女が偽証して王妃になったとしたら、この女の真の恋人はどうすりゃいいんだ」

デスパン卿は何も答えず、ただあご髭を左右に振り動かした。そこで、カルペパーはこの質問を、間を置いて三度繰り返した。やがて、大皿が片付けられ、デスパン卿はトランペットの音に合わせて退場した。多くの貴族が、どんな余興を提供してくれるかと、カルペパーを取り囲んで覗き込んだ。ラセルズは、緋色の出で立ちのポインズ青年の後を追い、青年の腕に手をかけ、青年に何か囁きながら退場した。給仕人や掃除夫たちが食卓の後片付けに取り掛かった。

しかし、カルペパーは、何も言わず、動きもせずに、そこに座っていたので、彼を取り囲んだ貴族たちは何の余興も彼から引き出せなかった。そこで、アムノット未亡人の店に焼きリンゴを買いに行く者や、屋上で星を観察している錬金術師と話しに行く者も出てきた。こうして、一人、二人と部屋から出て行った。松明も大半が燃え尽きていた。カルペパーだけがそこに取り残された。ただ、大司教派の二人の貴族がその傍で、この男は王妃様の従兄なのだから、面倒を見て世話してやれば、立身出世が叶うかもしれないと、大胆にも話し合った。

カルペパーは、剣は持っていなかったが、短剣は持っていて、ちょうどそれを抜いて、心臓を突き刺そうとしたとき、大広間をラセルズの黒い影が走った。ラセルズはずっと窓から様子を窺っていたようだった。二人の貴族もカルペパーの腕に飛び掛った。そして三人一緒に、カルペパーに、自害するよりもっと良いやり方があると説きつけた。そしてラセルズはオランダ産の強い酒が入った瓶を持ってきて、この酒を少し注ぎ、カルペパーに飲ませた。それから、一人の貴族が、自分の部屋は王妃様の部屋の近くの回廊のなかにあり、もしカルペパーに一緒に来る気があるなら、そこで酒盛りをすることができると言った。ただ、そこへ行くときには静かにしていてくれなければ困る。警護の者たちのそばを通り過ぎてしまえば、後は大丈夫だが、と。そこで、彼らはカルペパーの腕に腕をまわして、中庭を曲がりくねりながら進んで行った。中庭では、食事客のお供をして足元を照らす役目の松明持ちたちが、食事が終わったことを神に感謝し、松明を地面に擦り付けて火を消していた。

下僕たちは、高い壁の影の下で、一部の人は月の光を浴びていたが、議会を開いた。彼らは今の状況について話し合った。ある者たちは、トマス・カルペパーが宮廷に来たのは非常に残念なことだと言った。カルペパーは怠け者の自慢屋で、彼のいるところ、混乱だけが蔓延る。王妃が宮廷を秩序ある場所にし、下僕たちが打ちのめされたりすることがほとんどなくなっていただけに、なおさら残念なことだ、と。すると、別の者たちが、この主にしてこの臣あり、宮廷にはひどい混乱が存在する。しかし、それは表に出ない混乱で、王妃がその中心なのだ、と言った。だが、こうしたことを言ったのは、たいてい、皿洗いや部屋を掃除し新しいイグサを敷き詰める女たちだった。料理人たちは総じて、食事の賄いや台所と関係のあるすべての者たちとともに、王妃を賛美した。彼らは、王妃が昔の断食の習慣を復活させたので、王妃の存在を神に感謝した。というのも、料理人たちが主張したように、断食日の後は、食事をとる主人の食欲が増し、そうなると料理人が褒められるというわけで、断食は料理人たちに名誉をもたらすものだったからである。大司教の料理人たちがこの論争についてはもっとも興味津々のようだった。というのも、彼らには状況を知りたいしかるべき理由があったのだ。馬丁や乗用馬飼育係や鷹匠の弟子たちはたいてい、他の者たちより地位や利権を目当てに立ち回る政治屋で、覗き穴やドアの隙間から、王妃の従兄が反王妃派の貴族た

ち と立ち去るのを見て、これはどうしたことかと頭を捻った。トマス・カルペパーは王妃がこれらの貴族を首尾よく自分の味方に引き入れるために遣わした使者だと言う者もあった。従兄や伯父や親類は、アン・ブーリンを破滅へと追い込んだ黄色い犬ノーフォーク公の場合のように、王妃のもっとも辛辣な敵なのだ、と言う者もあった。立ち話であれ、座談であれ、自分たちがこんな話し合いをすることができること自体、驚くべきことだ、と言う者もあった。何しろ一年かそこら前には、まわり中にスパイがいて、干草を作る人は穀類の茎を刈る人を信じられず、肉を給仕する人はワインを注ぐ人を信じられずにいた。でも、今は誰もが好きなように話すことができた。壁にもたれて座り、胸襟を開き、好きなことを言えれば、それは友情を育むのに大きく貢献した。

台所の窓の列のなかでは、大きな炉の明かりが輝きを失った。城壁の下の芝生の斜面から通用門を通って、恋する男女たちが城に入った。四人の騎手が馬で乗り入れ、国王陛下が城からわずか九マイルのところまで来ておられるので、真夜中近くに陛下の足元を照らすため松明持ちは控えているようにとの言葉を伝えると、小さなざわめきが起こった。だが、喜びと驚きが増すように、王妃には内緒にしておくのだ、との言葉が付け加わった。それを聞き終えると、下僕たちは立ち上がり、体を揺すって、「さあ、寝よう」と言った。明日は、国王陛下がお戻りになり、きっと大きな行事やきつい仕事が待っているだろう。廏舎、犬舎、掘っ立て小屋の、藁のなか、イグサのベッドのなかに、男たちは赴いた。若い貴族たちは城の麓のアムノット未亡人の店から、笑いながら戻ってきた。窓に取り巻かれた中庭全体で、見える明かりはたった一つだけになっていた。王の足元を照らす松明持ちたちは、王の接近を待ちながら、衛兵詰所でまどろんでいた。暗闇と静けさと深い陰がいたるところを覆った。ただ、頭上では、月の光で空は青白く染まり、空中高いところから、屋根の上の夜警の角笛のか細い銀鈴を鳴らすような音が、十五分ごとに流れ落ちた。眠たげな鐘が正時を告げ、夜鳥の大きな鋭い鳴き声が空高いところから響き渡った。

Ⅴ章

王妃が夜遅く寝室に戻ると、侍女のメアリー・トレリオンとロッチフォード夫人が彼女を待ち受けていた。メアリーはマーゴット・ポインズが占めていた地位に王妃が昇格させた娘だった。

「そうね」王妃が言った。「わたしの服のレースを解いてくれたら、下がって構いませんよ。そうでないと、こんなに遅くまでわたしに仕えることに嫌気が差してくるでしょうからね」

メアリー・トレリオンは床に目を伏せ、王妃様に仕えるのはこの上ない喜びであり、フードをはずし、髪を解くことを諦めるのは本意でなく、以前からそうした貴重な装飾品や高価な衣装のつけはずしをしてみたいと望んでいたのだ、と言った。

「いいえ、下がらなければなりません」と王妃が言った。「こんなに長く仕えていて、明日の朝、目を赤く腫らしていたりしてはいけませんからね。明日、王がいらしたときに、身の回りの女たち誰もが、端正で美しいのをご覧になっていただきたいのです。たとえ、あなたがわたしのために、自分のことは少しも厭わないつもりであったにしてもね」

キャサリンは鏡の前に立ち、服の背のレースを侍女にはずさせた。灯心が香る蠟燭四本が、銀の皿の上で燃えているのが鏡に映っていた。

「こうは思わないで頂戴」キャサリンが言った。「わたしがいつも夜遅くまで起きて遊びまわっているなどとは。でもね、今日は」王妃の目が輝き、頬は興奮で赤く染まった。「今日の昼と夜は、イングランドのカレンダーに赤印が付く特別な日となるでしょう。わたしはそのために夜遅くまで骨折ってきたのです」

侍女はとても浅黒い顔色の娘で、頭には灰色のフードをかぶっていた。王妃の世話係の女たちは誰も皆、灰色の服を着ていたが、王が結婚式でキャサリンに与えた、王冠を頂いた薔薇の図柄が、その左右の肩に赤い絹糸で刺繡されていた。灰色のフードをかぶった侍女の顔は、先の尖った卵を思わせるくっきりした形だった。侍女は王妃の衣装のレースをはずしていき、ついには跪かねばならなくなった。

侍女はレースをはずし終わっても、そのまま跪いていたが、恥らうかのようにスカートのなかで指を捻った。それでも当惑した表情は隠せず、浅黒い頬に紅が差した。

王妃は侍女がレースをはずすために跪いているのかと思い、下がるように言わずにいたが、

「一体どうしたのです」と訊ねた。

「どうかここに居させてください」と侍女が言った。だが、キャサリンは

「一人でいろいろと考えごとをしたいのです」と答えた。

「どうかわたしの願いをお聞き届け下さい」と侍女が言った。彼女はとても真剣だった。それでも王妃は答えた。

「ダメです。もしわたしに頼みごとをしたいのなら、明日の十一時がまさにその時刻であることを、あなたも知っているでしょう。さあ、わたしはもう黙ってじっと座っているつもりです。テーブルのところにわたしの椅子を運んできて頂戴。寝るときには、ロッチフォード夫人に明かりを消してもらいます」

侍女は立ち上がり、ロッチフォード老夫人に哀訴するかのように目をぐるりと動かして向けた。他の侍女たちと同様、ロッチフォード夫人も灰色一色の服装だったが、未亡人であることを示す大きな白いフードをかぶり、大きなベッドの裾に腰掛けていた。動揺した表情を浮かべていたが、従妹のアン・ブーリン王妃[1]が斧で斬首されて以来、ずっとそうした状態が続いていたのだった。夫人は痛風にかかって腫れた指を唇に当てた。すると侍女は肩をすくめて激しい失望を表した。もともと短気な性格であり、まるで反乱でも起こさんばかりの態度で、王妃に椅子を持ってきて、鏡の前で鎖から胸の宝石をはずしている王妃の後ろに置いた。そしてまた肩をすくめた。それから、中庭に降りるらせん階段に通じる小さな壁扉のところへと下がった。侍女が出て行った直後、大きな南京錠に鍵をかけずにドアの外で彼女を待っていた扉番の声が聞こえた。それから、扉番がガチャガチャと音を立てて階段を下りていくのが聞こえた。重い鍵を何本も持っていたからだった。ポインズ青年が見張っていたのは廊下側のドアだった。こちらのほうのドアは、いったん王妃が部屋に入れば、王以外の人間がこれを開けることはなかった。ロッチフォード夫人は控えの間の脚輪付き寝台の上で眠り、大きな応接室は一晩中、空のままだった。

王妃の部屋はしんと静まり返り、蠟燭の炎が上がる鏡の前を除いては深い暗がりだった。大きなベッドからは、黒檀を螺旋状にひねった柱が突き出ていた。ベッドや壁の掛け布はすべて濃紺のアラス織りだった。ベッドカバーは深紅のビロード製で、柘榴の実と葉が金であしらわれていた。枕とシーツの折り返しだけが白い平織り薄地の亜麻布だったが、寝台のまわりに垂れたカーテンが影になり、ほとんど見えなかった。王妃の座っているところは、薄暗い礼拝堂の祭壇ほどの明るさだった。部屋はそれほどに大きかった。

王妃は鏡の前に座り、金の装飾品を静かにはずした。首のまわりの鎖から宝石をはずし、金と象牙とでできた小箱のなかに納めた。指輪をはずし、銀製の小さな騎士像の槍にかけた。腰から、フェリデのブローチで留めた、エナメルと金でできた匂い玉入れをはずした。それを開き、なかの、黒色ダイヤモンドを散りばめられた時計で、時間を確認した。

「十一時を過ぎているわ」王妃が言った。「この時計が正しければね」

「確かに十一時は過ぎていますわ」とロッチフォード夫人が後ろでため息をついた。

王妃は椅子のなかで身を乗り出し、鏡の奥の暗がりを覗き込んだ。ひどく疲れていたので、手足からはすっかり力が抜け、髪を下ろそうにも、頭からフードを取り外すことができなかったし、考えようにも、何の考えも浮かばなかった。遠くから、ドアが荒っぽく閉められたかのようなかすかな音が聞こえ、ロッチフォード夫人が叫びともため息ともつかない音声を発した。

「何だかとても怯えているみたいね」王妃が言った。「強盗が押し入ってくるとでも思っているみたい。でも、衛兵たちがそうはさせないでしょう」

王妃はフードから宝石を取りはずし始めた。それはピンク色の貝殻に巨大なダイヤモンドの雫を散りばめ、金の王冠をかぶせて薔薇の花に仕立てあげた宝石だった。

「本当に」王妃が言った。「強盗が狙うような装飾品がありすぎだわ。はずすのに時間がかかるし。こんなにたくさんの装飾品をつけることを王様が求めないでくれたらいいのだけれど」

「王妃様にしては、慎ましすぎですわ」とロッチフォード夫人がぼやいた。「侍女が行ってしまいましたから、わたしがお手伝い致しましょう。侍女にあんなへりくだった話し方をするものではございません。わたしの従妹のアンが王妃だったときには――」

ぎこちなく気だるそうにベッドから前に進み出て、夫人は両手で王妃のフードをはずしにかかった。しかし、王妃は顔を背け、夫人のふっくらした手をとると、それを自分の頬に当てて愛撫した。

「王妃様には皆に恐れられるようにして頂きたいものです」と夫人が言った。

「わたしは皆に愛されたいと思っています」とキャサリンが答えた。「かつて友人であり仲間であった侍女たちに、どうして女王然とふるまうことなどできましょうか」

「王妃様はあの娘を追い払うべきではありませんでした」と夫人が言った。

「まあ、随分と意地悪なことを言うのね」王妃が言った。「あなたをもっと喜ばせられるよう努めましょう。さあ、戻って休みなさい。そんなにびくびくしていては、わたしのフードをはずせそうにありませんからね」

キャサリンはフードからピンを抜き、金製のピンを銀の蠟燭皿のなかに納め始めた。こうして髪から被いがはずされると、髪は滑らかに編まれ、額の上で左右に分けられていたが、わずかに乱れがあり、みだれ髪は光を受けて金色に輝き、喜びに溢れているようにみえた。顔は深刻な面持ちで、鼻は少し鷲鼻気味、上下の唇は軽く結ばれ、目は自信に満ちた優しい眼差しで鏡に映った自分の目をじっと見返していた。

「そうね」キャサリンは言った。「確かにあなたにはそう言う権利がありそうね。でも、王妃になっても、わたしが一人の女性であることに変わりはないはずです。威張った王妃ではなく慈悲深い王妃であらねばなりません。嘆願者を追い払う王妃ではなく、嘆願を受け入れる王妃であらねば」

キャサリンはここで口を噤み、瞑想にふけった。

「でも」と彼女は続けた。「あなたの言い分も聞き入れて、昼間の公の場で男たちがそばにいて、王がそれを要求するならば、画廊に飾られている絵のなかの女王たちや絵本のなかの威厳ある貴婦人たちの猿真似をできる限り上手くこなすことに致しましょう」

「侍女を追い払ったりなさらなければよかったのですわ」とロッチフォード夫人が言った。

「あらあら」王妃が答えた。「侍女の嘆願を聞くのを明日まで延ばしたではありませんか。それで十分女王然とふるまったことにならないでしょうか」

ロッチフォード夫人が突然両手をもみしだいた。

「侍女の話を聞いておあげになり、ここに留まらせたほうがよかったと思いますよ。王妃様を守ってくれる人間は十分ではありません。たくさんの人間が必要です。ここは陰気な場所ですもの」

「おやまあ」王妃が言った。「わたしがそんなことで恐がる王妃だと思うなら、あなたが恐がらせてご覧なさい。罪深い王妃であったあなたの従妹の話で、ね」

ロッチフォード夫人は嘆くかのように両手を上げ、哀れっぽい声で言った。

「とんでもありません。今夜はダメです」

「これまではずっと話したそうにしていたのに」と王妃が言った。実際、夫人はいつでも従妹のことを話すのが習わしだった。夫人は従妹の死に怯えきり、王妃はしょっちゅうその話はよしてと頼んだものだった。しかし、今夜、王妃はどんな前兆も恐くない楽しい気分で、死んだ不幸な人への哀れみが心に溢れていたので、話を聞く気になったのだった。王妃はゆっくりと時間をかけ、髪から大きなピンを抜き始めた。深い静寂が再びあたりを包み、王妃は憂鬱で荘厳な節を口ずさんだ。それはこんな歌詞であった。

小さな丘がみな雪に隠れ
茶色の小鳥がみな霜にやられ
悲しげにゆっくりと

愚かな羊が皆さまよい
避難の場所をさがすとき
またもう一度来たりませ
慣れ親しんだ、静かなる、霧のかかったこの土地に

「そう」と王妃が言った。「愛しき聖人たちが昔より慣れ親しんだこの土地へ、おお、神よ、冬の雪が降り積もるとき、使者の足音を響かせ給え。今日はわたしと同名の人[2]が追放され殺されて以来、もっとも楽しき日なのだから」

突然、叫び声が廊下の彼方から、厚いドアにかき消されながらも聞こえてきて、それから、そのドア自体を激しく叩く音が響いた。ロッチフォード夫人が、そのか細い体が持ちこたえられそうにないほどの、大きな金切り声をあげた。

「一体全体」王妃が言った。「これは何なの?」

「あなたの従兄ですよ!」ロッチフォード夫人が叫んだ。夫人は、椅子を後ろに倒して立ち上がった王妃に走り寄り、跪くとしゃべりまくった。

「あなたの従兄ですよ! 今度は騒ぎにならないようにしてくださいまし。衛兵を呼んでください。今度は騒ぎにならないようにしてくださいまし」夫人は王妃のスカートに爪を食い込ませ、わけの分からぬ言葉を発した。

「何ですって！　何ですって！　何ですって！」キャサリンが言った。

「あなたの従兄は大司教と一緒にいたのです。大司教と一緒に。そういう噂を聞きました。わたしは使いを出して、もし本当なら、どうにかしようとしたのです」そう言って夫人は、顎のなかで歯をガタガタ鳴らした。そして「ああ、神様。また騒ぎが起こります！」と叫んだ。

ドアがいかにも重たげにゆっくりと開かれた。実際に大変重い扉だったのだ。その後、夫人の発した泣き叫びが外の廊下を伝っていく間に、キャサリンは、緋色の服を着た男がアーチの下で、激しい動きの緑色の服の男と、取っ組み合って闘っているのに気づいた。緋色の服の男はじりじりと退却し、叫び声をあげて逃げ出した。緑色の服の男が部屋に入った。ボンネットは脱げ落ちて、頭の上で赤毛が逆立ち、顔は蒼白、目は夢遊病者のようにじっと前を見据えていた。右手には短剣が握られていた。非常にゆっくりとした歩き振りだった。

王妃はすばやく頭を働かせた。ロッチフォード夫人は口をあんぐりと開け、カルペパーの手のなかの短剣に目を注いでいた。

「俺は王妃を探している」とカルペパーが言った。彼のどんよりとした視線は、キャサリンの顔の上に留まったが、その顔が分からないか、見えないかのようだった。王妃は、足は動かさないで腰を捻り、ロッチフォード夫人のほうに体の向きを変えた。そして唇に指を当てた。

「俺は探している――俺は探している――」カルペパーは言い、じりじりとキャサリンに近づいた。目は彼女の顔に注がれ、唇が動いた。

「俺は王妃を探している」とカルペパーが言った。しゃがれ声のなかに、震えるような低い怒りの響きがあった。偶然、扉番を投げ倒したことで気分が落ち着いたが、何かのはずみで再び怒りが湧き上がってきたかのようだった。

王妃は身動き一つせず、すっかり背を伸ばしたきちんとした姿勢で立っていた。髪の房が一つほつれて、左耳の上に垂れ下がった。あまりにも近寄ったカルペパーの突き出した腰が王妃のスカートに触れると、王妃はカルペパーの体にゆっくりと手をまわし、その手で短剣をもつ彼の手の手首をつかんだ。カルペパーの口が開き、目が見開いた。

「俺は探している――」カルペパーは言った。それから、キャサリンの姿を見たことではなく、彼女の冷たい、固く引き締まった指に触れられたことで、彼の傷ついた感覚はようやく彼女が誰かを認識したらしく、彼は「――キャット！」と叫んだ。

「出てお行きなさい。短剣を渡して――」王妃はチェッカーの次の一手を熟考するかのように、一語一語入念に言葉を吟味して言った。

「いや、俺は王妃を殺すんだ」カルペパーが言った。「ナイフなしでどうしてそれができる？」

「出てお行きなさい」王妃が再び言った。「わたしが王妃のもとに案内しましょう」

カルペパーはうんざりしたように左手の甲で額を拭った。

「いや、おまえを見つけたぞ、キャット」カルペパーが言った。

「ええ」と王妃が答えた。そして短剣の柄を握るカルペパーの指に指を絡ませ、柄を握る彼の手の力を緩ませた。

すると、ロッチフォード夫人が叫んだ――

「ああ、神様お助けを！　衛兵、剣をもつ者、こちらへ！」その音で、カルペパーの顔が怒りに紅潮した。キャサリンの手から自分の手をもぎ離し、短剣を高く掲げ、キャサリンから身を引き、ロッチフォード夫人に向かって突進した。キャサリン・ハワードは子供のときに学んだ護身の術に則って、カルペパーに足を引っ掛けたので、相手は勢い余って前につんのめり、頭から倒れた。そのため、カルペパーの額《ひたい》はロッチフォード夫人の右足の上に落ちた。カルペパーはまだ短剣を握ったままだったが、酔いと熱のためにうつ伏せのまま立ち上がれなかった。

「慈悲深き神の名において」とキャサリンが夫人に向かって言った。「わたしは王妃なのだから、あなたに命じます――」

「ナイフを取り上げて、この男の心臓に突き刺してくださいまし！」ロッチフォード夫人が叫んだ。「そうでないと、わたしたちは二人とも殺されてしまいます」

「いいから、話を聞きなさい」王妃が言った。「さもないと、本当に、鎖で縛ってしまいますよ」

「お付きの者たちを呼びますわ」ロッチフォード夫人が叫んだ。夫人は恐怖のせいで耳から脳に至る通路が完全に塞がれてしまっており、ドアのほうに歩み始めた。しかし、キャサリンが夫人の肩に手をかけた。

「誰も呼んではなりません」王妃が命じた。「人々にこのざまを見せることがわたしの敵たちの策略なのです」

「ここにこのまま留まっていて殺されたくはありません」夫人が言った。

「それなら、わたしがあなたを殺します」王妃が答えた。カルペパーが酩酊状態のまま身を動かした。「いいから」王妃が言った。「そこに留まっていなさい。もう彼は立ち上がらないから」

「呼びに行かせて――」夫人が嘆願した。すると再びカルペパーが身を動かした。王妃が夫人の前に立ちはだかった。胸は波打ち、厳しい面持ちだった。突然、王妃は振り向いてドアのところまで走って行った。そのドアの鍵を回して引き抜き、次にその脇のもう一つのドアのところへ行き、その鍵も回して引き抜いた。

「従兄と二人でここに留まるわけにはいきません」と王妃が言った。「敵どもはそれを望んでいるのです。誓って言います。もしあなたがまたキーキー声を立てたなら、大逆罪の扇動者として裁いてもらいますからね」王妃は従兄のもとに行き、その頭のそばに跪いた。そして従兄の顔を回し、膝の上に載せた。

「可哀相なトム」王妃が言った。カルペパーは目を開け、馬鹿げた言葉をつぶやいた。

「何てこともないのです」王妃が言った。「いいからベッドの陰に隠れて、じっとしていて頂戴。従兄が酒に酔って前後不覚になった状態は何百回も見てきましたから、わたしは少しも恐くありません。ドアから出て行く気になるまでは、立ち上がらないでしょう。それでも、彼と二人きりになって世話をするわけにはいかないのです」

ロッチフォード夫人はぶるぶる震えながらベッドのカーテンの影までよろめき歩いて行った。窓にかかるカーテンを開け、外の世界との接触が自分を助けてくれるとでも思っているかのように、開き窓をさっと開けた。夜の暗闇のなか、下の遠くのほうで、一列に並んだ松明が小さな惑星のように、震え揺らめいていた。

キャサリンは従兄の頭を膝に載せたままにしておいた。こうした様子の従兄を何百回も見てきたので、恐くなかった。カルペパーは今、酩酊し、子供の頃から見舞われてきた瘧《おこり》の状態にあったが、そういうときの彼は、たとえ世界のありとあらゆるものにひどく腹を立てていても、キャサリンの声にはいつでも素直に従ったものだった。だから、ロッチフォード夫人を静かにさせておくことさえできれば、従兄を入ってきたドアから無事送り出すことは容易にできそうだった。

そこで、まずカルペパーが身を動かして膝立ちの姿勢になると、キャサリンは囁いた――

「横になっていなさい。横になって」するとカルペパーは片肘を絨毯について横向きに体を倒し、それから仰向けになった。キャサリンは再び膝の上に彼の頭を載せ、優しく手を伸ばして、彼の手から短剣をとった。

カルペパーは短剣を譲り渡し、キャサリンの顔を見上げた。

「キャット!」カルペパーが言い、キャサリンが答えた。

「はい」

遠くから角笛の音が聞こえた。

「立てるようになったら、出て行くのですよ」とキャサリンが言った。

「おまえの衣装を買うため、俺は農場を売ったんだ」カルペパーが答えた。

「それから、二人で宮廷に来たのよね」キャサリンが言った。「偉くなるために」

再び、カルペパーがいかにもだるそうに左手で両目を拭ったが、彼のもう一方の伸ばした腕の上にはキャサリンが跪いていた。

「もう今では二人とも偉くなったわ」とキャサリンが言った。

カルペパーがつぶやいた。「俺はリンゴ園でおまえに求婚した。一緒にリンカンシャーへ戻ろう」

「その話は朝になってからにしましょう」キャサリンが言った。「もう随分と時間も遅くなったわ」

キャサリンの脳の血管が激しく脈打った。彼女は、ポインズ青年が衛兵たちをドア口に送ってくる前に、カルペパーを立ち去らせるつもりだった。まだ誰もここに来ないことのほうが不思議で、そのことを考えると気も狂わんばかりだった。ひょっとするとカルペパーがポインズ青年をナイフで刺し殺してしまったのかもしれなかった。あるいはポインズ青年は単に気絶して、外に倒れているのかもしれなかった。この暗黒の謎が、陰深い部屋のあらゆる陰に染み込んでいた。それは緊急に解く必要のある謎だったが、キャサリンはあえて急いた様子をみせなかった。

「もう随分と時間も遅いわ」キャサリンが言った。「あなたは出て行かなければならないのよ。早い時間に出て行くというのが、わたしたち二人の取り決めだったわね」

「ああ、おまえに恥をかかせたくはないからな」カルペパーが言った。柔らかい膝を枕にし、目を天井に注ぎ、彼はゆっくりと心地よさそうに上向きに話した。この二年間、これほど楽しい気分になったことはなかった。「約束のことは覚えているさ。ブタの鳴き声に合わせて、俺はリンゴ園でおまえに求婚したんだ」

「出て行って頂戴」キャサリンは言った。「朝になったら、わたしに贈り物を買って頂戴」

「ああ」とカルペパーが言った。「俺は大金持ちの貴族だ。今じゃケント州に土地がある。衣装を買おう…素敵な衣装を…ブタが鳴いていた…それについての歌がある…おまえの衣装を買いに行かせてくれ。ああ、今すぐに。すごく、たくさんのことを思い出す。こんなふうに…ブタを愛した貴婦人の歌がある。ハニーと彼女が言うと、ブーと彼は言った」

これを聞いている間、キャサリンの脳裏には様々な思いが交錯した――故郷での青春時代、そこで彼は本当にブタの鳴き声に合わせて彼女に求婚したのだ。ユーダル先生とプラウトゥス[3]を読んだ後で外に出たときのことだった。それと同時に、ポインズ青年はどこへ行ってしまったのかと頭を捻った。ひょっとしたら死んでしまったのかもしれなかった。気絶して倒れているのかもしれなかった。

「約束の一つだったわ」キャサリンはカルペパーに言った。「わたしが求めたら、いつでもすぐに出て行くってことが」

「ああ、確かに、それは約束の一つだった」カルペパーが言った。

カルペパーはひどく疲れ果て、目的の宿泊所に着いて眠り込む人のように目を閉じた。キャサリンは目を閉じたカルペパーの頭越しに控えの間の鍵を放り投げ、ベッドの上に着地させた。そして手でドアを指し示し、ロッチフォード夫人にそのドアの鍵を開けさせようとした。もし夫人がそこから彼を立ち去らせることができれば――今彼はその気になっているのだから――もし夫人がそのドアから彼を立ち去らせ、扉番が戻って来る前に、大応接室の向こうのドアから彼を廊下に出すことができれば…

しかし、ロッチフォード夫人は窓台のはるか外に身を乗り出し、王妃の合図を見ていなかった。

カルペパーがつぶやいた。

「ああ、そうだなあ。それにしても――」そのとき、窓のところから、あたりの空気をつんざくような叫びが聞こえた。

「王様だわ！　王様だわ！」

すると、たちまち、悪魔にとりつかれたかのようにカルペパーの四肢がヒクついた。

「慈悲深い神様」王妃が大声をあげた。「これでもわたしは忍耐強い女よ」

身をもぎ離して起き上がったカルペパーの喉もとをキャサリンの手が絞めた。彼女はカルペパーの頭を無理やり後ろに倒し、床に押しつけ、彼が両脚をばたつかせている間に、その胸に膝を載せてカルペパーの体を押さえつけた。カルペパーは「この女衒、淫売、魔女！」と叫んだ。一方、ロッチフォード夫人は「王様がお戻りです！　王様がお戻りです！」と叫んでいた。

そこで、キャサリンは思った。

「これが王妃であるってことなのかしら」

両手をカルペパーの首に当てて、体の重みをかけると、カルペパーの喉から発せられていた声が止んだ。膝の下で、カルペパーの胴体が痙攣したように動き、キャサリンは馬の上に乗っているかのようだった。首を絞められるにつれて、カルペパーは見るもおぞましい目つきで天井を凝視したが、そこからはある王妃の彫像の顔が、その目をじっと見下ろしていた。やがてカルペパーは動かなくなり、キャサリンは立ち上がった。

王妃はロッチフォード夫人のもとに駆け寄った。

「もし従兄を殺してしまったのだとしたら、どうか神様、お許しください！　今では、あなたを殺したとしても神は許してくださるでしょう」キャサリンはカルペパーの短剣を手にしていた。

「だって」と彼女は言った。「わたしはキリストの大義のために戦っているのですもの。干渉者たちに滅ばされるわけにはいかないのです。お黙りなさい！」

ロッチフォード夫人が口を開けてしゃべろうとしていた。

「お黙りなさい！」王妃は再びそう言うと、短剣を振りかざした。

「しゃべってはなりません。わたしの言うとおりにしなさい。わたしが訊ねたら、答えるのです。誓って言います。わたしは王妃ですから、殺したい者は誰でも殺す力をもち、誰もそれに異を唱える者はありません。もしあなたがわたしの言うとおりにしないのならば、あなたを殺します」

夫人は悲しげに身を震わせた。

「王様はどこまで来ているの」王妃が訊ねた。

「大門のところまでです。その後見えなくなりました」と夫人が答えた。

「さあ、来て」王妃が命じた。「従兄をテーブルの後ろに引っ張っていきましょう」

「そこに隠すのですか?」ロッチフォード夫人が泣き声をあげた。「窓から放り出してしまいましょう」

「お黙りなさい!」と王妃は叫んだ。「もう一言もしゃべってはなりません。さあ、来て」

キャサリンが従兄の一方の腕をつかみ、ロッチフォード夫人がもう一方の腕をとって、ぐったりして意識のないカルペパーを王妃用の鏡台の陰に引き入れた。

「これで王がいらしても大丈夫」と王妃が言った。従兄の上に立ちはだかり、彼を見下ろした。王妃の顔には深い哀れみの表情が浮かんでいた。

「シャツのボタンをはずして」王妃が言った。「心臓が動いているか触ってみて」

ロッチフォード夫人は恐怖と嫌悪の表情を浮かべた。

「シャツのボタンをはずして。心臓が動いているか触ってみて」と王妃。そして「ああ」と付け加えた。「従兄が死んだら、不幸があなたを襲うがいいわ」

少しの間、王妃は、王がここにやって来るまでにどのくらい時間があるだろうかと、考えた。それから椅子を持ち上げて、鏡の前に腰を下ろした。一分間両手に顔を埋め、その後、背を伸ばすと、両の手を背中にまわしてドレスのレースを結び始めた。

「だって」と王妃が言った。「従兄の死について、あなたには本人以上に罪があるのですから。従兄はただ酒を飲みすぎただけ。あなたはしらふでこんな事態を招いたのですからね」

王妃は縁なし帽を頭にかぶり、その下の髪を撫でつけた。すべての動作がとても素早く、決然としていた。縁なし帽には飾りを、腰には匂い球入れを、首のまわりには鎖を、胸には宝石をつけた。

「心臓は動いています」カルペパーの脇に跪いたロッチフォード夫人が言った。

「ああ、それなら守護聖人たちに感謝しなければ」キャサリンが答えた。「そして従兄のシャツのボタンをとめてあげて頂戴」

キャサリンは急いで服を身につけ、厳しく命令した。

「従兄のそばに跪きなさい。王が入ってきてドアが閉まる前に、もしこの人が身動きし、つぶやき声を発したら、あなたが手で彼の口を塞ぎなさい」

「でも、王様は――」ロッチフォード夫人が言った。「それに――」

「神様に誓って言います」とキャサリンが再び叫んだ。「わたしは王妃です。そこに跪きなさい」

ロッチフォード夫人は震えながら膝をついた。王が入ってきたら斬首の憂き目にあうのではないかと心配だったのだ。

「王様が戻ってきてくれて却って有り難いわ」王妃が言った。もし戻って来なければ、この人は他の者たちが見ているなかを、ここから出て行かなければならなかったでしょう。だから、王様が入ってくるまで、あなたがこの人を静かにしておいてくれれば、わたしはあなたが大声を出したことを許します」

ごく近くから、トランペットの響きが聞こえてきた。キャサリンは立ち上がって、再び従兄をじっと見つめた。短剣はテーブルの上に置いた。

「従兄はまだ静かにしているでしょう」キャサリンは言った。「でも、もし動いたりキーキー声を出したりしたら、あなたが彼の口を押さえるのです」

ドアを叩く大きな音がして、厚い木材の向こうからは、多くの男の笑い声が聞こえてきた。王妃はゆっくりとベッドのところへ行き、そこに放ってあった鍵をとった。再び厚いドアを叩く音がし、王妃はさらにゆっくりとドアの錠をはずした。

廊下には多くの松明が灯されていて、その下に緋色の服を着た王の姿があった。王の後ろには黒一色の服に身を包み、黄色い顔をしたノーフォーク、同じく黒衣で不安げな目つきのクランマーの二人が控え、この二人の後ろには大勢の貴族が並んでいた。王が部屋のなかに入ると、王妃はゆっくりと厳かに跪いて彼を迎えた。松明の灯りが彼女の宝石や衣服を照らした。キャサリンは白い顔を動かしもせず、目は床に伏せていた。王が彼女を立ち上がらせ、跪き、彼女の両の手にキスをした。それから、外にいる家臣たちのほうを向いて、心底から勢いよく言った。頬は喜びで赤く染まり、目は微笑んでいた。

「諸君、わしはスコットランド王に感謝しなくてはなるまい。もし彼が会見に応じていたならば、まだ帰れなかったのだからな。さあ、諸君も就寝するがいい。君たちにもこんな奥方があってほしいものだ――」

「王様！　王様！」と声がした。

ヘンリーが言った。

「うむ、誰かしゃべったか？」

かすかなキーキー声と鈍い衣ずれの音がした。

「従兄のキャット――」声がした。

「うむ！」と再び王が驚きの声を発し、信じられないというかのように横柄に眉をあげた。

蠟燭が明るく照らし出すなか、鏡の上方に、カルペパーの青白い顔、生気のない、大きく開いた、当惑した目が現われた。髪はところどころ乱れ、口は驚きにあんぐりと開いていた。そこから声が発せられた。

「王様だって！」それが最も驚くべきことであるかのように。カルペパーはテーブルの後ろに立ち、よろめき、アラス織りの壁掛けをつかんで体を支えた。

ヘンリーが言った。

「うむ！　大逆罪だ」

しかしキャサリンが耳元で囁いた。

「いいえ、従兄は頭がおかしくなっているのです。家臣たちにそう言ってください」

王が長い間黙ったままでいたので、何人かの家臣が声高に言った。

「陛下が『大逆罪』と叫ばれたぞ。さあ、剣を抜け」

そのとき王が縁なし帽を床に投げ捨てた。

「いったい」と王が言った。「これは何の騒ぎだ？　情況の嬉しさに、こんな乱痴気騒ぎに及んだというのか？　何と言うことだ」王は地団太を踏んで、「くそっ」と言い、その他様々な悪態をついた。それから急に自分の喉元をつかんで、大声をあげた。

「いや、いや。わしはおまえを許そう。確かに、若い者は――時には年のいった者も――夫が妻のもとに帰宅する時に、猿芝居や悪ふざけをやってみたいのだろう」

王は振り向いてカルペパーを見た。王妃の従兄はまだ口をあんぐりと開け、体をアラス織りに凭せかけて立っていた。彼の姿は壁とドアによって家臣たちからは隠されていたが、ヘンリーはいつまで彼がそこに留まっているか判断がつかずにいた。夜通し馬に乗っている間に、王は王妃の部屋の戸口で話そうと思うことをじっくりと考えてあった。それに、喜ばしく幸せなときには立派な演説をぶつことを彼は好んだ。しかし、今はこう言っただけだった。

「諸君に神の恵みがあらんことを！　遠征に携わってくれた諸君に感謝する。今やその遠征も終わった――ここで解散としよう。家に帰って休むがいい。さらばだ。幸運を祈る」

そして大きな手で重いドアを閉めた。

第三部　先細る旋律

Ⅰ章

ロッチフォード夫人は気絶して、床に仰向けに倒れた。

「ああ、何ということでしょう！」王妃が言った。「こんなごまかしをするよりか、悪党を演じてくれたほうがよかったものを」王妃はすべるようにテーブルのほうに歩を進め、そこに立つカルペパーの足元から短剣を拾い上げた。「これを受け取ってください」王妃は王に言った。「贈り物とするには不吉なものですが。従兄は、剣は持っていません」

王は妃に鈍感だと思われたくなかったので、良妻の才知を見計らった上で、「これはおまえの従兄ではないか。どうしておまえの従兄がここにいるのだ」という最初に訊ねたかった質問を発するのを見送った。

代わりに「こいつはわしを殺そうとしたのか」と訊ねた。まるで、それは些細なことだと言わんばかりに。

「そうは思いません」キャサリンが言った。「従兄が殺そうとしたのは、おそらくわたしでしょう」

「何と」王が嘲笑うかのように言った。「できそうもないことを仕出かしに来たらしいな」

王はよく妃にこの従兄のことを訊ねていたので、この男の器量をかなりよく見抜いていた。

「ええ」王妃が言った。「本当にわたしを殺そうとしたのかは分かりません。おそらく、従兄がナイフを持ってきたのは、わたしを竜から救い出すためだったのでしょう。従兄は大司教の部下たちと一緒にいて、ひどく酒に酔ってここにやって来ました。陛下があまり厳しくこの男を罰しないことを願っております。というのも、この男はわたしの従兄であり、わたしが貧しく小さな子供だった頃、唯一の友達だったのですから」

王は首を垂れ、垢抜けない目つきで床をじっと見つめた。

「考えて頂きたいのです」王妃が言った。「わたしの戸口を襲撃することを勧め唆す悪い輩に従兄は取り囲まれています。その人たちが従兄とわたしを破滅させようとしているのです」

「それはよく分かっている」ヘンリーが言った。ヘンリー王は右脇腹を手でこすり上げると、その手を開き、再び下ろした――これが深いもの思いに沈むときの王の癖だった。

「大司教が」王が言った。「スコットランドからやって来たおまえの従兄のことを何か話しておった――許可も認可もとらずに戻ってきたものと、大司教は考えていた」

「ですが、わたしの敵たちに勝利させないように、どうやって従兄をここから連れ出したらよいでしょう」と王妃が言った。「あの人たちに勝利させるわけにはいかないのです」

「わしに考えがある」王が言った。

「あなたのほうがわたしより、そういう点では長けてますわね」王妃が答えた。

カルペパーはじっと前を見つめて、そこに立っていた。あたかも彼は死体であって、二人は死体について話し合っているかのようだった。しかし、王妃が別の男と話していることにカルペパーは興奮し、まるで猿のように、喉をガラガラ、ゴロゴロと鳴らした。それから、別の気分が彼の頭の経路に流れ込んだ――

「俺の従妹ケイトが結婚したのは国王だ。それ故、これは王妃だ。この王妃を忘れるよう俺は自分と約束した」カルペパーは自分が国外追放されていた間に考えた様々な思いを響かせて、率直に声に出して言った。

「ほう」と王は言って、膝を叩いた。「どうすべきかは明らかだ」緋色の服を着た巨体にもかかわらず、王はどっしりと構えた、しかしとても狡猾な農夫のような外観だった。王はさらに少しの間、思案した。

「それがまさに適切だ」王が言葉を切った。「この男にはたくさんの報償を与えよう」

「もちろんです」キャサリンが言った。「わたしはもう少しでこの男を絞め殺すところだったのです。どんなに自分がこの男を絞め殺すところだったかを考えると、身震いがします。どうか報償を与えてやってください」

王は妃の従兄を注視した。

「おまえ」王が言った。「おまえは跪けぬようだな。跪いたら起き上がれないのかもしれぬが」

カルペパーは、大きく見開いた、青い、呆然とした目つきで、王をじっと見つめた。

「なんとか立っていることはできるようだから、おまえを王妃の控えの間の番人にしてやろう」

王は愉快げに、しかし皮肉を込めて、機嫌よく話した。というのも、自分の妻となった女をかつて愛した男を嘲るのは、楽しかったからだ。自分は武勇で、この女を掻っ攫ったのだ。

「カルペパー君」王が言った。「いや、サー・トマス――君を勲爵士に叙したことを思い出した――もし歩けるなら、さあ、歩くのだ」

カルペパーがブツブツと言った。

「国王が！　何故、国王が俺の従妹のキャットと結婚したんだ！」

そして再び、

「用心深くしなければ。ああ、その通り、用心深くしなければ、すべてを失ってしまう」と言った。それというのも、これはスコットランドで彼が何度も何度も自分に言い聞かせたことの一つだったからだ。「だが、リンカンシャーでは、その昔には、夏の夜には――」

「可哀相なトム！」王妃が言った。「この人はかつてわたしに求婚したのよ」

大きな涙がカルペパーの目に溜まった。それが溢れ、頬を流れ落ちた。

「リンゴ園で」カルペパーが言った。「豚の鳴き声に合わせて…リンゴ園の塀の下には、たくさんの豚がいたからな…」

王は、哀れな田舎者が求婚するにはまったくそぐわない高い身分にこの女性を引き上げる力が自分にあったことを考えて、ご満悦だった。まるで幕間狂言を見ている気分だった。しかし、腰に手を当て、ほくそ笑みながらも、王は行動の人であったので、長く楽しみに耽ってはいなかった。

「何故泣くのだ」王はカルペパーに言った。「わしはおまえを王妃の控えの間の番人に昇進させてやったのだぞ。さあ、部署に就くのだ」

王は鏡台の後ろのカルペパーに近寄り、腕を掴んだ。哀れな酔っ払いは、輝く緋色の服を着た巨漢から、青白い顔をして後ずさりした。カルペパーの視線は惨めにも部屋中をさまよい、まずはキャサリンに留まったかと思うと、次には王に注がれた。

「おまえはわしらのどちらを殺そうとしたのだ」王が言った。こんなふうに狂人を取り扱える自分がどんなに勇敢であるかを王妃に見せるために。王は、大変力が強かったので、後ずさりし、両肩の上で首を左右に振り、足元のぐらついた酔っ払いを、ドアのほうへと引き摺って行った。

「おい、護衛」王は大声をあげた。すると、緋色の服を着て、槍を持った三人の臣下がドアの前に立った。

「おい、王妃の扉番はどこだ」王が大声で言った。ドアの脇から、王の前に、ポインズ青年がやって来た。青年の顔は白亜のように白かった。両目の上に傷ができていた。膝が体の下でガタガタと震えていた。

「おい、おまえ」王が言った。「わしの使者が王妃のもとへ行くのを妨げるとは、おまえは自分を何様だと思っておるのだ」

王は一歩下がって立ち、大きな拳で酔っ払いをぐいと摑んだ。目を剝いた、恐ろしい形相で。

ポインズ青年の唇が動いたが、声は出て来なかった。

「こいつはわしの使者だったのだぞ」王が言った。「なのに、おまえが邪魔立てしてしまったのだ。何たることだ！　何たることだ！」王は妻の名誉を守るためにこの嘘を言ったのだが、本当に激しているかのように声を震わせた。「おまえは今までどこにいた。何を暇取っておったのだ。これは大逆罪に当たるのではないか。これがわしの使者であることを――そうであることを今おまえに分からせているところだが――おまえがそれを前から知っていたならば、使者を妨げたことは大逆罪であり死刑に当たるのだ。また、こいつが酒に酔っていて無言だったからという理由で――遠くから急いで旅してきたのだからそれも当然であろう――わしの使者だとは分からなかったと言うのなら、どうしておまえは救援を求めるために、城中の者を起こして回らなかったのだ」

ポインズ青年は目の上の傷を指差し、それから廊下の床を指差した。カルペパーがなぐったので、気を失って床に倒れていたことを示そうとしたのだった。

「ほう」王が言った。王は城のなかのどれだけの者がこの不幸を知っているか知りたかったのだった。「これまでずっとそこに横たわっていたわけではあるまい。わしがここにやって来たときには、そこのドアの脇の、おまえの持ち場に立っていたではないか」

ポインズ青年は跪いた。青年は凍る寒さの日に何も服を着ていない男よりもなお激しく震えていた。というのも、実際、そこにこそ彼の大逆罪の中核があると思ったからだった。彼はラセルズに命令されていた。カルペパーが王妃の部屋に入ったら、その場に留まっているように、と。そして王妃が愛人を迎え入れている間、そこに留まっているように王妃に命じられたと、後で言うように、と。そして今、恐ろしい王の御前で、ポインズ青年は、王がこのことを知っているのではないかと心底恐れたのだった。

「どうしてだ！　どうしてだ」王が怒鳴った。「どうしておまえは大声をあげなかった――大声を。『大逆罪だ、警備隊を起こせ！　声高に叫ぶのだ！』と言って」

王は、長いこと、黙ったまま待った。三人の槍兵は槍に凭れていた。すると、カルペパーがドアの側柱に倒れかかったので、王は彼の体を支えた。背後では、王妃が王の機転に驚嘆していた。王がこんな見事な一撃を加えたのは初めてのことだった。ロッチフォード夫人も、気絶した振りをして横たわる場所で、聞き耳を立てていた。

ポインズ青年は、皆が彼の言葉を待って聞き耳を立てているなかで、パチパチと燃える薪のように、歯をカチカチ鳴らしながら、跪いた。

「どうしてだ！　どうしてだ」王が再び大声をあげた。

床に目を伏せ、ほとんど聞き取れない声で、青年は呟いた。「王妃様を醜聞からお救いするためでした」

王は見事に驚いた真似をして、口をあんぐりと開けた。それから、雄牛のような素早い身動きで、カルペパーを衛兵の一人のほうに投げ出し、身を乗り出して、跪く青年の喉元を摑んだ。

「醜聞だと!」王が言った。「何たることだ! 醜聞だと!」すると、青年は金切り声をあげ、眼前に突きつけられた怒りで燃える王の耐え難いほどに大きな顔を見なくて済むように両手をあげた。巨漢の王が青年を抛り出したので、青年は後ろ向きに倒れ、横たわった。

「醜聞だと!」王が衛兵たちに向かって大声で言った。「なるほど、これはひどい醜聞だ! 王が醜聞を起こさずして妃に使者も送れないとは! 何たることか…」

王は突然、再び青年のそばに立って見下ろした。踏み潰して原型を留めない果肉にしてしまおうとするかのように。しかし、その場で身を震わせると、後ろに退いた。

「立て、このろくでなし」王が大声をあげた。「これまでに走ったことがないくらい速く走るのだ。そして、責任者のデスパン卿とカンタベリー大司教猊下を連れて来るのだ」

青年はよろめきながら膝立ちとなり、それから、まるで何羽もの鷲に髪を引き千切られているかのように頭を垂れ、緋色の閃光となって走り去った。

王は衛兵のほうを向いた。

「おい!」王が言った。「ジェンキンズ、おまえはわしの、この勲爵士の従弟とここに留まっていてくれ。ケールにリチャード、おまえたちは走って行き、控えの間にわしのこの従弟が横になれるマットレスを用意できる洗濯屋を連れて来るのだ。わしのこの従弟は、王妃の部屋の番人なのだからな。わしがここにいるときには、わしが、夜、使者を出す場合に備え、あの控えの間で寝てもらうことにしよう」

二人の衛兵は、槍の柄で床を打ち鳴らしながら、走り去った。この音は、陛下の使いに道を開けるよう皆に警告するためのものだった。

「おい」王が、金髪で、髭をきれいに剃ったお気に入りのジェンキンズに、楽しげに声をかけた。「ベッドが来るまで、この臣下は、壁に凭せかけておこうではないか。こいつは大急ぎでスコットランドからわしの伝言を王妃に運んで来て、ひどく具合が悪くなったのだから、優しい扱いを受けるに値するのだ」

そこで、王妃の暗い控えの間に酔っ払いを引き摺りこむ衛兵の手伝いをしながら、王は再び王妃のもとへ戻って行った。

「うまくやったであろう?」王が訊ねた。

「この上なく」王妃が答えた。

「わしは困難なときに役立つ男なのだ」と王は答え、ご満悦だった。

王妃は小さな溜め息をついた。巧みに我を通す亭主の力に感嘆したにせよ、男のやり方がこんなにも邪《よこしま》であることを考えると――実際、大いに考えざるをえなかった――本当に悲しくなった。

「こんなことではなく」王妃が言った。「もっと別のことであなたに奮闘して頂けたらよかったものを、と思っております」

下を向いた王妃の目は、テーブルの脇に横たわるロッチフォード夫人に留まった。

「さあ、起きなさい」王妃が大声で言った。「もう失神の振りは十分でしょう。でも、あなたには、このほうが楽だったのでしょうね。もうあなたの顔など見たくもありません」王妃はこの年配の女が立ち上がるのに手を貸そうと近づいて行った。だが、膝をつく前に、ドアの外にデスパン卿と大司教が姿を見せた。この二人も、他の多くの貴族とともに、実態の分からない謎に怯えながら、廊下のはずれをほんのちょっと越したところで待機していた。そこで、ポインズの召喚に応じて、こんなにも早く来ることができたのだった。

Ⅱ章

王は態度を一変したほうが良かろうと考えた。そこで、眉を吊り上げ、口の端に冷ややかな微笑を浮かべて、しばらくの間、戸口で怯えている貴族たちに面と向き合った。彼らはそこに黙って立っていた。大司教はひどく落胆し、灰色の口髭を生やしたデスパン卿は背筋をぴんと伸ばし、顔を紅潮させていた。

「ああ、神よ、我を助け給え」王が言った。「王が妃のもとへ使者も送れないようなわしの宮廷は、いったいどんな種類の宮廷なのだ」

大司教が唾を飲み込んだ。デスパン卿は何も言わなかったが、目の前を凝視した。

「何が起きたのか、おまえたちに語ってもらおう。わしには皆目見当がつかないのだから」王が言った。「だが、まずわしが知っていることを話すことにしよう」

「さあ、妃よ、わしと一緒に廊下に出るのだ」王が肩越しに大声で言った。「この貴族らがおまえの部屋に入るのは不適切だからな。わしは彼らと一緒に歩きながら話すつもりだ」

王は大司教の肘を、次いでデスパン卿の二の腕をとり、二人に凭れながら、優しく二人を前進させた。

「要するにだ」王が言った。「妃のこの従兄は、スコットランド王が建てたエディンバラの街におった。その地にいる彼のことは、ずっとわしの心に引っ掛かっていた。というのも、妃の従兄をその地に追放したままにしておきたくなかったのだ。以前、妃の面倒をよく見てくれていた男なのだからな…」

王はこのことをはっきりと話し、王妃が後をついて来る状況のなかで、自分自身の目的のために、この言葉を繰り返した。一同が廊下のはずれに着いてみると、王が考えていた通り、そこでは、貴族や従者の一団が聞き耳を立てながら、おしゃべりしていた。

「いや、ここに留まっていて構わん」王が言った。「これは皆に知ってもらって良いことだからな」

そこには、ノーフォーク公と口をポカンと開けたその息子の若きサリー伯[1]がいた。大きな黄色い髭を生やしたサー・ヘンリー・リズリー[2]がいた。北部のデイカー卿、老騎士のサー・ニコラス・ロッチフォード、この地のサー・ヘンリー・ピールがいた。さらに多くの従者がおり、そのなかにはラセルズもいた。大半の者は緋色か紫の服を着ていたが、黒い服の者も多かった。サリー伯はボンネットに、王妃から賜った冠を戴く薔薇の記章を付けていた。というのも、彼は王妃の一派に属していたからだった。廊下のはずれには、広い通廊が開け、通廊はついには幅の広い、天井の低い、大きな部屋の様相を呈し、隅々には鉄の容器に松明が灯っていた。雨の日には、王妃の侍女たちが、ここでスツールボール(3)に興じたのだった。

「これは皆に知ってもらって良いことだ」王が言った。「そして誰かに答弁願おう」王はデスパン卿と大司教を皆のほうに行かせ、彼らと相対した。王妃は王の肩越しに皆を見る形となった。

「要するに…」王が言った。

そして、王妃の従兄がエディンバラの街で哀れな暮らしをしていることが、いかに心に引っ掛かっていたか、繰り返し述べた。

「わしらがどんなにエディンバラの近くまで行ったか、一緒に行った者は説明できるだろう」

そして、そこに逗留する間に、スコットランド王のもとへ送る使者たちとともに、機を見て使者を――このT・カルペパーへの手紙を携えた使者を――送ったことについて述べた。一通の手紙は、急ぎ故国の王妃のもとへ戻るようにと命じるもので、もう一通はカルペパーが運ぶべき手紙だったことを。

「というのも」と王が言った。「おまえたちも知っての通り、わしらはスコットランド王が召喚に応じるだろうと考え、王を待ち、もてなすために数日かかると予想した。そこで、わしは我々の状況について王妃に急ぎの手紙を送ろうと思ったのだ。そして、この、妃の従兄に、わしの手紙の配達人、使者になってもらおうと思ったのだ。わしはカルペパーに命じた――イングランド沿岸行きの急ぎの船で出帆し、陸路よりもずっと早く戻るようにと」

王は話を中断し、自分の言葉の効果を観察した。だが、誰も答える者はおらず、何人かがこそこそと囁き合っただけだった。

「さて」王が言った。「王妃への手紙に書いたことはと言えば、挨拶の言葉は別として、かつて王妃が子供で貧しかった頃によく面倒を見てくれた従兄に報いてやるように、ということだった。というのも、王妃が細心の心遣いや、今は亡き何人かの教皇が示したような親族重用主義への恐れから、親戚縁者の者を、また子供の頃に助けてくれた者を、誰一人として引き立てようとしないことに、わしは気づいていたからだ。だが、わしは望んでおるのだ、こんな方針は転換すべきで、今や妃がわしを助け、わしのたくさんの過酷な仕事を軽減してくれているのだから、前に彼女を助けてくれた人たちが、今や助けられて然るべきときだ、と」

王は話を中断し、一歩下がって、王妃と並んだ。そこで、キャサリンは、再び自分が皆の前で、持っているすべての宝石を身につけ、女王然とした姿でいることを、とても嬉しく思った。すまし顔をして、皆の頭越しにじっと前を見据え、長衣の前垂れに両手を包み組み合わせていることを。

「さて」王が言った。「わしのこの手紙はつまらぬものだが――わしの意志を伝えるものだったのだから、重大なものだったかもしれないのだぞ。そう――」そこで王は脅迫的な口調になり、「この邪悪で厄介な時代、この手紙が細心の注意を要する報せを含んでいてもおかしくはなかったのだ。そうだとしたら、わしの目論見は台無しになってしまうところだった。どうしておまえたちの誰かが――誰だかは知らぬが――わしの使者を妨害し邪魔立てすることになったのだ」

王は、非常に高く声を張り上げていた。突然、それが止まったので、その場に居合わせた人々のなかには身震いする者も出た。

王が元気なく言った。「何だ！」

「我が救世主キリストにかけて」デスパン卿が言った。「このことで責めを負うべきは、王妃の接待係をしているわたくしであるということは、充分に承知しております。ですが、今夜、夕食のときまで、わたくしはこの男に会ったことがございませんでした。そのとき、この男がわたくしの席を所望いたしましたので、わたくしは自分の席をこの男に譲りました。この男はわたくしからは何の妨害も邪魔も受けず、いつでもどこでも好きなように振る舞っておりました」

「大変結構な処置であった」王が言った。「誰か他に話す者は？」

大司教が振り返り、カラカラに乾いた口で「ラセルズ」と呼んだ。

要領がよく、金髪で、陽気なラセルズが、彼の話など聞きたいとは思ってなさそうな群衆を押し分けて前に進み出で、跪いた。

「このことについては、わたくしが何某かのことを知っております」ラセルズが言った。「誰かが過ちを犯したとすれば、それは明らかにわたくしでございます。善意で行ったことではありますが」

「よし、話せ」王が言った。

馬で外出した王妃が遠くのヒースの野に横たわるこの男を見つけた次第を、ラセルズは物語った。

「王妃様に従兄であることが分からなかったなら、どうしてわたくしたちのような下僕にそれが分かりましょうか」ラセルズが言った。「しかし、王妃様がこの哀れな、盗賊に襲われた旅人を、世話し、慰めるようご所望なさったので、王妃様に愛情と忠誠を尽くすべく、わたくし、ラセルズは、寝床と食事を提供して、旅人を世話し慰めました。ですが、今日、旅人の体の汚れを洗い落とし、こざっぱりした衣装を着せてみて初めて——夕食の少し前にようやく、この旅人が王妃様の従兄のカルペパー殿だと分かったのです。そこで今夜、わたくしはカルペパー殿を宴会場に連れて行き、給仕し、何人かの貴族や臣下とともにお世話をしたのです。ところが、やがてカルペパー殿は、わたくしたちを払い除け、自分のことは構わんでくれと命じたのでした」

「王妃様の高貴なるお従兄を拘束するどんな権限がわたくしたちのような者にあったでしょうか」ラセルズが話を締めくくった。「手紙については、見たことがございません。襤褸屑同様の衣装は皆、手元にとってございますが。盗賊たちに遭遇したときに、その手紙は失われてしまったものと思われます。ですが、わたくしは、わたくしを贔屓にしてくださった王妃様への愛情のため、できる限りのことをいたしました」

王はラセルズの言葉を吟味した。王妃の顔を見、次いで目の前の貴族たちの顔を見た。

「なるほど、この話はよく筋が通り、尤もだと頷ける」王が言った。「さすれば、王妃の扉番を除いては、誰もこの立派な勲爵士であり王妃の従兄である男に襲いかからなかったのだな。それに、この勲爵士は酒に酔っていて、十分に分別を働かすことができなかったであろうから——荒れ野や荒涼とした場所で飲み食いした後だからそれもやむを得まいが――扉番も道理に適った推測をしたということかもしれん」

王は再び話を中断し、合図を求めて王妃の顔を見た。

「そういうことならば、よしとしよう」王が言った。「わしはおまえたち皆を許し赦免しよう。それが真《まこと》の事だということが後で分かればな」

ラセルズが大司教の耳に何か囁き、クランマーが発言した――

「陛下がお望みなら、目撃者をここに呼んで証言させましょう」

「まあ」王が言った。「時間も随分と遅くなった」そして王はクランマーを流し目で見た。王はクランマーに好意を抱いていた。王が再び王妃に目を遣ると、王妃はいかにも美しく、また姿勢よく立ち、感情に流されず、勇敢に振る舞っていた。「わしのこの妻は」王が言った。「いつも許しの側にいる。おまえたちがわしの名誉をひどく傷つけてしまったなら、わしも罰金や特別罰金を課されるおまえたちの同類になってしまうだろう。だが、わしの妃はそんなことは望むまい。そのことにわしは気づいておる。わしは妃に微笑んでもらうのが嬉しくて、妃の意志に逆らおうとは思わない。だから、おまえたちは出て行き、よく眠るのだ。だが、行く前に、少しわしの話を聞いてもらおう……」

王は一つ咳払いし、左手で王妃の手を取った。

「わしはおまえたちに知っておいてもらいたい」王が言った。「わしはこの妃を、どんな母親が第一子を誇るのにも増して、誇りに思っている。というのも、見よ、あのラテン詩人が言ったように、子供を生むと、多くの邪悪な女たちが改悛へと導かれ、正しい道を辿ることになる。同様に、おまえたちの王であるこのわしは、この女性と結婚することで、真っ直ぐな心へと引き戻された。小さないくつかの障害さえなければ――その主たるものは、わしと顔を合わせるのを臆病にも延ばしてきたスコットランド王の不忠であるが――この不忠やその他の些細なことがなければ、今夜、暗闇のなかをローマ司教のもとへある便りが送られただろう。その便りは、神の思し召しあらば、おまえたちやわしやこの国全体をキリスト教圏でもっとも幸せな気持ちにさせてくれるものなのだ。そこで、言っておこう。スコットランド王に関わる不幸な出来事と懸念によって、便りの発送は遅れているが、ごく近いうちに、この便りが発送される日が必ず来るであろう、と。おまえたちには、このことについて、まずは神に、次いでこの気高い女性に感謝を捧げてもらいたい。というのも、この女性は何よりも神を愛する心をもって、この望ましい結果を導いたのだから。さらにこの女性を称賛することになるが、わしは皆の前で言おう、王がどんなに良い妃を娶ったか、世界の果てまで評判になるであろう、と」

王妃は松明の眩い光と揺らめきのなかで微動だにせず立っていた。しかし、スコットランド王のせいで遅延が生じたとの知らせを聞くと、苦痛と不安の痙攣がその顔を襲った。その結果、王妃の顔立ちは変わらなかったにせよ、眉と口はへの字に歪み、苦悶が顔に表れた。

「それではもう休むことにしよう」王が声を高めて話を続けた。「今の乱世が始まってからもおまえたちがよく眠れたとすれば、今、この眠気を誘う夜には、さぞや、ぐっすりと眠れるであろう。今や、我が御世にも、はや暮れる秋の日のような歳月が到来しているのだ。今、わしは、農夫のもとに来たるような平和を、この国にもたらそう。農夫はすでに、穀物を穀倉に蓄え、まぐさと藁は納屋に収めたであろう。羊は羊小屋に、牛は牛舎に囲ったであろう。そこで、農夫は炉辺に座り、冬を心配せずにいられるのだ。おまえたちの王であるわしも、そうした男であり、来たる歳月において平穏に憩うのだ」

貴族や従者は、敬礼し、お辞儀し、跪いた。色とりどりの人だかりから、次々と素早く身を翻して去っていった。王妃はまっすぐに背を伸ばして立ち、去っていく彼らを悲しげな目でじっと眺めていた。

王はとても浮き浮きした気分で、妃の腰を摑んだ。

「ああ、もう時間も大分遅くなった」王が言った。「聞いてご覧」

廊下の上のほうから時計の眠気を誘うような音が聞こえた。

「陛下のお嬢様は陛下に従順を誓われました」王妃が言った。「今日はわたしの人生のなかでもっとも喜ばしい日でした」

「ああ、確かにその通りだ。もう日が移り変わるが」と王が言った。時計の音が止んだ。「すべての日が喜ばしいものとなるであろう」王が言った。「ますます喜ばしいものとなっていくであろう」

王は、王妃の寝室のドアのところで、せわしく動き回った。侍女たちに入ってきて王妃のコルセットの紐を解くように命じ、医師にカルペパーの面倒を見させた。寝る前に、暖めたワインを用意するよう所望した。ローマへの手紙の発送が遅れていることについて、王妃と話すのを恐れたためだった。このことを王妃に話す前に貴族たちに語ったのも、そのためであった。

王妃の部屋のなかに立ち、出て行こうとしないロッチフォード夫人に、王は食ってかかった。そして、カルペパーの枕元に一晩中就いているようにと命じた。王妃の面目を失わせた臆病者と罵った。「さあ、カルペパーを一晩中監視することで、その償いをするのだ、わしが起きる前に誰かがカルペパーと話すようなことがあれば、ただでは済まぬぞ！」

Ⅲ章

城の地階で大司教は、僧衣を脱いだ後、公の事柄を論じたくなると、司祭も小姓もそばにおかず、今のように、従者のラセルズだけを相手にした。大司教は軟質材の跪き台に跪いた。象牙製のイエスキリストが掛かった大きな十字架の前で、数珠をつまぐり祈りを唱えた。大司教の寝室はむき出しの白壁に囲まれ、ベッドにはカーテンも付いておらず、部屋の他の家具といえば、彼が序文をものした巨大な聖書が鎖で繋がれた大きな黒い聖書台があるだけだった。祈りを唱える彼の目には涙があった。目は救世主の顔を仰ぎ見た。救世主は蒼ざめた生気のない顔を下に向け、苦悶に満ちた表情を浮かべて、口を開いていた。イタリアから来たこの彫像は、キャサリン・オブ・アラゴンが排斥される前は、穏やかな顔をしていたと言われていた。その後、一度大声で泣き出し、今も悲しげで苦悶に満ちた表情を留めていた。

「神よ、力をお与えください。何とも上手く祈れないのです」大司教が言った。「わたしたちが乗り越えてきた危難が、まだわたしの身にまとわり付いているかのようです」

「ああ、わたしたちが何とも上手く危難から逃れ出ることができたことを神に感謝すべきです」ラセルズが言った。「お祈りをすれば、これまでの一週間よりはずっと安らかにお眠りになれるでしょう」

ラセルズは読書台に身をもたせ、聖書に、まるでそれが友の肩であるかのように、腕をかけた。

「ああ」大司教が言った。「今日はクロムウェルが倒れて以来、わたしが経験した最悪の日だった」

「どうかそんなことは言わないでください、猊下」彼の腹心の友が言った。「まだ、最良の日になりえましょう」

大司教は跪いたまま振り向いた。胸の上の宝石をはずし、聖ジョージ礼拝堂付き司祭の鎖とともに、礼拝用たたみ床机の隅にぶらさげた。上着の首元のボタンははずれ、ローブははだけていた。英国国教会の司教の職を表すローン製の袖が単なる袖でしかないのは明らかだった。というのも、その袖口からは、大司教が夜も昼も身につけていた粗い、灰色の馬巣織りシャツが見えていたからだった。

「こうした世間話は飽き飽きだ」大司教が言った。「出て行って、わたしのお祈りの邪魔をせんでくれ」

「どうかそんなことは言わないで、猊下、わたしをここに居させて、猊下を元気づけさせてください」ラセルズが言った。大司教が一人で白いキリストと過ごすのを恐れていることを、彼は知っていた。「猊下の、他の従者たちは、もう寝てしまいました。もし猊下が寝言を叫んだら起こせるよう、わたしが猊下の眠りを監視しておりましょう」

夢のなかに現われるクロムウェルの幽霊を恐れ、大司教はため息をついた。

「では、居るがよい。だが、話してはならん。おまえは大胆すぎる」

大司教は再び壁のほうを向いた。数珠がカチッと鳴った。大司教はため息をつき、頭上の白い悲しみの彫像の前で、黒いガウンに身を縮めた黒い影となり、長い間じっとしていた。

「神よ、力を与え給え」大司教がやがて言った。「どうしておまえは今日を幸福の日[1]と呼ぶのだ」

愉快とは無縁の微笑を絶えず浮かべているラセルズが言った――

「二つのことのためです。第一に、この手紙の発送が延期されたこと。第二に、王妃が、明白に、あらゆる人々に、淫らだと証明されたことのためです」

大司教が肩の上で首を左右に振った。

「そんなことは言うものでない」大司教が言った。

「ああ、アラゴンから来た、今は亡きキャサリン陛下は、信仰心の鑑と見なされていましたが、贖罪司祭と懇意になりすぎているということは誰もが知っておりました」ラセルズが笑った。

「それは嘘で中傷だと証明された」大司教が言った。

「あのキャサリンを引き下ろすのには大いに役に立ちましたよ」腹心の部下が言った。

「いつの日にか」大司教はローブのなかで震えていた。「そうした嘘にはつけを払わされ、返報がなされるであろう。というのも、わたしたちはよく知っている。おまえも、わたしも、わたしたち皆が知っているのだ。こうしたことが虚偽でまやかしであることを！」

「何とまあ！」ラセルズが言った。「今の王妃については、十分真実だと分かったではありませんか」

大司教は両手を洗うような仕草をした。

「まあ」ラセルズが言った。「王妃があの荒れ野で従兄に会ったのが、まったくの偶然だと誰が信じましょう。王妃は奇跡的な力で常に北を指す方位磁石ではないのです」

「一廉の人間がおまえの言うことなど信じまい」大司教が声を荒げた。

「ですが、先入観のない者もたくさんおりますよ」ラセルズが答えた。

「神よ、力を与え給え」大司教が言った。「こうして絶えず希望的観測を抱かせに抱かせ続けるおまえとは、いったい何者なのだ」

「はあ」ラセルズが言った。「わたしが猊下にお仕えし始めたあの日、猊下はよき助っ人を得たものと自負しております。猊下にお仕えするようわたしに命じ、わたしを推薦してくださったのは、偉大なる王璽尚書様でした」

大司教はその名を聞いて身震いした。

「トマス・クロムウェルは何という最期を遂げたことか！」

「今の王が生きている間、そうした最期は、猊下のものとはなりませんでしょう。王は猊下のことをそれほどに愛しておられます」ラセルズが答えた。

大司教は立ち上がり、頭上に両手をあげた。

「出て行け、出て行け」大司教は叫んだ。「おまえの邪悪なたくらみに乗ってたまるものか！」

「計画が頓挫しましたら」ラセルズがとても穏やかに言った。「猊下は関わらなかったことにすればよいのです。ですが、王妃が淫らな女であることが完全に証明された暁には――きっと証明されましょうが――猊下が告発状を国王のもとに持って行くのです――」

クランマーが言った――

「断じて、断じて断る！　ライオンとその餌の間に割って入れと言うのか」

「猊下が告発状を国王のもとに持って行くに越したことはないのです」ラセルズが無頓着に言った。「王は誰の言葉よりも猊下の言葉に耳を傾けるでしょうから。ですが、他の者でも構わないでしょう」

「わたしはこのたくらみには乗らないぞ」大司教が大きな声をあげた。「これは邪悪なことだ」大司教は振り向いて白いキリストを見た。キリストは、黒っぽい十字架にかかり、苦悶に満ちた額をクランマーに向けていた。「我に力を与え給え」クランマーが言った。

「いえ、猊下は関わらなくてよろしいのです」ラセルズが答えた。「猊下の目に――ええ、それにローマカトリック派の貴族たちの目に、例えば、王妃の伯父のノーフォーク公の目に――この王妃が、王妃として迎え入れられる前に、邪悪な生活を送っていたこと、その後も、大変に疑わしい振る舞いをしてきたことが明らかになるまでは」

「ローマカトリック派の貴族たちに対し、それを証明することなどできるはずがない」クランマーが言った。「これは愚行だ」

大司教はさらに激しく付け加えた――

「これは邪悪な計画だ。愚行でもある。わたしはこのたくらみには乗らないぞ」

「今日はとても幸運な日です」ラセルズが言った。「ローマ司教への手紙は決して送られないだろうことが、目の利く者には誰にでも分かったと思うからです」

「いや」クランマーが反論した。「手紙が明日もしくは明後日、発送されるだろうことは、六ヶ条(2)の自明の理同様明らかだ。さあ、出て行け。王は王妃の意思にのみ導かれており、手紙は王妃の意思次第なのだ。さあ、出て行け!」

「どうかそんなことは仰らないでください、猊下」スパイが言った。「王妃に関してはまさにその通りでしょう。ですが、王様の場合は違います。王は王妃を喜ばせることができるなら、喜ばせようとなさるでしょう。ですが――わたしの言うことをよくお聞きください――ここが微妙な問題なのです――」

「聞く耳もたぬ」大司教が言った。「とっとと出て行って、別の主人を見つけたらどうだ。おまえのいうことなど聞かぬ。これが最後通牒だ」

ラセルズは聖書から腕をはずした。体を曲げてお辞儀し、部屋を横切り、ドアの掛け金に手をかけた。

「いや、話を続けるがいい」大司教が言った。「わたしの不安を呼び起こしたのだから、できるならば、それを和らげよ。今夜は眠れそうにないからな」

そこで、ラセルズは長々と王の性質について意見を開陳した。教皇との同盟が万一整ったならば、それは必ずや教皇と神聖ローマ帝国皇帝カール五世との同盟ということになるだろう。というのも、フランス王は誰もが知っているように無神論者だからだ。そこで教皇とカール五世との同盟はフランスに対抗するための同盟とならざるを得ない。しかし、スコットランド王はフランソワ一世がもつ最も親密な同盟者だ。そこで、スコットランド王がフランスを裏切り、わが国の求めに応じて捕囚になることを承諾するまでは、わが国王はフランソワにあえて戦いを挑みはしないだろう。もしジェイムズが会合のためイングランドに来ていたなら、王は彼を捕囚にしようとしていたのだ。王が自身の魂を救うため、お妃を宥め甘やかそうとすることは十分あり得るだろう。しかし、ジェイムズが背後で勢力を振るっている間は、そうは問屋が卸さないだろう、と。

さらにラセルズは言った。大司教殿はノーフォーク公とその追随者たちがフランス王の旧友であることをよくご存知のはず。もし王妃が神聖ローマ帝国との同盟を王に強いるなら、ノーフォーク公やウィンチェスターの司教はフランスにいる王妃の敵たちと永久に手を結ぶだろう。彼らと共に、教会の土地をもつプロテスタントの貴族やローマカトリック教徒たちもまた然りである、と。

大司教はラセルズの言葉にとても熱心に耳を傾けていた。しかし、突然、大声をあげた。

「だが、王は？　王はどうなる！　たとえすべての者が王妃に背くにせよ、王だけでも王妃に味方すれば、いったい何の益がある」

「まあ、まあ」ラセルズが言った。「わが国の王はあまり揺るぎない男とは申せません。また、男とはいえ、嘲笑いや軽蔑をひどく用心し恐れています。もしわたしたちがお示しできれば――今夜、王様がしたことの後では簡単とは申せませんが、それでも成し遂げることができるかもしれません――もし、あの手紙が送られる前に、お妃の邪悪さ加減で国中が王様を非難し嘲っているということをお示しできれば、王様が今の猊下やわたしのように、王妃様の無実を心のなかでいかに信じているにせよ、王妃様を離縁なさるのはさして遠い先の話とはいえますまい。もしかしたら、王妃様を断頭台送りになさるかもしれません」

「神よ、力を与え給え」クランマーが言った。「何とひどいたくらみだ」

大司教はまっすぐに背を伸ばして立ち、弱々しく懐に手を差し込んで、しばらく思案していた。

「王にそんなことを信じさせられるものか」大司教が言った。「そんなのは現実味のない戯言だ。わたしは関わらぬ」

「いえ、できるかもしれません。できると信じております」ラセルズが言った。「それに、それが大いにわたしたちに役立ちましょう」

「いや、わたしは関わらぬ」大司教が言った。「これは邪悪なたくらみだ。それに、たくさんの証人が必要となろう」

「もうすでに何人か用意してあります」ラセルズが言った。「ロンドンに行きましたら、さらに多くの者が手に入りましょう。偉大なる王璽尚書は理由なくわたしを推薦したわけではないのです」

「だが、王に」クランマーは驚き怯えているかのように発言した。「お妃が何も悪いことをしていないことを知っている王に——今夜、明らかになったように、そのことをよくご存知の王に——お妃を片付けさせるとは…ああ、虎もそれほど残忍でなく、エジプトの蛆虫もそんなふうに仲間を餌食にしはしない。想像するだけでも恐ろしいことだ——」

「どうかそんなことはおっしゃらないでください、猊下」ラセルズが穏やかに言った。「人間が兄や息子や父や連れ合いを裏切るように、獣や畜生が仲間を裏切るのを猊下は見たことがおありでしょうか」

大司教は両手を頭上にあげた。

「ブルートゥスがユリウス・カエサルを裏切ったように、二番手の牡牛や牡羊が群のボスを裏切ったことがあったでしょうか」

第四部　歌の終り

I章

王妃はハンプトン宮殿におり、秋も深まっていた。ポンテフラクトからやって来て以来、王妃はずっと悲しい思いでいた。ローマへの王の書簡の発送が遅れていることが、ますます明白になっていた。王は夜ごと、書簡を送って魂を救わなくてはならん、と強く宣誓した。今のままベッドの上で死んでは地獄落ちになると考えて、身を震わせた。王妃も書簡が送られる前にこの領土で死んだ者の魂は、どれも告解によって罪の赦しを得ておらず聖体拝受もしていないので、神の玉座の前で、その重みに耐えきれなかろうと言い募った。真夜中になると、王は泣き始め、すべて台無しだ、自分は呪われている、とひとりごとを言った。

実際、王と王家は近頃呪われているように思えた。ハンプトンに戻ってくると、エドワード王子が重い病気にかかっていた。体中が腫れていて、医者たちは水腫だと言った。だが、王はどうしてこんな小さな子が、こんなにおとなしくて、こんなに大事に養育され世話されている子が水腫になどかかり得ようか、と嘆いた。これは確かに聖人たちが自分を罰するために仕組んだ、あるいは悪魔が自分を誘惑するために仕組んだ驚異に違いないと思った。そう王はわめき声をあげた。神は彼を罰するために、最愛最高の者をとりあげようとしているのだ、と。

そこで王妃が神と和睦なさいと忠告すると、王は遅すぎると叫んだ。もし神のほうに和睦の気持ちがあるならば、どうしてローマでペテロの座にいる神の代理人と和解する道を容易にしてくれないのだ。和解を容易にする道はなさそうだった。それというのも、日ごとに新たな困難や苦悩が生じてくるからだった。

スコットランド王は手を結ぼうとしなかった。フランス国王は娘のメアリーに結婚を申し込もうとしなかった。アレマンの公爵たちやシュマルカルデン同盟との戦いで皇帝はうまくいっておらず、フランスやスコットランドに対抗するための同盟者として皇帝を利用することはなおのこと難しそうだった。

「ああ！」と王は王妃に向かって叫んだものだった。「もし天にまします神がローマとの和睦をわしに求めるならば、どうして卑しいスコットランド人や無神論者のフランス人をわが手に委ねないのだ？」

夜、王妃は、まず神と和解し、今後の展望において神の慈悲を信頼するようにと、王を説得した。だが、朝になるといつも王は、国王としての最高至上権のことを気づかった。フランスの友人たちのもとに特別大使として赴かせたノーフォークから手紙が来るであろう。ノーフォークは王がフランス王家の誰かに娘を嫁がせたいと思っていると信じきっていた。だが、フランス王はこれを信じようとはしなかった。ヘンリーの目は怒りで赤くなった。誰の目も、王妃の目さえもまともに見ようとはせず、四隅に視線をそらし、悪態をついては、自分こそ教会の首長であり、それを超える支配者などいないのだと言い張った。

ガードナー司教がウィンチェスターの管区からやって来た。彼はこの国の教皇派の長であったが、王妃は彼に対し気心を許すわけにはいかなかった。この陰険で横柄な高位聖職者は、絶えずクランマーを大司教の座から引き摺り下ろし、その座を自分に与えるようにと、王妃に説き聞かせた。メアリー王女はクランマーを母親の一番の敵とみなし、何にもましてその首をとりたいと望んで、ガードナーの肩をもった。またガードナーはひっきりなしに王に神聖ローマ皇帝と同盟を結ぶよう勧めたので、ノーフォークがフランスから帰ってくる頃には、王もついにひどく憤ってウィンチェスター司教の顔をなぐりつけ、たった数名のろくでもないルター派諸侯を排斥できぬとは、親友の皇帝もまったく頼りにならない、と悪態をついた。

こんな状況下で、王妃は長いこと悲しんでいた。小さな王子は重い病気にかかっていた。王は何も食べられず、王妃が手作りの料理を出しても、ただ食べ物をながめて座っているだけだった。

ある日曜日、クランマー自身が祈禱文を読み上げた夕べの祈りの後で、王はほとんど楽しげと言える気分で夕飯にやって来た。

「おい、おまえには」王は言った。「たくさん敵がいるようだな。しこたま誹謗中傷が書かれた紙を持ってきて、クランマーがむせび泣いていたぞ」

王は王妃にそれを差し出し、読むように言ったが、王妃は読もうとしなかった。ただ、たくさんの敵がいることはよく存じております、わが身の名誉は神の手に委ねるのが一番と存じます、と言っただけだった。

「そうかも知れん」と王は言い、帯のなかに書付を仕舞って、食事の席についた。「くそっ」と王が言った。「もしあれがクランマーでなかったなら、今夜は地獄の飯を食らうこととなっただろう。やつめ、むせび泣き、震えておった。くそっ！　くそったれが！」

その夜、暖炉の前で、王はこの何週間かの間見られなかった楽しげな様子だった。自分で作った歌を演奏させ、その後で、明日は馬に乗ってロンドンへ行き、議会でローマに送りたいと思っていたものを送ることにすると誓った。

「確かに」と王は言った。「おまえが祈るのを聞くとき以外、わしにこの世の平穏はない。昔の形式と流儀に則らなければ、おまえがわしのために十分祈ることはできなかろう」

王は椅子の背にもたれて、王妃をながめた。

「ああ」と王が言った。「おまえをこんなに麗しい姿で地上に送ったことこそ、神の慈悲深さの証拠なのだ。おまえがこんなに美しくなければ、きっとわしはおまえに気づかなかっただろうからな。だとすれば、わしの魂はまっすぐに地獄へ落ちていただろう」

そして大声で人を呼び、ローマへの書簡を持ってくるように言いつけ、暖炉の火の明かりで声に出して読んだ。翌日ロンドンに行ったときに、それをローマへと運ぶことになっているサー・トマス・カーターの手に渡せるように、王は先に別の紙を入れた帯のなかに、その書簡も一緒にしまった。

王妃は「ありがたいことです」と言った。

翌日、書簡が送られるとは俄かに信じがたかったし、さらに何日も送られないかもしれないが、それでも少しずつ自分の意志に王を従わせる方向に進んでいるように彼女には思えたのだった。

Ⅱ章

ウィンチェスター司教ガードナーは、金欠でほとんどの馬を売るようになるまで廏《うまや》があった場所に、新しいテニスコートを造成していた。司教は教皇派のノーフォーク公といつも形勢次第でどちらにでも付くサー・ヘンリー・リズリーとを招いて、新しい屋根つきのコートとその周りの建物を見せていた。廏のドアはすべてレンガや柵でふさがれてコートテニスの得点孔だけが開いていた。

ノーフォークとリズリーはまだ明るい午後の早い時刻に司教の屋敷に来ていたが、コートを視察しに行く前に、日中のほとんどの時間をたわいのない話をして過ごした。彼らは長い部屋の高窓の下で立って話していた。礼拝堂付き司祭、聖職者、従者も何人か一緒で、話のほとんどは次の土曜日にスミスフィールドで行われることになっている熊いじめについてだった。サー・ヘンリー・リズリーはノーフォーク公の飼い犬のうちの最強の七匹に匹敵する自らの七匹の飼い犬を挙げ、自分の犬のほうがいったん熊に食いついたら、もっと長く食いついていられると確言した。若い従者たちのほとんどは、ポルトガル産のマスティフ犬に産ませたサー・ヘンリーの犬の勝利を信じた。

話が一段落し、黄昏時になると、司教が言った。

「さあ、新しいコートを見に来てください。まだお見せしていないものをご覧に入れましょう」

しかし司教は、従者や司祭には、今いる部屋に留まっているように命じた。この人たちはもう何度もコートや建物を見ていたのだ。高位聖職者の黒衣を着た司教が公爵とリズリーの先頭に立ち、屋敷の下層回廊に出て行くとき、背後では司祭や若い従者が客人ひとりひとりにお辞儀した。

コートには四匹、逞しく強そうな猟犬がいて、三人のまわりを飛び回り、吠え付いた。ガードナーはリズリーの脛が咬まれないように常に注意を払わなければならなかった。というのも、リズリーはどんな犬にもどんな子供にも嫌われるような男だったからである。

「お二方」司教が言った。「ここの犬たちは、わたし以外の人間は――馬番や馬丁ですらも――このコートに入れようとしないのです。わたしが秘密の用件を達成できるように、そんなふうに育ててあるのですよ」

コートの塀の下部に取り付けられたドアに、司教が鍵を差し込んだ。

「得点孔のある廏舎に入るドアを除けば、ここには他にドアはありません。わたしはあそこのドアを通って、孔に入った球をとってくるのです」

コート自体はまったくの暗がりだった。

「明かりがないほうが話をうまく進められるでしょう」と司教が言った。「さあ、向こうの奥まで入ってください」

立ち聞きされる恐れはなかったものの、三人はほとんど爪先立ちで歩き、息を凝らした。暗く陰気な場所で、頭を寄せ合い、さらに暗く陰気な一角を形成した。突然、司教が隠していた激情をあらわにした。「テニスコートを作らにゃならぬのももっともなのです」と司教は言った。その声には荒々しい悪意の感情が渦巻いていた。「テニスをするためのコートを作らにゃならぬのはもっともなことなのです。他に何もすることが残っていないのですから」

暗がりのなかで、聞き手たちからは何の声もあがらなかった。

「あなた方も同じことをしたらよろしいでしょう」司教が言った。「それも早くなさるがよろしい。そのうちすべてを剝ぎ取られ、球を買う金さえなくなってしまうでしょうからな」

ノーフォーク公は、息を吸い込むような、いらだたしげな音を立てたが、まだ何も話そうとしなかった。

「お二人にどうか聞いて頂きたい」司教の声が響いた。「われわれは皆、愚弄されたということです。今、われわれを圧迫している女を高位につける手助けをしたのはどこの誰です？　それはこのわたし！　わたしなのですぞ！……」

「わが家で仮面劇を上演させ、国王にはじめてこの女を引き合わせたのが、わたしでした。どうふるまったらよいか彼女に教えたのもわたしです。それなのに、どんな感謝が示されたでしょう！自分の管区に引きこもらされたのが落ちでした。投げ与えられた古い骨をかじる犬のように、自分の指をかじって腹の足しにするしかなかったのです。汁気の多い柔らかな肉は、まったくわたしのものとなりませんでした。だが、この女を今座っている場所に据えたのはわたしなのです…」

「わたしにも嘆きの種はあります」ノーフォーク公の声がした。

「神に誓って、わたしも、です」リズリーが言った。

「あなた方もまた、愚弄されたのです」ガードナーの声がした。「ご自分でもお分かりでしょう。王女様とオルレアン公[1]との縁組を整えるためと思わせて、お二人を相次いでフランスに送ったのは一体誰です？――王妃その人だったのではありませんか。それも、あなた方がフランス国民とその国王を同胞として愛しているのを知っていてですよ！　ところが、王妃も、また王妃がたぶらかして隷属させている国王も、王女様をスペインに嫁がせるということ以外何も考えていなかったことが、今では知れ渡っています。従って、あなた方は愚弄されたのです」

司教はここで声を潜め、再び声高に言った。

「愚弄されたのですよ！　愚弄された！　愚弄されたのです！　あなた方もわたしも。あなた方の盟友であるフランス国民も、もうあなた方の言葉を信じてはくれないでしょう。王妃はあなた方の所有物も土地も教会のためにすべて没収し、彼女に抵抗しない一群の若い僧侶たちに絶対的な影響力を持つでしょう。国全体が王妃に統御されてしまうのです。…わたしたちは愚弄され、破滅させられてしまうでしょう。あなた方もわたしも」

「そんなことはわたしにも分かっています」ノーフォーク公が不機嫌そうに言った。わたしたちがもう十分感じている嘆きの種を並べ立てる必要がどこにあります。わたしたちの側でも敵の側でも、王妃を倒そうと思っていない貴族は一人もいないのですから」

「それでは、あなた方はどうするおつもりです」ガードナーが言った。

「何もできやしません」凄みのある、ぞっとするような声が、リズリーから聞こえた。「国王はすっかり王妃陛下の言うなりですからな」

「王妃陛下ですって」司教は苦々しい嘲りの口調でリズリーをからかった。「役立たずの王妃に未だに取り入ろうとしているように見えますな」

「主君の目に好ましく見えることは臣下の本分です」くぐもった声が返ってきた。「王妃様の好意を得られるなら、そうするのが筋でしょう。ですが、そんな見込みがないことは、あなた方もよく分かっているではないですか」

「あなたはルター派の豚どもと交わりすぎましたからな」司教が言った。「確かに遅すぎます」

「ですが」リズリーが言った。「あなただって奴らを利用できたならば、利用したでしょうが」

司教は、目立たないようにではあったが、うなり声をあげた。

ノーフォーク公の悪意ある声が聞き手たちのもとへ届いた。「今までのあなた方の愚かな陰謀とまったく同じではありませんか。わたしはあなた方の口論を聞くために、ここへ招かれたのですか。ここに来ることだけでも充分危険なのです。あなた方はどうするおつもりなのです」

「敵方と和解するつもりです」司教が言った。

「何ということを！」公が言った。「こんな馬鹿な話を聞くためにここに招かれたというわけですか？　あなたとクランマーはこの十年間、互いの首を狙ってきたのですよ。今さら、クランマーの助けを求めるとは！　彼に何ができるというのです。クランマーもあなたやリズリー同様、腐りきったクズだ！」

突如、司教が大声で叫んだ。

「おい、おまえ。出て来なさい」

ノーフォーク公は剣に手をかけ、リズリーも剣に手をかけた。二人とも同様に、これが大逆罪ならば、司教を殺さなければならないと考えたのだ。得点孔のある壁の側の暗がりから、恐ろしいほどに錠をがたつかせる音が、そしてドアが軋む音が聞こえた。

「一体全体」ノーフォークが言った。「こいつは何者だ」

音の出ない靴を履いて歩く男の息遣いが聞こえた。

「この旦那方が王妃を倒す企てに誠意を尽くしてくださると信じるに足る言葉が聞けたかね？」

「十分に聞けました」滑らかな声の主が言った。「そうするより仕方ないのですから」

「こいつは何者だ」リズリーが言った。「俺たちの話を聞いたこいつが何者か化けの皮をはがしてやる」

「馬鹿を言っちゃいけません！」ガードナーが言った。「この男は敵方の人間なのです」

「そんなやつらを来させているのですか？」とノーフォーク。

「他にどこへ行くべきだと言うのです？」と陰の声が答えた。

動揺によるものか、思案のためか、何とも言いがたい沈黙が、二人の男の間に生じた。ついにガードナーが割って入った。

「旦那方にわたしたちの考えを聞かせておあげなさい」

「こういう約束を結びたいのです」と陰の声。「第一に、公爵殿、あなたの弟の子がわたしたちの努力によって、不貞のかどで裁判にかけられる事態になった場合、裁判であなたの発言力を行使したり、彼女を激励したりして、彼女の味方をするようなことはなさらないようにお願いしたいのです」

「裁判だって！　不貞だって！」公が言った。「狂気の沙汰だ！　わたしの姪が雪のように潔白なことは——聖ケビン[2]がそのことで姪を呪いますように——あなた方も知っているはずだ」

「あなたのもう一人の姪御さんの、アン・ブーリンの場合だって、そうではありませんでしたか。それでも、あなたは姪御さんを死へと追いやった」とガードナーが言った。「そのとき、あなたは教皇派と組んで陰謀を図ったのです。今度はルター派の出番です。この疫病神を追い払えさえすれば、どちらでも構わないではありませんか」

「分かった、約束しよう」公が言った。「もともとそうなると思っていたのでしょう。頼むまでもないことだ」

「第二に」と陰の声がした。「公爵殿には、姪御さんが見かけよりずっと年上だと証言していただきたいのです。例えば、姪御さんはあなたの弟のエドマンドの十一番目の子供ではなく、本当は二番目の子だと言って頂きたいのです。虚栄心から諸国語に長けているように見せるために、自分は幼くして死んだ妹だと言っていたのだ、と」

「だが、一体何のために？」公が言った。

「いやいや」ガードナーが言った。「これはこの男の企てた見事な陰謀なのです。この男はあなたの姪御さんがあなたの母親の家にいた子供の頃から好色だったことを証明しようとしているのです。そのとき彼女が善悪を弁えぬ十歳かそこらの子供だったならば、それは彼女を破滅させることにはならないでしょう。ところが、そのとき十八か二十歳だとすれば、縛り首にするのに十分です」

ノーフォークは思案した。

「姪の年齢に関しては、そう聞いたことがあると言いましょう。ですが、こういうことは乳母や女たちに証言させるのが一番です」

「証人は何人もいます」と陰の声。「あなたはこういった昔のことを弟から聞いたと言ってくだされればよいのです。公爵殿はこの女を裁きたいのでしょう」

「もちろんだ」ノーフォークが言った。「すぐにそうしなければ、わたしや友人たちが破滅させられてしまう」

公は再び思案した。

「今言われたことをやりましょう。お望みならそれ以上のことも」

「いやいや、それで十分です」と陰の声。その声が暗がりのなかで新たな調子を帯びた。

「さあ、今度はヘンリー・リズリー殿」声が言った。「あなたには次に言う単純なお約束をしていただきたい。第一に、あなたはロンドン市長に耳を傾けさせることのできる人物だ。だから、後でわたしが言うルター派の集会を妨げないように市長に進言して頂きたいのです。それから、あなたは取り締まるほうが専門かもしれないが、ある印刷所の親方が王妃に対する誹謗中傷を書き込んだビラを刷るのを断じて妨げないで頂きたいのです。と言いますのも、この企てを成功させるには、ポンテフラクトで王妃が従兄を寝室に入れていた、あなたも記憶しておられるあの晩、王妃が国王をたぶらかして言いなりにしたのだ、という噂を広めることが絶対に必要なのです。王妃は魔術を使って国王に恥を忍ばせたのだと言って非難するわけです。王妃が荒野のはずれでカルペパーに出会ったのも偶然ではなく約束があったのだと、われわれは目撃者たちに証言させるつもりです。ただ、あなたにはこれだけ約束して頂きたいのです――ルター派の人たちが集会を開けるようにすること、そして中傷ビラが印刷されるようにすること、です」

「約束いたしましょう」とリズリーのくぐもった声が聞こえた。

「それでは、わたしの用件は済みました」もう一方の声が答えた。声の主が壁を手探りして歩いて行く音が聞こえた。男は入ってきたドアのところまでたどり着いたようだった。司教が彼の後を追って行き、この夜だけ開かれた小さなドアから彼を通りに送り出した。

司教が後の二人のもとへ戻り、大司教の部下の企みが何か説明すると、それはとてもいい計画だという点で三人の意見が一致した。それから、この計画はすぐさま王妃に暴露するのが自分たちのためになるのではないかと考え始めた。しかし、たとえ王妃を守っても、今と状況は変わらず、自分たちは完全に破滅するしかないだろう。他方、計画が成功したとなれば、今よりずっと裕福になれる。それに、たとえ失敗したとしても、失うものは何もない。自分たちがルター派を援助するとは容易に信じられないだろうし、書簡も書付も残されてはいないのだから。以上の点で三人の意見は一致した。

そこで、三人は名誉を重んじ、固く約束を守ることで同意した。そして三人とも確信した。もし声高な抗議が王妃に対し巻き起こるならば、国王はたとえ自分の意志に反してでも、王妃を排斥しなければならなくなるだろう、と。

Ⅲ章

マーゴットとポインズ青年の伯父、印刷工の親方バッジの家では、重大かつ厳粛な論議が行われていた。ロンドン市民が——少なくともドイツの教義を信奉する市民たちが——シュマルカルデン条項(1)やルターの教義にどんな感情を抱いているか、クレーヴズ公が密使を送って、聞きたがっているという言葉が伝えられたのだ。

密使たちが非常に高い地位にあること——低い身分の者の話は聞いてくれそうにないほど高い地位にあること——も暗黙の了解とされた。何日もの間、ランベスにある大司教の家と印刷工の親方バッジの家との間を、伝令が行き来し、バッジがこの集会にどのように対処すべきかが教え込まれた。

このときにはバッジの年老いた父親はもう死んでいて——マーゴットが王妃の付き人をはずされてからまもなくして亡くなったのである——居間は整然と片付けられていた。古い調度類はまったく残っていなかった。壁際には、たくさんの印刷機や人々が腰掛けることのできる物入れが並んでいた。ここにあったテーブルは印刷工の印刷所に移されてしまっていた。部屋の真ん中には講演用の机が置かれ、炉床の前には、以前長い間老人が座っていた大きな椅子が据えられていた。

その晩の早い時刻に、といっても、もう日は暮れていたが、大勢の市民が集結した。大半の者はやつれた顔をしていた。この宗派の者たちにとって、最悪の時期だったからだ。ほとんどの者が当時のドイツ・ルター派の人々の流儀に倣って、黒衣に身を包んでいた。彼らは壁際の物入れの上に並んで座り、葬式の列のような無表情な顔つきで、高貴なる密使を待っていた。市民たちのなかにドイツ人は誰もいなかった。というのも、名前を知られたくないとか、あるいはそれとは別の理由で、高貴なる密使がドイツ人の出席を望んでいないということが伝えられていたからだった。

自らの技術を誇りにする印刷工の親方は、エプロンを身につけていた。正面に暖炉を見る形で部屋の真ん中に立った。大きな腕はむき出しだった。いつも腕には何もつけないで仕事をしてきていた。黒いあご髭はいくつもの巻き毛の塊に分かれ、顔は非常に平たく、鼻がフクロウの嘴のように鉤鼻になっているのさえほとんど気づかれぬほどだった。それに、この男には厳粛さと神秘の雰囲気があった。講義用の机の上にはある種の文書と、大司教の許可と命令によって印刷中の聖書を刷った紙数枚が載っていた。皆一緒に大きな声で「堅固なる避難所は主たる神」という聖歌を歌った。

それから、バッジは手で大きく合図して、次の言葉を発した。

「これは神の御言葉です」そして聖書の一節を読み出した。まず、ダビデとサウルの物語(2)を読んだ。恍惚状態に陥り、大きな声が震えた。

「このダビデとは、わが国王です」彼は言った。「彼が殺害したサウルはローマの野獣です。後に来るソロモンはあなた方も知る仁慈深い王子様です。というのも、王子様はすでに、お年以上に、それに大半の大人にも増して賢く育っていらっしゃいます」

壁際の市民たちが「アーメン」と叫んだ。密使たちがなかなか来ないので、バッジは内側の戸口に立っていた仲間の熟練印刷工たちに声をかけ、聖書のなかのエホデとエグロンの物語(3)を刷った紙を持って来させた。

「あなた方が話のなかで殺害されると聞かされるこの王エグロンは、アレマンの信心深い人々を苦しめる害鳥、神聖ローマ帝国皇帝カール五世です。皇帝を殺害する立派な男は、誰かドイツの貴族です。その男が誰なのか、わたしたちにはまだ分かりません。今夜ここに来てわたしたちの話を聞いてくださる密使こそ、ひょっとすると、その人かもしれません」

彼の同胞たちは低く太い声で、神が逸早く、逸早く、この恩恵をお送りくださいますように、と一丸となって祈った。

しかし、バッジがこの物語の十一節を終えないうちに、外からトランペットの響きが聞こえ、窓からは松明の明かりと、王がこの密使に敬意を表するために送ったと噂される護衛隊の緋色の服が見えた。

「どなたか存じませんが、とにかくお入りください」印刷工はドアを叩く者たちに大声で言葉をかけた。

これまでに見たこともないような巨大な仮面をつけた男が入ってきた。全身黒ずくめで、びっくりするほどにものものしく、大股に歩いてなかに入ってきた。袖と肩はドイツ風にふくらませていて、剣はタイルに当たるごとにカチンと音を立てた。男は黒の幻影で、別の人の衣ほども大きさがあろうかというその仮面が、顔全体を被っていた。ただ、腰を下ろしたときに、灰色のあご髭が垣間見えた。男は暖炉を横目でじろっと見た。

男はドイツ語で言った。その声は憂いに沈み、しゃがれていた。

「皆さん、神に祝福を[4]」苦労してこの言語を習得した市民たちが、男に答えて、言った。

「天にまします神よ、讃えられたまえ[5]」

男は半分の大きさの仮面を付けた年長者を供に連れていた。こちらは体をブルブルと震わせ、髭はきれいに剃っていた。そしてもう一人、年少者を供に連れていて、これは必要な場合に通訳をしてもらうための英国人だった。年少者のほうも髭をきれいに剃っていて、英国人の体型からすると、やせていて弱々しそうに見えた。大司教の従者で、ラセルズという者だった。

ラセルズは、ここにいる密使たちは海を越えてやって来られ、いくつかの質問に対する答えを聞きたいと望んでおられる、と言って集会の口火を切った。次に、小さな袋から紙を取り出し、自分は密使たちが知りたい点を取り逃がさないように、質問をこの紙に書き留めておいた、と付け加えた。

「諸君、どう思われます」ラセルズが言い終えた。「あなた方は質問に対し心を込めて知る限りのことを答えられますか」

「ええ、そう致します」と印刷工が言った。「そのために、わたしたちはここに集ったのですから。諸君、そうではありませんか」

すると集まった人々が答えた。

「ええ、その通り」

ラセルズが用意した紙を読んだ。

「このイングランドの王国はどんな状況ですか」

印刷工は講義用の机に載った紙をちらっと見た。そして答えた。

「悪くはありません。ですが、それほど良くもありません」

この言葉を聞いて、ラセルズは驚いた振りをして、形のよい白い手を宙に振り上げた。

「どういうことです」ラセルズが口を差し挟んだ。「皆さん、同じ意見ですか」

「そうです」という太い声が、皆の胸の底から発せられた。一人の老人はじっとしていられなくなった。老人は手足が太く、大きな頭には白髪まじりの髪がぼさぼさに生え、赤い革のジャーキンをつけた脚をずっと小さく痙攣させて空を蹴っていた。そして、次々と、何か新しいものをじっと近くで覗き込んだ。まずは錠剤を摑んで、片目でしか見えないほどに顔に近づけて見た。次には首のまわりにかけている笛を、それから次には、ポケットから取り出した小さな紙切れを凝視した。老人は太い声で叫んだ。「その通り、その通りじゃ。それほど良くもありません、ですわ。妖術に悪天に岩礁ですからな、兄弟方、旦那方」――彼は水夫のようだった。実際、アントワープの港まで商取引に出掛け、低地帯[6]で信仰を学んだのだった。

「何ですと」ラセルズが言った。「立派な国王に満足しておられないのですか」

「ソロモンがユダヤ人を治めて以来、現国王ほどに立派な国王はおられませんでした」水夫が大きな声で言った。

「それでは、あなた方が不満なのは国王の議会なのですか」

「いや、議会の面々は立派な人たちです。国王ご自身がお選びになったのですから」と一人――上部が平たい黒い縁なし帽をかぶった小男――が答えた。

「よいか、代表者を通して答えるように」密使が炉辺から厳重に命じた。「馬鹿げた話ばかりですな」並んで座っていた老人が、密使の椅子の背に身を乗り出して囁いた。だが、密使は重々しく首を振った。彼は座ったまま、じっと燃えさしを見ていた。大きな両の手は膝の上で握りしめられ、時折、煩悶する人の手振りに似た動きをみせた。

「この方のおっしゃる通りにするのだ」ラセルズが言った。「この方が来られたアレマンでは、秩序と規則遵守が徹底しているのですから」ラセルズは再び紙を明かりにかざした。「親方、さあ、この質問に答えてください。この王国の判事や司法官にどこか問題がありますか」

「いいや、彼らは双方の言い分を勘案し、それなりに良い判決を下しています」印刷工が紙を読み上げながら答えた。

「それとも、下士官、下役人、収税吏、下院議員に問題があるのですか」

「その人たちも指定された仕事をそれなりにうまくこなしています」印刷工が物憂げに言った。

「それとも、あなた方が問題視するのはこの国の教会ですか」

「何たることか」密使が重々しく言った。

「断じて」印刷工が答えた。「教会の首長は国王陛下ですから。神の法に誰よりもよく通じたお方です。ローマの反キリストは自分こそが神だと称していますが、国王はあたかも神の代弁者であるかのようにお話しされます」

「それではあなた方が不満なのは、誉高き皇太子殿下なのですか」ラセルズが読み上げ、印刷工が、あのお年で将来性と能力をこれほどに兼ね備えた王子様は、キリスト教国いずこを探しても、またといらっしゃらないでしょうと答えた。

密使が炉辺から言った。

「それはまた結構な褒め言葉であることだ」密使の声は苦々しく皮肉っぽかった。

「それでは」ラセルズが先を読み続けた。「国の状態がすべてよし、でないというのは、一体どういうことなのです」

印刷工の陰気で黒い顔に、突然、激しい怒りの表情があらわれた。

そして「どうして国の状態すべてよし、などと言えましょう」と叫んだ。「宮廷に淫売が君臨しているのに」彼は握り拳を振り上げ、聴衆を睨み返した。「腐敗があたり一面、下方にまで蔓延り、わたしの父のこの貧しい家をさえその苗床にしているのです。たとえ今、この国がうまく行っているにしても、妖術が国王ご自身のそばに力を及ぼし、ローマの悪魔が使者たちを送り込んでいる状態で、どうして国の繁栄が長く続きましょうか」

聴衆の歯がガチガチ鳴る音がして、皆ひどく緊張していることが伝わった。聴衆はまた、席についたまま、居心地悪そうに身動きした。例の水夫が大声をあげた。

「その通り！　妖術じゃ！　妖術じゃ！」

黒く、牡牛のような、途轍もなく大きな図体の密使が、椅子から半ば立ち上がった。

そして「何たることか」と叫んだ。「もう我慢ならない」

再び、脇の老人が気遣わしげに密使のほうに身を乗り出し、囁き、手で落ち着くように懇願した。

ラセルズが慌しく言った。

「あなた自身の知ることを話しなさい。宮廷で起こっていることをどうしてあなたが知っているのですか」

「いや」印刷工が大きな声で言った。「誰もが知っている話ではありませんか。皆が知っていないとでも言うのですか。肉屋が肉売台でその歌を唄い、ウマバエがブンブンいって次から次へとその歌を伝えている。いいですか、その歌がここからアレマンにまで伝わり、馬の売人たちはその噂で持ちきりです」

椅子に座ったまま、密使が叫んだ。

「おお！　おお！」ひどい煩悶の様子だった。足をじたばたさせ、それから再びじっと身動きせずに座り込んだ。

「目撃者たちがこうしたことについて証言したいと聞いています」印刷工が言った。「そうした者たちをここに連れてきて、あなた方の前に立たせましょう」そして密使に食ってかかった。「閣下、もしあなたがこれを知らないとすれば、あなたはイングランドでただ一人の無知なる者ということです」

密使がひどく落胆して言った。

「わたしはあなた方の言い分を聞きに来たのだ」

こうして、密使はロンドンの庶民の意見を吸い上げたが、市民全員が彼らの国王を、口をきわめて非難していることが明らかになった。密使はついに大声をあげ、椅子のなかで身をよじった。暗闇のなかに出ると、相棒に襲い掛かり、殴ったので、相棒は悲鳴をあげた。

死んでもおかしくないところだった。松明と鉾槍をもった王の護衛隊が近くにいたのにもかかわらず、まったく手出ししようとはしなかった。松明のまばゆい光と緋色の服の輝きと叫び声に注意を引きつけられてやって来たのは、野の生垣をねぐらとする鳥を棒で叩いて捕えようとしている連中だった。

彼らはやって来て、大男はどうしてこのやせた弱々しい男を殴っているのか、二人して光をさえぎる黒い影となりながら、と訊ねた。すると大男はうなり声をあげて答えた。

「この男は妻を殺さざるをえない状況にわしを追い込んだのだ」

それは結構なことと思う者もいるでしょう、と彼らが言った。

しかし、大男は黒い空に向かって神経や触手のように伸び広がる樹の根元の地面に身を投げた。湿った土を指で掻いた。男たちはしばらく大男のまわりに立っていたが、ノーフォーク公が剣を抜いてやって来て、彼らを遠くへ追い払った。そこで、彼らは再び小さな鳥を網に捕えるために生垣を叩き始めた。

あの人たちは上流の人たちだから、俺たちにその悲しみが分かる訳がない、と彼らは言った。

Ⅳ章

王妃はハンプトン宮殿の回廊を歩いていた。まだ午後の時刻になったばかりなのに、雨がしきりに降っていたので、窓を通して外を見ると、どの木も靄で霞み、小道には至るところで水が流れていた。部屋のなかはひどく薄暗かった。メアリー王女が王妃と一緒にいて、窓下の腰掛けに座って本を読んでいた。王妃は歩きながら、紫色の絹の財布を編んでいた。彼女の外衣は黒のビロードに金糸がふんだんに刺繍されたものだったが、うっとうしいその一日が彼女の五感に重くのしかかっていたので、今の静寂は、彼女にはむしろ喜ばしいものだった。三日間、王から何の便りもなかったが、この朝、王はハンプトン宮殿に戻ってきていた。だが、彼女はまだ王に会っていなかった。というのも、王は王妃のところに来る前に、その日の仕事をすべて片付けるのを習慣としていたからだった。従って、王妃は寂しくはあったけれども、心は穏やかだった。ただ、王を神の御許へ連れて行く仕事を今夜また再開しなければならないと考えながら、財布を編むのに勤しんでいた。王は議会の人たちと一緒だと、彼女は聞いていた。伯父が宮廷に来ていた。ウィンチェスター司教ガードナーとカンタベリー大司教クランマー、それに、サー・A・リズリー[1]やその他多くの貴族たちも。議員総出の会になるのだろう、もしそれに違いなければ、夜には盛大な宴会が開かれることになるだろうと、彼女は予想した。

　王妃は、まさに枢機卿[2]の前庭に面するこの回廊の窓から、人々の前に王妃として姿を見せた日以来、すでに何ヶ月もが経過したことを思い出した。王が彼女の手を引いていた。庭の前のテラスに集まった下層階級のたくさんの人々の間から大きな歓声が湧き上がった。今は雨が降り、あたり一面、荒涼としていた。褐色のファスチャン織りの服を着た従者が、激しい雨のなかを、頭を屈めて走っていた。力なく後ろに吹き飛ばされたミヤマガラスが、ゆっくりと西の森の方角に飛んで渡ろうとしていた。王妃の目はそのカラスの後を追ったが、やがて突風が吹いてその進行方向を大きく湾曲させ、後ろへと、さらに上空へと弄んだ。再び体勢を立て直したときには、カラスは雨模様の灰色の天空のなかの一点のしみにすぎなくなっていた。

　戸口で叫び声が聞こえ、一人の女が駆け込んできた。女はまだ絶叫していた。灰色の服を身にまとい、王妃に仕える者であることを示す白いコイフを頭にかぶっていた。女は跪いて、両手を差し出した。

「お許しください！」彼女は叫んだ。「どうかお許しを！　どうか兄をなかに入れないでください。戸口をうろついているのです」

　それはメアリー・ホール、旧姓メアリー・ラセルズだった。王妃はそばに行って、女を立ち上がらせ、何の用かと訊ねた。しかし、女は激しくすすり泣き、兄は人間の姿をした悪魔だ、王妃様はどうか何も質問しないでください、と絶叫し続けた。メアリー王女は少しも身動きせず、本を見ていた。油断のない、せせら笑うような目つきだった。

侍女は肩越しにこわごわと戸口のほうを見やった。

「ええ、あなたの兄さんはここには入れません」王妃が言った。「でも一体あなたに何をしたというの？」

「お許しください！」と侍女が叫んだ。「お許しを！」

「さあ、あなたがどんな悪いことをしたのかお言いなさい」

「偽証をいたしました」メアリー・ホールがおいおいと泣きながら言った。「そんなことはしたくなかったのです。でも、彼らの体の痛めつけようったら！　それに、絞首索や親指締めを見せて脅したのです」メアリーは体中震えていた。そして「お許しください」と叫んだ。「お許しを！」と。それから突然、わけの分からぬ悲嘆の声を発しながら、手をもみしぼり、上唇と下唇をこすり合わせた。メアリー・ホールは三十を越した女だったが、まだスリムな体型を保ち、兄同様端正な顔立ちだった。兄とは双子だったのだ。

「兄が、証言をしなければリンカンシャーに帰してしまうぞと脅したのです。リンカンシャーに帰ることがどんなことか、王妃様にはお分かりにならないでしょう。ああ！　年老いた父親、古い家、それに湿気。服はみな、黴だらけになってしまいました。自分自身を救うために、私は進んで真実を証言しようと致しました。ですが、彼らはそれを捻じ曲げて嘘に変えてしまったのです。ノーフォーク公は…」

メアリー王女がゆっくりと床を横切ってやって来た。

「おまえは誰に不利な証言をしたのです?」王女の声は冷淡で厳しく威圧的だった。

メアリー・ホールは両手で顔を覆い、狼の遠吠えのような、かん高い嘆き声を発した。その声は翳った回廊にこだました。

手で覆われたホールの顔の横っ面を、メアリー王女は持っていた本のカバーでしたたか殴った。

「おまえは誰に不利な証言をしたのです?」王女が再び言った。

メアリー・ホールは一方の手を床に着いて倒れ、もう一方の手は上に向けて身を庇った。目には大粒の涙が溜まっていた。王女が再び本を振り上げて殴った。カバーは木製で、角には銀細工が施されていた。ホールは悲鳴をあげ、次いで言った。

「まず、ディアラムとモポックという名の男についてです。それから、トマス・カルペパー様について」

王妃がまっすぐに立ち上がり、片手を心臓に当てた。編んでいた財布が音もなく床に落ちた。

「神様、お助けを!」メアリー・ホールが叫んだ。「ディアラムとカルペパーは二人とも亡くなりました」

王妃は三歩後ろに跳び退いた。

「どうして死んだのです」王妃が叫んだ。「病気でさえなかったではありませんか」

「断頭台にかけられたのです」侍女が言った。「昨夜、それぞれの牢獄の暗闇のなかで」

王妃はゆっくりと両手を脇に下ろした。

「誰がそうしたのです」王妃が言い、メアリー・ホールが答えた。

「国王陛下です」

メアリー王女は脇の下に本をかかえた。

「国王だと分かっていておかしくなかったのよ！」王女が無情にも言った。王妃は黒檀と象牙で造られた柱のように微動だにしなかった。服はそれほどに黒く、顔と垂れ下がった手はそれほどに白かった。

「後悔しています！　後悔して！」侍女は叫んだ。「お二人が亡くなったと聞いて、私は後悔して、ここへ参りました。ノーフォーク老公爵夫人は牢に入れられました。ディアラムの手紙を燃してしまったからです。ロッチフォード夫人も、老サー・ニコラスも、王妃様といつも一緒にいらしたシセリー様も。エドワード・ハワード卿とその奥方様も牢に入れられることになりましょう」

「まあ」とメアリー王女が王妃に言った。「あなたが親類びいきをこんなに恐れなかったなら、あなたの父親と母親、祖母と従兄は、この、あなたの近くにいて、簡単に捕らえられはしなかったでしょう」

あらゆる希望が崩れていく間、王妃はじっと立っていた。

「わたしといつも一緒にいたシセリーも捕まったのですって！」王妃が言った。

「ノーフォーク公が一番ひどくわたしを拷問したのです」とメアリー・ラセルズが叫んだ。

「そうでしょうとも、彼ならやりかねません」メアリー王女が答えた。

王妃の足がよろめいた。

「ホールにもっと問いただして頂戴」王妃が言った。「わたしは彼女とは話しません」

「国王陛下は議会を開いておいでです…」侍女が話し始めた。

「国王はこの問題で議会を開いているのですか」メアリー王女が訊ねた。

「はい、議会を開いておいでです」メアリー・ホールが言った。「陛下は王妃様の侍女メアリー・トレリオンの証言をお聞きになられました。トマス・カルペパー様が部屋に来た夜、その到着前に、王妃様はこの女に下がってよろしいとおっしゃった、とのこと。疲れているでしょうからとか、時間が遅いからとか言って、どうしても退くよう言い張られたのだ、と。さらに、メアリー・トレリオンは他の夜にもたびたびそうしたことがあり、王妃様は夜遅くお休みになるときには、同様の振る舞いをなさったと供述したのです。それに、他の侍女たちも王妃様が彼女たちを目の前から追い払い、仕事を免除なさったと宣誓の上証言いたしました——」

「やれ、やれ」メアリー王女が言った。「そんなに慈悲深くしてはいけませんと王妃様にはたびたび忠告してきたというのに。わたしがしてきたように、おまえたち皆を殴ってやったほうが良かったのです。そうしたらおまえたちは恐れをなして裏切ることはなかったでしょうに」

「その通りでございます」とメアリー・ホールが言った。「慈悲深き王女様のおっしゃる通りです」

「慈悲深き王女様などと呼ばないでおくれ」メアリー王女は言った。「狼やガツガツした豚どもでいっぱいのこの宮廷では、慈悲深い王女ではいられないのです」

王女が王妃の味方であることを示したのはこの言葉だけだった。しかし、王女は跪く侍女に、どんな証言を行ったのか、貴族たちの様子はどうだったのかと質問を続けた。

ポインズ青年は王妃の従兄が押し入ってきたとき、王妃から衛兵を呼ばないようにと命じられたと容赦なく証言した。ユーダルだけは、リンカンシャーにいたときキャサリンが従兄とどんな関係にあったのか自分は何も知らないと証言した。カルペパーがやって来たのは自分がリンカンシャーにいたときよりも後のことだ、と言った。同様に、カルペパーが王妃の部屋にやって来たのは、自分がポンテフラクトで鎖に繋がれている間だった、と供述した。ユーダルはノーフォーク公がどんなに叩いたり脅したりしても、その話を最後まで曲げなかった。

「ああ、ハワード家の人たちは何という狼なのでしょう」メアリー王女が言った。「何故かといって、すべての獣のなかで病んだ同種の仲間を餌食にするのは狼だけですもの」

王妃はその場に立ち、非常に具合が悪いかのように後ろによろめいた。目はしっかりと閉じられ、その上のまぶたは真っ青だった。

王妃が話を聞いている様子を示したのは、メアリー王女が侍女から王の振る舞いの説明を聞き出したときだけだった。

「国王陛下は」と侍女が言った。「ずっと無言のまま座っておられました」

「そうでしょうとも」メアリー王女が言った。「少なくともその点では国王らしいと言ってあげましょう。手下たちに獲物を漁らせているという点ではね」

カンタベリーの大司教がカルペパーの起訴状を読み上げ、「被告はロッチフォード夫人を買収し、夜、密かに、恥ずべき場所で王妃と会っていた」とのくだりに差しかかったときだけ、王は大声をあげた——

「何たることか！　わしの寝室だぞ！」王は大司教を憎々しげに嘲っている様子だった。

王妃が突然、前のめりになって、

「それしか言わなかったのですか」と激しく叫んだ。

「それだけでございました、慈悲深き王妃様」と侍女が言った。すると王妃は身を震わせ、呟いた。

「それだけ、ですって！——せっかく話しかけたというのに、返ってきた言葉が『それだけ』だとは！」

王妃は再び目を閉じ、それ以上何も口を利かずに、思いを凝らすかのように頭を垂れた。

「天にまします神様、どうかお助けを！」と侍女が言った。

「おやまあ、もう天国はあきらめなさい」メアリー王女が言った。「おまえみたいな獣には地獄の業火が似合っています」

「わたしの兄みたいな兄弟をお持ちだったなら――」メアリー・ホールが抗弁を始めた。だが、メアリー王女は叫んだ――

「やめなさい、この淫売！　わたしにはもっとひどい父がいます。それでもあの人はわたしに恥知らずな振る舞いを強いませんでしたよ」

「教皇派の人たちは誰も彼も、わたしよりひどい振る舞いをなさいました」メアリー・ホールが言った。「彼らに脅されて、わたしたちはしゃべらされたのです」

「誰も王妃の肩をもたなかったの？」メアリー王女が訊ねた。

「誰一人」メアリー・ホールが答えた。「ガードナーはカンタベリーの大司教にも増して王妃様に辛《つら》く当たりました。ノーフォーク公はそのどちらにも増して」

メアリー王女が言った――

「おや、おや」

「証言するよう引き出されたとき、ノーフォーク公が王に向かって、この女の心臓を引き裂き秘密を取り出す役目は自分にやらせてくださいと乞うているのを、わたしは直にこの耳で聞きました。二人の姪、アン・ブーリンとキャサリン・ハワードが行った忌まわしい行いを、自分はもうこれ以上生きていたくないほどに憎悪しています、と言って。国王陛下の寵愛が得られるという心慰む確信なくしては、もうこれ以上生きてはいかれません、とも言いました。そして、わたしに襲いかかったのです――」

女は黙り込んだ。外では雨が止み、地面の近くで重いカーテンが引かれたかのように雲が割れて消えていった。角笛が吹かれ、テラスに槍を構えた兵士たちの一行が現われた。

「それで、おまえは何と言ったのです」メアリー王女が訊ねた。

「お聞きにならないでくださいませ」メアリー・ラセルズは悲痛な面持ちでそう言うと、脇の床に目をそらした。

「聞き出さずにおくものですか」メアリー王女が怒鳴った。「さあ、話すのです」王女は父親譲りの、王家の者にふさわしい尊厳な態度を身につけていたので、侍女は王女の言葉に仰天して、夢から醒めた者のように、強要された証言を暗誦した。

メアリー・ラセルズの証言はこうだった。老公爵夫人の邸では、侍女が使っていた屋根裏部屋で、好色な宴やパーティーが開かれていた。子供時代のキャサリンはそこで育てられた。楽士のマーノックがキャサリンを恋人だと呼ぶと、キャサリンの従兄のディアラムがマーノックを殴りつけた。さらにディアラムはキャサリンに銀貨の半分を与えた。

「でも、それは皆、本当のことでしょう」とメアリー王女が言った。「おまえは何を偽証したのです」

「王妃様の年齢についてです」侍女は口ごもった。

「どんなふうに？」メアリー王女が訊ねた。

「あの頃にはもう小さな子供ではなかったと、ノーフォーク公は言わせようとなさいました」

メアリー王女が言った。「ああ、何て卑劣な男なのでしょう」そして少しの間、思案した。

その後で王女は「それでおまえはそうだと言ったの？」と訊ねた。

「公爵様に脅しに脅されたものですから。『公爵様はキャサリン様がどんなにお小さかったかよくご存知のはずです』とわたしは言ってやりました。すると、公爵様は『あの当時もう子供でなかったと断言できる。あの反吐が出そうなハワード家の餓鬼どもが一体何人いたのか、どんな順序で生まれてきたのか、そこまではよく分からんが。だが、これだけは断言できるぞ。実際の年齢より若く見せかけるため、王妃と敷き藁のなかで死んだ乳飲み子とを入れ替えちまったってことは、な。それで当然、王妃は見積もられた年齢では信じがたいほどに、いつも学問に秀でていたというわけだ』」

メアリー・ラセルズは目を閉じ、気絶しそうだった。

「話を続けなさい。この売女」メアリー王女が言った。

侍女は自らを奮い立たせ、いかにも悲しげに言った。

「この裁判の前、兄が偽証するよう迫って脅したとき、わたしはそれを憎み、兄の顔に唾を吐きかけてやりました。兄に対し、わたしほど――わたしの半分ほども――頑なに逆らった者はありません。ああ、それでもノーフォーク公のおぞましさときたら――それにあんな極悪な男どもに囲まれていたのでは…」

「それで、おまえは、おまえの知る限り、王妃様はもう子供とはいえない年齢だったと証言したのね」メアリー王女が女に迫った。

「はい。こうした宴を開くよう命じたのは王妃様だったと言わされました」

女は前のめりになって両手を床につき、四本足の獣の姿勢になった。そして大きな声で叫んだ。

「もう何も聞かないでください！　もう何も聞かないで！」

「話しなさい。話すのです。この獣めが！」

「拷問にかけると言われ脅されたのです」女は喘ぎ声をあげた。「しかたなかったのです。マーゴット・ポインズが悲鳴をあげるのを聞きました」

「マーゴットが拷問を受けたのですか」メアリー王女が訊ねた。

「はい。そうでなくとも悲痛な思いをしていらっしゃったのに」

「何かしゃべったのですか？」

「いいえ、何も」女は喘ぎ声をあげた。髪がコイフのなかでほつれ、肩にかかった。

「話を続けなさい！　続けるのです！」メアリー王女が言った。

「マーゴットは拷問を受けても、何も言わず、苦悶の最中でも『一点の穢れもありません、一点の穢れも』と叫んで、意識を失いました」

メアリー・ホールは、再び膝立ちになった。

「下がらせてください。下がらせてください」とメアリー・ホールはうめいた。「王妃様の前では話せません。わたしだって、マーゴット・ポインズ同様、王妃様に忠誠を尽くしています。ですが、わたしは…」

メアリー王女が女を叩くと、女は大きな声をあげ、大きく口を開いたその顔は悲しげな面持ちだった。女は片膝をつき、両膝立ちとなり、ドアに向けて走り出した。しかし、そこで大声をあげた

――

「兄だわ！」と言うと、壁に倒れかかった。悲惨な絶望に捕われたかのような目が、メアリー王女をじっと見据えた。メアリー・ホールは息を切らし、喘いでいた。

「王女様にお話し致します」メアリー・ホールが言った。「ああ、慈悲深い神様、王妃様の前で話すことはお命じにならないでください！」

そして祈りを捧げるかのように、両手を差し出した。

「わたしは王妃様を愛していることを証明したではありませんか」女は言った。「王妃様に警告するためにここに逃げてきたではありませんか。わたしは自分の命を危険に曝したではありませんか。ああ、慈悲深い神様、ああ、慈悲深い神様、王妃様の前で話すことはお命じにならないでください！」

「話しなさい」メアリー王女が言った。

女は涙を流しながら王妃にも訴えたが、キャサリンは黙ったまま、目の見えぬ彫像のように立っているだけだった。唇には笑みを浮かべていた。というのも王妃は救世主のことを考えていたから

だった。この女に対しては聞く耳も見る目も持たなかった。

「話しなさい」メアリー王女が言った。

「ああ、神様、お助けを！　王女様のせいですからね！」女が大声をあげた。「わたしが王妃様の前でお話しするのは。王妃様がそんな年齢だとわたしに言うようお命じになったのは…国王陛下その人だったのです。王妃様の前でこれは言いたくありませんでした。でも、王女様がそう言わせたのです」

メアリー王女の両手は力なく両脇に垂れ、緩んだ指からは本がガタガタッと音を立てて堅い床に落ちた。

「ああ、慈悲深い神様！」王女が言った。「わたしがそんな父親の娘だとは！」

「国王陛下だったのでございます」女が言った。「王妃様は世間で言われているより年上だというノーフォーク公の言葉を聞くと、陛下は活気づかれました。陛下は王妃様がそのころ結婚適齢期を迎えていて、ディアラムと婚約していたとわたしに言わせたかったのです」

「ああ、慈悲深い神様！」王女が再び言った。「神様、どうかわたしの出生の罪をわたしから取り除く術をお示しください。国王よりも母の聴罪司祭がわたしの父であってくれたら良かったものを。ああ、慈悲深い神様！」

「こんなことを言うように迫られた女なんて未だかつていなかったでしょう。それでも王妃様は――あのときのわたしよりもはるかによく――国王陛下がどんな方かお分かりのはずです。ほんとうに——誓って言います——」

女は話すのをやめ、身を震わせた。生気のない目は大きく見開き、どんよりと曇っていた。顔は青白く、口はぽかんと開いたままだった。王妃は女のほうに近づいていった。

王妃は非常にゆっくりと歩いていき、両手を空中に揺り動かして支えを得ようとしているかのようだった。だが、顔だけはまっすぐに前を見据えていた。

「どうするつもりです?」メアリー王女が言った。「相談しましょう」

キャサリン・ハワードは何も言わなかった。まるで夢遊病にかかっているかのような有様だった。

V章

王は会議室の壇上の玉座に座っていた。部屋にはすべての議員が集い、皆、黒衣をまとっていた。黄色い顔のノーフォーク公は嘲笑うかのような態度をとり、今や王妃の味方でないことを顕わにした。ウィンチェスター司教のガードナーは、椅子から身を乗り出し、残忍な、貪るような視線をテーブルに注いでいた。ガードナーの隣にはロンドン市長のマイケル・ドーマー[1]と大法官[2]がいた。壁際のこの馬蹄型のテーブルのまわりには、その他すべての議員、及び尋問するために任命された委員たちが座っていた。そのなかには、サー・アンソニー・ブラウン[3]や大きなあご髭を生やしたリズリー、顎の突き出たサフォーク公[4]もいた。証人たちの証言がすべて終わり、皆がシーンと静まり返っていた。

高い玉座には、巨漢の王が片方の肘掛に身をもたせ、涙に暮れて座っていた。王は自らの傍らに聳えるように立ったクランマーを凝視した。その目は慰めと助言を求めるかのようにクランマーの顔を見上げた。

「ああ、わしに代わってあの女を救ってはくれまいか」王が言った。

クランマーの顔はやつれ、そこにもまた涙があった。

「そうできれば、これほどにうれしいことはございません」とクランマーは言った。「それと申しますのも、王妃様はそれほどの罪を犯したわけではないと思うからでございます」

「クランマー、慈悲深き神の祝福がおまえに与えられんことを！」と王は言い、神の名を口にしながら、被っている黒いボンネットに触れた。「メアリー・ホールと話したとき、わしはできるだけのことをした。これで王妃の命を救えよう」

クランマーは眼下の議員たちを見渡した。誰もが静粛にしていたが、ノーフォーク公だけは市長に笑いかけていた。無愛想な市長は、誰よりも青ざめ、やつれて見えた。他の者たちの顔にも恐怖の色が浮かんでいたが、多くの裁判を見てきた他の者たちと違って、市長はこうした裁判に慣れてなかったのだ。

大司教は玉座の前の階段に跪いた。

「慈悲深くも恐れ多き陛下！」と大司教は話し始めたが、その低い声は学童のように震えていた。「救い主であり、君主であり、この領土の正義の源である陛下！　これまでの裁判は王室外の重罪人や悪党どもを裁くためのものでした。そうした罪人が裁かれ処刑された今、このもっとも重い判決を下す任務は、どうか臣下であるわたくしどもにお任せ下さい。陛下だけが癒すことのできる多くの病、陛下だけが防ぐことのできる多くの危険に苛まれているこの領土で、わたくしどもは陛下のご存命により命永らえ、陛下のご健康によって健康でいることができるのですから、陛下に降りかかる、たくさんの、あまりにも大きな苦難や問題は、わたくしどもの生命や財産をあやうくするものであると危惧しております。その点、お妃様の裁判を行うに至りました今、陛下が勇猛果敢にこの裁判に立ち向かうおつもりであるにしても、わたくしどもは自らの身を案ずる気持ちからばかりか、陛下に対して抱く大きな愛と献身の念によって、この裁判をわたくしどもにお任せ頂きたいのです。従いまして、このもっとも重い裁判の審理を行うために、陛下には、ご同意いただける代理の委員をお一人、任命して頂きたくお願い申し上げる次第です」

大司教の声は非常に低かったので、その話を聞くために、多くの貴族が椅子から立ち上がり、玉座目指して駆け寄った。こうして、大広間の高くなった部分にすべての議員が群がることになった。一番離れた窓からは、雨雲を追い払った太陽が、一同に照りつけていた。黒の塊である一団に、太陽は装飾ガラスを通して、紫や青や緋色のしみやしたたりを浴びせかけた。

「どうぞ裁判や審理の重荷をわたくしどもに委ねてくださいませ。わたくしどもはため息をつき、うめき声をあげながらも、喜んでその重荷に耐えるつもりでございます」

突然、王が口をぽかんと開けて立ち上がり、指差した。キャサリン・ハワードが大広間を横切って近づいてきたのだった。両手を前に組み、落ち着いた厳粛な表情をしていた。脇見もせず、ただ王の顔だけを見つめていた。日差しの先端で立ち止まると、天井が頭上高く聳える大広間の青っぽい冷ややかな暗がりのなかで、その黒い姿が浮き立った。すべての貴族がボンネットを脱ぎ始めたが、ノーフォーク公だけは、淫売の前でボンネットを脱いでなるものかと言い張った。

王妃はヘンリーの顔を見据えながら、氷のように冷たい口調で言った――

「こんなふうに証人を拷問にかけるのは、おやめください。わたくしが告白いたします」

そう言われると、誰もぐうの音も出なかった。ノーフォークとて同じだった。

「もし陛下がわたくしに異端を告白させたいのなら、わたくしは異端を告白いたしましょう。もし大逆罪を告白させたいのなら、大逆罪を。もし陛下がわたくしに姦淫を告白させたいのなら、ああ、神様、わたくしは姦淫でも何でも、そうしたどんな罪でも告白いたしましょう」

王が大声を発した――

「いや、違う、そうではない！」心臓を突かれた獣みたいに。それでも、王妃は冷ややかな目つきで、王を見返した。

「もし結婚前にそれがあったと言うのなら、そう認めましょう。もし陛下の臥所への不忠があったと言うのなら、そう認めましょう。その両方だと言うのなら、神の御名において、そういうことに致しましょう。どうぞわたくしを煮るなり焼くなり好きになさってください。口で話せと言うのなら、この場でしゃべることに致しましょう。文字に書けと言うのなら、命じられる通りに書きましょう。ただ、どうか侍女たちには手を出さないでくださいませ。特に、病にかかっている者たちには。誰もがわたくしを愛してくれている者なのですし、陛下が必要となさっているのはわたくしの死だけなのですから」

王妃が口を噤んだ。王の激しい息づかい以外、大広間に聞こえる音は何一つなかった。

「でも、その告白を信じるかどうかは、わたくしの普段の言葉や生活態度をよくご存知の陛下に判断をご一任いたしますわ」

王妃は再び口を噤み、そしてまた言った――

「わたくしは話しました。加えて、わたくしを高い地位に就けて下さった陛下に心から感謝申し上げます。そして陛下はわたくしに対して公平に振る舞われたと、皆の前で申し上げましょう。陛下の労苦をこのように長引かせたことをお許し下さい。それでは御機嫌よう」

そう言って、王妃は地面に目を伏せた。

再び、王が大声をあげた――

「いや、そうではない！」そして、よろめきながら立ち上がると、家臣たちのほうへ駆け下りていき、テーブルを回った。王妃が遠くのドアに達する前に、王は王妃の前に立った。

「行ってはいかん」王が言った。「前言を取り消せ。取り消すのだ」

王妃は「ああ！」と言い、深い嫌悪の情を示しながら、そっと王の前から後ずさりした。

「野郎ども、あっちへ行け」王が叫んだ。そして家臣たちのもとに駆け寄ると、ひどく殴りつけたり叫んだりして彼らに襲いかかり、悲しげにすすり泣いた。そこで家臣たちは階段を上り、玉座の後ろに開けた空間へと逃げ出した。王はすすり泣き、せっかちな、狂ったような有様で喘ぎ、大声をあげながら、王妃のもとへ戻っていった。

「前言を取り消せ。取り消すのだ」王は大声をあげた。

王妃は穏やかに立っていた。

「決して取り消しません」王妃は言った。「あなたのような王様は罰せられてしかるべきです。もしわたくしの不実を信じるなら、あなたはきっともっとも大きな苦悶を味わうでしょう」

色づいた光がちょうど王の顔を顎のあたりまで照らしていた。王の眼は不気味に煌いた。王妃は影のなかにいて、王に対峙した。頭上高い天井には、絵に描かれたり、鋳型に入れて作られたりした天使たちが、金色の羽根を羽ばたかせて舞っていた。王は自分の喉をぐっとつかんだ。

「わしはおまえの不実を信じない」王が叫んだ。

「それでは」と王妃が言った。「あなたの苦悶は二番目に大きなものとなるでしょう。無実だと信じながら、わたくしを死に至らしめるのですから」

大きな絶望の動作が王の体全体を揺すった。

「キャット」と王が言った。「誓って言うぞ、キャット！　わしはおまえを死なせはしない。わしはおまえの敵どもからおまえの命を救ったのだ」

王妃が何も答えなかったので、王は必死に主張した――

「今日の午後ずっと、わしはやっとのことである女に、おまえが言われているより年上で、すでに従兄と結婚していたと白状させたのだ。何とかそう言わせることで、わしはおまえの命を救ったのだ」

王妃が半ば向きを変えて出て行こうとしたので、王は急いで彼女の前に回りこんだ。

「おまえの命は救われたのだ」王が必死に言い張った。「もしおまえがディアラムと先に結婚していたのならば、わしとの結婚は無効なのだから。たとえおまえの不実が証明されようとも、もしわしとの結婚が無効ならば、それは大逆罪には当たらない。おまえはわしの妃ではないのだからな」

再び、王妃が王を避けて出て行こうとし、再び、王が王妃の前に回りこんだ。

「話せ」王が言った。「話すのだ」しかし、王妃は唇をしっかりと閉じたままだった。王は絶望の念に駆られて両腕を大きく振り広げた。「どんな女帝も未だ住んだことのないような豪華な城におまえを匿おう。おまえの望むことは何でも叶えよう。わしはいつも、おまえのそばで、こっそりと暮らすことにしよう」

「わたくしはあなたの愛人にはなりません」

「だが、前にはそれを申し出たではないか」王が答えた。

「あのときは、あなたが王様の姿を装ってわたくしの前に現れたのですもの」王妃が言った。

王は彼女の口調にたじろいだ。

「おまえの望みはすべて叶えよう」王が言った。「使者を呼んで、今ここでおまえの望む手紙をローマへ届けさせよう」

「陛下」王妃は言った。「姦婦だと目される者によってこの国に教会が取り戻されることは、わたくしの本意ではありません。そんなことをしても、きっと教会に繁栄がもたらされることはないでしょう」

再び、王は腕を伸ばして王妃の体を包み、彼女が去って行くのを止めようとした。王妃は一歩後ろに退いた。

「陛下」王妃が言った。「最後の言葉を申し上げましょう。陛下はわたくしのことをよくご存知ですから、これがあなたへの取り消しの効かない最後の言葉だとお分かり頂けましょう」

王が叫んだ。「いや、待て、わしの話を聞くまで――」

「いいえ、待ちません」王妃が言った。「誰の話も聞きません」そして額にかかった髪の毛を撫でつけた。それは彼女が深く思いに沈んでいるときのいつもの癖だった。

「わたしが言いたいのはこういうことです」王妃が言葉を発し、抑揚を付けずに話し始めた。

「あなたがおっしゃる通り、確かにわたくしは、あなたに請われて、あなたの愛人になると言いました。ですが、それはわたくしが古典語で書かれた書物をふんだんに読んで頭がぼうっとし、すべての男性がその当時の男たちと同じであるかのように思ってしまった若い娘時分のことです。それで、あなたが大ポンペイウス[5]やマリウス[6]やスラ[7]のように見えてしまったのです。こうした偉人たちは過ちを犯しましたが、大志を抱く支配者として偉大な過ちを犯したのです。いや、むしろ、わたくしはあなたにユリウス・カエサル[8]を見ました。カエサルはあなたもよくご存知の通りルビコンを渡り、高貴な企てに乗り出しました。でも、あなたは――決してルビコンを渡ろうとはなさらない。日暮れに熱い気持ちに駆られたかと思うと、夜明けには冷たい態度になり、まるで定見がありません。今見たばかりのカラスのように、風向き次第でどちらにでも吹き飛ばされてしまいます。醜聞の風が吹きまくる今、あなたはわたくしの命をとらざるを得ないのです。神よ、わたくしはそれを喜んで受け入れましょう」

「誓って言う」王が言った。「わしはおまえの命を救ってみせる」

「いいえ」と悲しげに王妃が言った。「今日、あなたはわたくしの命を救おうとなさいます。ですが、明日は、わたくしの敵の邪な言葉を真に受け、わたくしを殺そうとするでしょう。その次の日にはそれを後悔し、そのまた次の日には後悔したこと自体を悔いるでしょう。そんなふうに、あなたはバランスをとり、多数派に迎合するのです。もし今日仮に使者をローマに送るとしても、明日には別の使者を送ってもっと近い道を急がせ、先の使者を阻止することでしょう。これだけは言っておきますが、わたくしは自分の名を長く男たちの口の端にのぼらせておくような女ではございません。むしろ罪人と呼ばれ、有罪にされ、死んで忘れ去られたいのです。ですから、死刑にされるのは本望です」

「おまえを死なせはしない」王が叫んだ。「断じて、おまえを死なせはしない。おまえなしでは生きて行けぬ。キャット――キャット――」

「いいえ」王妃が言った。「わたくしは死ななければならないのです。あなたは風の中でしっかり踏みとどまっていてくれるような人ではありませんもの。そこで、きっとこんな風なことになるでしょう。何日もあなたは迷い、ある日叫びます。『あいつを死刑にしろ！』その翌日あなたは後悔するでしょうが、死んでしまったのですから、もう生き返らせることはできません。ねえ、あなた、宮内官や市長たちにこの告白を聞かれた今、どうやってわたくしを救おうというのです。できないことはお分かりのはずです」

「ですから、わたくしの死はもう定められており、わたくしはそれをとても喜んでおります。死をこれほどに確信できず、これを運命だと思わなかったならば、いつの間にか心に迷いが生じたでしょう。わたくしは弱い女ですから。強い男たちでさえ、死が近づくと、卑しい脱出の手段をとったものです。わたくしは今では死を確信しています。あなたがどんなことをなさろうと、わたくしが祈ろうが、圧力に屈しようが、助からないことは分かっています。あなたが再びこの国を神に捧げてくださるようお願いしに、わたくしはここに参りました。今、あなたがそうなさらないことが分かりました——あなたは少しでもご自分の王権を弱めることになるなら、そんなことをなさらないでしょうし、もしあなたがそれをなされば、きっと王権を弱めてしまうことでしょう。わたくしが罪を犯したのも無駄だったわけですわね」

「というのも、思うに、わたくしは、前にあなたの妻だった女性から王冠を取り上げたことで罪を犯したのです。そんなことはしたくなかったのですが、あなたが望んだので、わたくしは従いました。ですが、それは罪だったのです。あのとき、わたくしはよい結果が生まれるようにと罪を犯しました。そして今また罪を犯します。わたくしを破滅に導くこの罪が、高位に就いた罪を償ってくれることを願いながら。この告白をすることが罪であることはよく分かっています。ですが、この罪がもう一方の罪を償ってくれるかは、天国の門を守る天使たちに聞いてみるより他ないでしょう」

「わたくしがこんなことをしたのは、ある意味、陛下のためを思ってのこと――少なくとも、陛下の名誉をお守りするためだったのです。わたくしを知っている人たちは誰も皆わたくしのこの告白を信じないでしょうが、ほとんどの人はきっと、流れている噂によってわたくしを判断するでしょう。平民たちや外国の諸侯たちは、わたくしの血を流したあなたを正しかったと判断するでしょう。子々孫々に至るまで、この一件であなたを悪く言う者は出ないでしょう。わたくしは茶碗を満たすにも足りぬ小さな塵となるでしょうが、少なくとも、将来の人々の目に、あなたの事績を汚すものとはならないでしょう」

「それにわたくしは喜んでいます。この世は、古典を読みすぎて眩惑されたわたくしのような者が存在するには相応しい場所ではありません。最初、わたくしはそれが信じられませんでした。ですが、多くの人々にそうなのだと教わりました。わたくしは最後には正義が勝利を収めるものと考えていました。今では、決してそうならないと思っております――少なくとも、わたくしたちの救世主が大いなる栄光とともにこの世に再来するときまでの長い間は。それでも、こうしたことは皆、神の大いなる善性とわたくしたち哀れな人間を悩ます誘惑との間の神秘なのです」

「ですから、わたくしはもうお暇します。もうこれ以上あなたもわたくしを妨げないでしょう。どんなに堅固にこの道を辿る決心をしているかお聞きになったのですから。わたくしはほとんど善をなしませんでしたが、ほとんど害も及ぼさなかったと思っております。誰のことも傷つけようとはしませんでしたから――ただ、わたくしのせいで、あなたがわたくしの哀れな使用人たちを拷問にかけ、哀れで単純な従兄を一人殺しました。でも、それはあなたと神様との間のことです。わたくしはあの人たちの死や拷問の切っ掛けになったのですから、あの人たちのために涙を流さなければなりませんが、その死についてはそれほどわたくしに責任があるとは思えません」

「あなたがお望みのように、あなたの愛人となることで、神の教会を再建することができるならば、わたくしは喜んでそう致しましょう。でも、貧しく素朴な人々を除いては、そんなことをして欲しいと思っている者は一人もいないようです。誰もが自分の命と財産を守ることに汲々としています。それにあなたは風見鶏のように移り気で、わたくしにはあなたを一定方向に向かわせ続けることはできそうにありません。国家全体に対抗するために、わたくしには何の後ろ盾もないのですから」

「あなたはわたくしがディアラムと結婚していたとおっしゃいますが、そのことのせいで、わたくしたちの結婚を結婚でないと言うのなら、わたくしはあなたの愛人として秘密の場所で暮らしても構いません。それでも、わたくしが生き永らえることができるかどうかはあまり確実ではないでしょう。というのも、わたくしは生きている限り、あなたが正しいことをするよう働きかけるでしょうから。もしわたくしがそんなことをすれば、わたくしの敵たちがすぐにわたくしのまわりやあなたのもとへ押し寄せましょう。従って、わたくしは死ななければならないのです。それに、今ではもうはっきりしたのです。あなたは、わたくしが生き永らえるために喜んで一緒に暮らしたい相手ではないのです」

「わたくしはあなたを咎めるために今のことを話したのではないのです。本当のわたくしを知ってもらうために話したのです。神は神ご自身の目的のために、あなたを邪悪で波乱に満ちた時代に生きる弱い男としてこの世に置かれました。人間は神がお造りになった姿のまま生きていかざるをえません。その緊張に打ち負かされるか、耐え抜くことができるかは、その人の力量次第です。わたくしがこうした言葉であなたを傷つけたとしたら、どうかお許しください。過去長い間失意に囚われている間にわたくしはこの長い弁説の多くを用意して参りました。でも、多くのことは話しているうちに唇に上ってきたので、言葉遣いも辛辣で荒々しくなったかもしれません。そんなふうにしたくはなかったのですが、自分ではどうすることもできませんでした。わたくしはあなたが現実の事態によって、ご自身がお持ちの良心によって、ご自身の情熱と誇りによって、傷つくことを願っています。さらに付け加えるとすれば、わたくしは王妃として死んでいくにせよ、むしろ従兄のカルペパーの妻として、あるいはカルペパーのように敬意も熟慮もためらいもなくわたくしを愛する素朴な田舎者の妻として死んでいきたかった。カルペパーは農場を売って、パンを買い与えてくれました。あなたはわたくしの命を救うために、ちゃちなスコットランド王とのちゃちな同盟さえも危険にさらそうとなさいません。言っておきますが、わたくしは残された数日間をあの素朴な男のこと、彼の愛のことを考え、彼の魂の安寧を祈りながら過ごそうと思います。あなたは彼を殺してしまったそうですからね。あとは、あなたをお味方の方々に委ねましょう」

王は後ろによろめき、長いテーブルに背をぶつけた。口をあんぐりと開き、うな垂れた。キャサリンはこの長い弁説の間――王妃として初めて人前にお披露目されたときの弁説を除けば、これが彼女のもっとも長い弁説であった――一度も声を荒げたり、落としたりせず、一度も目を伏せることもなかった。彼女は昔、リンカンシャー州にいた頃、家庭教師のユーダルに教わった話し方のレッスンのことを今も覚えていた。あの頃、屋敷の外には緑の枝をつけた果樹が生え、果樹の下に豚の檻があって、去勢された雄豚がブーブーと鳴いていたものだった。

王妃は大広間の立派な石畳の上をゆっくりと遠ざかっていった。もうあたりはひどく暗くなり、天井から下がるカーテンのように徐々に垂れ込めた夕闇のなかで、黒いビロードの服を着た彼女の姿は、薄暗く滑らかな小さな影になっていた。石畳の上はすでに真っ暗だった。というのも光は窓から差し込んでいるだけだったからだ。王妃は歩き方の訓練を受けたときのような歩き方で、ゆっくりと歩み去った。

「それでは」とヘンリーが叫んだ。「おまえはカルペパーと不義を犯したわけではないのだな」王の声は広間中に響き渡った。

王妃の白い顔と組み合わせた両手が振り返りざま顕わになった。

「ああ、そこが悩ましいところですわ！　よくお考えくださいさい。あなたはわたくしのことをよくご存知ですから、いつもなら、そんなことはお信じにならないでしょう。ですが、わたくしは議会の前で告白してしまいました。ですから、それが真実かもしれません。議会のなかでさえ、真実が表に出てくることをわたくしは望んでおりますが…」

戸口の付近は、すっかり影になり、王妃は音もなくそこから消えていった。ドアの蝶番が軋んだ。外からは王妃の護衛の槍が石段に当たる音が聞こえてきた。その音が窓の間の持出し棚に置かれた古の騎士や王の彫像の間にかすかに響き渡った。天井の目に見えぬ彫りものの間にもかすかに響き渡った。そして止んだ。

国王は何の物音も立てなかった。突然、床に帽子を投げ捨てただけだった。

キャサリン・ハワードはヘンリー八世の在位三十三年目（西暦一五四一―二年）の二月十三日にタワー・ヒルで処刑された。

訳者あとがき

ヘンリー八世の一目惚れで王妃となったキャサリン・ハワードの短い生涯は、姦通罪による斬首という悲劇的な終末に至る。

幾人かの男と淫乱な関係を持ったふしだらな女性というのが一般に受容されたキャサリン像だが、『五番目の王妃』三部作では、作者がキャサリンを貞操堅固な女性として描こうと意図していることが窺える。カルペパーがキャサリンの部屋に押し入る夜、二人の間に何もなかったことは、ロッチフォード夫人がその部屋に配置されることによって確証される。また、キャサリンがノーフォーク公爵夫人宅に預けられていたとき男関係があったと当時の寝室仲間が偽証するのは、ラセルズやノーフォーク公をはじめとする敵方の策略と脅しによるものだとされる。それによって逆に、公爵夫人の女中部屋に女たちが男を引き入れていたとき、キャサリンはまだ小さな子供で、男と交わることのできる年齢ではなかったことが証明される。

フォードの大部な伝記の著者マックス・ソーンダーズは、キャサリンの潔白をフォードの

「白漆喰塗り」（whitewashing）と呼び、キャサリンが婚前の男性関係をヘンリーから隠し、また結婚後もカルペパーを寝室へ迎え入れたという非難を否定することで、「フォードはキャサリンの死を宗教的受難へと、淫乱の問題ではなく原理の問題へと変化させている」と言う。それによって、潔白な王妃と自分たちの利益のためにキャサリンを亡き者にしようとする悪党たちの戦いという構図が、また歴史を、ローマ教皇を中心とした旧時代に戻そうとするヒロインと、近代国家の設立を急ぐ人々との対立という構図が、作品の主題として浮かび上がる、と言い換えてもいいだろう。

では、フォード・マドックス・フォードの小説の中で、キャサリンに夫以外との交接はなかったと断言できるのか。こんなことを問うのは邪推というものかもしれない。しかし、そのあるなしで、最後のキャサリンのアポロギア（弁明）の意味合いが変わってしまうことを考えれば、これは質しておくべき疑問だろう。

第一巻、第二巻では、いくつかの章で、キャサリンが宮廷に来る前にカルペパーと情交を結んだことがあったかもしれないことがほのめかされている。キャサリンの過去には男女関係についての疑わしいイメージがまとわりついている。クロムウェルは宮廷に来たばかりのキャサリンについて「鳴らして真贋を問うにも値しない硬貨」（第一巻）だとヘンリー王に即座に断言し、キャサリンが他の男のものとなっていると言い含める。また、キャサリンを蔭で支えるスパイのスロックモートンにカルペパーとの関係を問われたときのキャサリンの答え、「女が貞淑かどうか訊ねるくらいなら、つるべ井戸の口で、下の水の中に魚がいるか訊ねるほうがましというもの」（第二巻）という言葉も、真実をはぐらかすような科白である。

キャサリンの不貞を根拠のない憶測と呼ぶにしても、キャサリンに広い意味で世俗的な欲望があることは否定できず、実際、彼女は、一時はヘンリーの愛人になることを了承する。彼女がヘンリーに惹かれるのは、一つには彼が贈り物の与え手だからであり、キャサリンは自分の信仰が個人的栄達へつながることさえも欲している。「彼女は王妃になりたくてうずうずしていた。明日にでも、その翌日にでも。王を自分のものにしたくてならなかった。美しいガウンや王冠が欲しくてたまらなかった。」（第二巻）もっともこうした自己本位への自戒として、キャサリンは戴冠を辞退しお披露目だけしてもらうことを王に乞うのではあるが。

しかし、キャサリンが最後の弁明で、自分の貞節を信じてくれない夫をなじるために自分の不貞の「事実」を持ち出し、逆に自分の不貞を隠蔽しようとしているのだとすれば、すなわち自分で自分の「白漆喰塗り」をしているのだとすれば、弁明はまったく荒唐無稽な茶番と化してしまうだろう。それが作者の意図だったとは思われないし、善良な読者はそんな読み方はしないだろう。だが、キャサリンの潔白を前提に話を進めれば、キャサリンは犯してもいない罪について、罪を犯したと言って処刑されることになる。確かに、拷問されている侍女たちを救いたい気持ちや自分のことを信じてくれない王への絶望が彼女の態度にはあらわれていよう。しかし、犯してもいない罪を犯したと偽証することは罪ではないのか。キャサリンは前王妃のアン・オブ・クレーヴズから不本意ながら王妃の座を奪うことになった罪を、この偽証の罪が取り除いてくれることを願うのだが、逆にそれは罪の上に罪を積み重ねることにはならないのか。実際、作中のキャサリンも自分でそのことを認めているではないか。

キャサリンはヘンリーに向かって自分の貞節を信じてくれないことをなじる。王の愛人として生きることを拒絶し、かつて愛人になることを承知したのは、ヘンリーがそのときには古代の英雄のような姿で目の前に現れたからだと言う。しかし、今ではヘンリーが大風に吹き飛ばされるカラスのように優柔不断であり、今日自分の味方になってくれたとしても明日は敵方に靡くだろうから、自分は、いずれは死すべき運命であると主張するのである。

キャサリンのアポロギアに論理の矛盾を見出すのは容易であり、その言い分には夫婦喧嘩の売り言葉に買い言葉のような趣さえある。が、しかし、その修辞に耳を傾ければ、キャサリンの言葉が読む者の心に王妃としての威厳を感じさせずにはおかないこともまた確かである。これまで私は第一巻『いかにして宮廷に来りしか』、第二巻『王璽尚書』を通して、作品の歴史絵巻のような絵画的側面を強調してきた。第三巻『戴冠』においてもその特徴が変わることはないが、各部の表題に明らかなように、『戴冠』においては音楽的な要素が際立っている。第一部の「長調の和音」に始まり、第三部の「先細る旋律」、第四部の「歌の終り」と、この作品は一つの楽曲として捉えることができる。キャサリンの最終のスピーチは、読者の耳を捉えずにおかないこの作品のコーダであり、たとえ彼女の論理が納得いかないものであっても、耳を通して心は彼女に共感を覚えざるをえないのだ。

未熟な少女から威厳に満ちた王妃への、三部作全体を通してのキャサリン像の変転を捉え、三つの作品の不調和を指摘することは可能かもしれない。第三巻『戴冠』のキャサリンは、それまでのキャサリンとはかけ離れて成熟し確固たる信念を身につけている。しかし、このことは『王璽尚書——最後の賭け』においてクロムウェルが失脚しキャサリンが王妃となってから一定の期間が経過し時の作用が舞台裏で進行していることを考えれば、三部作の大きな欠点と捉えることはできないように思える。確かに、史実ではヘンリー八世とキャサリンの結婚生活は一年半続くのに対し、小説ではヘンリー八世とアン・オブ・クレーヴズの結婚やキャサリンのグリニッジへの到着が冬の一月のこと、クロムウェルの処刑、ヘンリーとキャサリンとの結婚がその春の出来事とされ、その秋には二人は北部巡行でポンテフラクト城に滞在し、次の冬にはキャサリンの処刑となり、物語の時間は史実より短い期間で進んでいく。このこともキャサリンの唐突な変化の印象を後押ししているかもしれないが、これは小説に季節感を与え美的効果を狙ったものとして、芸術作品上許される処置だと考えられよう。

しかし、プロット上明らかにおかしな事態が三つの作品間に存在しているのもまた事実である。例えば、キャサリンの罪をでっちあげる首謀者のラセルズだが、彼は『王璽尚書』の大団円となる場面で、王とキャサリンを襲わせるべく宮廷内に招じ入れられたカルペパーをクロムウェルのスパイ、ヴィリダスとともに小さな部屋のなかで見張っていたはずだ。そのラセルズが『戴冠』では、追放されたスコットランドから密入国したカルペパーに出会うとき、彼が誰であるか分からない。ラセルズ自身がそう言っているだけならば、他の者たちに知られないための韜晦だと考え、流石プロのスパイと賞賛したいところであるが、地の文がそう宣言してしまっているので、これはいったい何たることかと思わざるをえない。三つの作品の執筆時期に間隔があいた影響や、またこの時期、売れる本を書くためにフォードがいくつもの作品に同時に取り組んでいた経緯も、こうした過ちの背景にはあるのかもしれない。

話は遡るが、この作品群を書き始める少し前に、フォードはアーサー・マーウッドという地方地主の末裔と親しくなっている。マーウッドの父方はエドワード三世の直系で、十五世紀以来ヨークシャーに大邸宅を構えていた。アーサーは『不思議の国のアリス』の著者ルイス・キャロルの従弟で、キャロル同様優れた数学者だった。象のように大柄ながら虚弱な体質で、結核にもかかっていたアーサー・マーウッドがフォードやその他の人々に深い印象を与えたのは、その百科全書的知識によるものだった。フォードは『戴冠』をこのマーウッドに献じている。

しかし、それのみならず、マーウッドはフォードが作中人物のモデルとして多用する人物となった。特に一九二〇年代に書かれるフォードの代表作『パレードの終わり』の主人公クリストファー・ティージェンスのモデルとなった人物とされている。ティージェンスもイングランドの統計局でその数学的才能を発揮し、優れた資料を作成し、上司や同僚に一目置かれる人物なのである。しかし、そうした優れた人物が、いわれなき誹謗中傷に苦しめられなければならなないのがフォードに特徴的な世界である。ティージェンスにとっては、その相手が妻のシルビアであるが、『五番目の王妃』ではキャサリン・ハワードがあらゆる世俗主義者に苦しめられる。

批評家ノースロップ・フライは文学を「喜劇」「ロマンス」「悲劇」「アイロニー」に分類し、「アイロニー」に出てくる人物は、現実に生きる普通の人間より劣った登場人物として描かれ、逆に「ロマンス」に出てくる人物は、現実に生きる普通の人間より優れた人物として描かれると言っている。ここで、フォードの『戴冠』に「ロマンス」という副題がついていることが想起されよう。この作品の掲げる「ロマンス」は、一義的に「ヒストリカル・ロマンス」（歴史物語）を指すものと捉えることもできるかもしれない。その点、読者は先行の歴史を知っていて、動かしえぬ事実を頭に入れて物語を読み進めることとなる。この点で、キャサリン・ハワードは処刑されないわけにはいかないのだ。作者の技量はその人物像をいかに変更しまた知られていない部分をいかに埋めるかで試される。フォードはティージェンスのように、優れた人物としてキャサリンを提示した。先にも言ったように、キャサリンにも世俗的欲望はある。しかし、神に対する敬虔と、この立場から人をその人の価値に応じて正しく評価し、決して身内贔屓しない彼女は、巷の世俗主義者より高い道徳観の持ち主であり、それ故に教会の富を返還したくない輩に足を引っ張られる形となって殉教者として死なざるをえない。逆説的ながら、このことがキャサリンを卓越し威厳ある「ロマンス」の人物にしているとも言えるのである。

それでも、キャサリンに艶めかしい性的イメージがつきまとうのは何故だろう。一般に受容されているキャサリン像がそうだからというだけでは、解答にはならないと思われる。作者はそれとは別のキャサリン像を作り上げることもできただろうし、実際作ろうとしていたのだから。それでも、フォードはキャサリンに「むしろカルペパーの妻として死にたかった」という歴史上のキャサリンが言ったという科白を言わしめて、作中のキャサリンを歴史上のキャサリンと重ね合わせる。また、ある意味、スロックモートンやラセルズの立場に立って、この世に貞淑な女などいないという懐疑主義に同調し、その点から彼女をいたぶり苛んでもいる。ポンテフラクト城での王帰還の場面では、酔っぱらったカルペパーのキャサリンの部屋への闖入で、ロマンスの「崇高」には留まらない茶番狂言が描かれた。

キャサリンのアポロギアも、彼女の不貞を正面切って否定はしない。キャサリンは彼女が不貞を犯したと信じることがヘンリーの一番の苦しみとなり、不貞を犯していないと信じながら妻を死罪にすることがヘンリーの二番目の苦しみになるだろうと、両方の可能性を掲げてみせ、後はヘンリーにその判断を委ねる。従って、内実は闇に包まれたまま、宙にぶら下げられたままに留まるのだ。

結局、世俗派との妥協を考えるヘンリーにとっては、キャサリンを愛人として囲うことが一番に意に添う選択肢となる。そんなことではヘンリーにローマのほうを向き続けさせ、イングランドに神の国を建設することはできないと考えるキャサリンは、『ソクラテスの弁明』で死刑に処されたソクラテス同様、自らの正義を曲げないことによって死を課されずには済まない。確かに、こうした原理の問題がキャサリンのアポロギアで最後に浮かび上がる旋律であり、キャサリンの貞淑を信じてこの作品群を読むのがまっとうな読みなのであろう。それでも、もしかしたら、作中のキャサリンは作者が彼女を貞淑に描こうとした意図を裏切っているのかもしれない。キャサリンは「崇高」には留まれないそれ以外の要素の束なのであり、他の優れた小説中の人物と同様、作者に定義づけられることを拒んでいるようにも思えるのである。

フォードは『五番目の王妃　いかにして宮廷に来りしか』と『王璽尚書――最後の賭け』を出版したアルストン・リバーズ（Alston Rivers）と本の売れ行きについて仲違いし、『五番目の王妃　戴冠』は別の出版社イーヴリー・ナッシュ（Eveleigh Nash）から刊行されることになった。幸いなことに、この日本語版は三作ともに同じ出版社から刊行することができた。これも偏に編集を担当して頂いた松永裕衣子氏のご尽力のおかげである。ここに心より御礼申し上げる次第である。

平成二十五年三月

訳　者

回三頭政治を行ったが、ローマ内戦でカエサルに敗北、最終的に暗殺された。

（6）マリウス

ガイウス・マリウス（ラテン語：Gaius Marius, 紀元前157－紀元前86）は、共和政ローマ末期の軍人、政治家。騎士身分から執政官となり、私兵をもってユグルタ戦争を平定。民衆派の首領として、閥族派のスラと対立した。

（7）スラ

ルキウス・コルネリウス・スラ・フェリクス（ラテン語：Lucius Cornelius Sulla Felix, 紀元前138－紀元前78）は、古代ローマの政治家、将軍。旧貴族（パトリキ）の家系の出身。前107年から前105年までマリウスの部下としてユグルタ戦争に従軍，敵王を捕えるのに功があった。前104年から前101年までマリウスその他の将軍の部下としてキンブリ族と戦った。前93年にプラエトル（法務官）を務めたのち、前92年にキリキアの長官になり、ポントス王ミトリダテス六世の進出に対処した。前90－前89年の同盟市戦争でもサムニウム人を破るなどの功があった。

（8）ユリウス・カエサル

ガイウス・ユリウス・カエサル（Gaius Julius Caesar, 紀元前100頃－紀元前44）。共和政ローマ期の政治家、軍人であり、文筆家。三頭政治と内乱を経て、ルキウス・コルネリウス・スラに次ぐ終身独裁官（ディクタトル）となり、のちの帝政の基礎を築いた。

（6）低地帯
今のベルギー・オランダ・ルクセンブルクの占める地域。

Ⅳ章
（1）サー・A・リズリー
Aのイニシャルは間違いと思われる。三部Ⅱ章（2）の注参照。
（2）枢機卿
トマス・ウルジー（Thomas Wolsey, 1475－1530）のこと。ウルジーはイングランド東部イプスウィッチに生まれ、オックスフォード大学のモードリン・カレッジで学び、ヘンリー七世の時代に宮廷付司祭となり、ヘンリー八世に認められ、36歳の若さで枢密院議員となった。1514年、ヨーク大司教、1515年に枢機卿、1518年に教皇特使となる。枢機卿はカトリック教会において教皇に次ぐ高位聖職者の称号。今もハンプトン・コート宮殿としてロンドン西部に残る館は、もともとウルジーが個人の邸宅として建てたものだったが、1525年にはヘンリー八世に献上した。その後、ヘンリー八世の離婚問題の調停に失敗し、イングランド北部に引退するも、反逆の理由で逮捕され、ロンドンへ護送中病死した。

Ⅴ章
（1）マイケル・ドーマー
Michael Dormer（？－1545）1541－42のロンドン市長。
（2）大法官
Thomas Audley, 1st Baron Audley of Walden（1488頃－1544）のこと。1533年から1544年まで大法官を務めた。
（3）サー・アンソニー・ブラウン
Sir Anthony Brown（？－1548）ヘンリー八世の信頼厚い廷臣であり、王の馬主頭であり旗手であった。
（4）サフォーク公
第一部Ⅵ章（2）の注参照。
（5）大ポンペイウス
グナエウス・ポンペイウス・マグヌス（ラテン語：Gnaeus Pompeius Magnus, 紀元前106－紀元前48）は、共和政ローマ期の軍人であり政治家。ルキウス・コルネリウス・スラからマグヌス（「偉大な」の意）と称され、ガイウス・ユリウス・カエサル及びマルクス・リキニウス・クラッススと第一告白など、内容はカトリックと変化なく、ルター派やカルヴィン派の教義を否定した内容となった。

第四部　歌の終り

Ⅱ章

（1）オルレアン公

フランスの公爵位の一つで、1540年から1545年までのオルレアン公はシャルル・ダングレーム（Charles d'Angoulême, 1522－45）。フランス王フランソワ一世と王妃クロード・ド・フランスの三男で、アンリ二世の弟。

（2）聖ケビン

St Kevin（498－618）アイルランドの聖人の一人。グレンダロッホの谷間に修道院を開き、120才まで修道院長を務めたと言われている。

Ⅲ章

（1）シュマルカルデン条項

ドイツ中部シュマルカルデンで、1532年ルター派の諸侯・帝国都市が防衛同盟を結び、神聖ローマ帝国皇帝のプロテスタント圧迫に対抗したが、そのシュマルカルデン同盟に1537年ルターが起草して提示した信仰箇条書。ルター派の信仰告白書として重要に扱われ、1580年の「和協信条」に収められた。

（2）ダビデとサウルの物語

『旧約聖書』サムエル記にある。サウルは預言者サムエルによりイスラエル最初の王に任じられたが、不従順の罪を重ねたため、神はサウルを王位から退ける意向を示し、羊飼いの子で竪琴の名手ダビデが二代目の王に任じられる。サウルはねたみと恐れからダビデを殺そうとするが、ペリシテ軍との戦いにおいて重傷を負い、自らの剣の上に伏して果てた。ソロモンはダビデが姦淫によってもうけた息子でイスラエル王国三代目の王となる。

（3）エホデとエグロンの物語

『聖書』の士師記第3章に出てくる。左利きのエホデはイスラエルを支配したモアブの王エグロンを殺害してイスラエルを解放した。

（4）「皆さん、神に祝福を」

原文ドイツ語。'Gruesset Gott'

（5）「天にまします神よ…」

原文ドイツ語。'Lobet den Herr im Himmels Reich!'

Ⅴ章

（1）従妹のアン・ブーリン王妃

ヘンリー八世の第二王妃。ロッチフォード夫人（旧姓 Jane Parker）はアンの兄（または弟、2人の生年については諸説あり）ジョージ（ロッチフォード子爵）の妻であるから、ロッチフォード夫人とアンとの間柄は本来の従姉妹ではなく、義理の姉妹である。

（2）わたしと同名の人

ヘンリー八世の第一王妃キャサリン・オブ・アラゴンのこと。

（3）プラウトゥス

Titus Maccius Plautus（紀元前 254 頃－紀元前 184）痛快な喜劇をローマ人に供給した偉大な喜劇作家。

第三部　先細る旋律

Ⅱ章

（1）サリー伯

第三代ノーフォーク公トマス・ハワードと彼の2人目の妻エリザベス・スタフォードの長男、ヘンリー・ハワード（Henry Howard, 1517－47）のこと。英国ルネサンス詩の創始者の一人としても知られる。

（2）サー・ヘンリー・リズリー

第二代、第三代サウサンプトン伯の名は Henry Wriothesley であり、特に第三代のほうは William Shakespeare のパトロンであったことで有名である。しかし、Katharine Howard が生存中の時代に両サウサンプトン伯は生まれておらず、第一代サウサンプトン伯（Thomas Wriothesley, 1505－50）がこの人物に相当すると考えるのが妥当ではないかと考えられる。

（3）スツールボール

クリケットの一種。

Ⅲ章

（1）幸福の日

原文ラテン語。*dies felix*

（2）六ヶ条

1539 年に制定された英国国教会の基本的儀式についての法令。1536 年に制定された十ヶ条がプロテスタントとカトリック両方の色合いを留める折衷的内容であったのに対し、聖餐、司祭の独身、貞潔の誓願、個人ミサ、聴聞に尽くしたことなどで知られ、聖人とされた。

（5）恩寵の巡礼の乱

ヘンリー八世治下のイングランド北部に起こった反乱（1536－37）。原因としては、北部ジェントリ（中小地主）の中央集権に対する不満、「囲い込み」と地代の上昇により惹起された農民の苦境、小修道院解散を頂点とする宗教的変革への抵抗などがあげられる。

（6）ボストン

イングランド、リンカンシャー州のボストン市。

（7）エドワード四世

第一部Ⅰ章（5）の注参照。

Ⅲ章

（1）クラウン

英国の昔の5シリング銀貨。ヘンリー八世治下の一時期、金貨となった。

Ⅳ章

（1）ヌミディアの恐ろしいライオン

ヌミディアは古代、アフリカ北西部、現在のアルジェリア付近にあった地方名。イソップも取り上げたローマ伝説『アンドロクレスとライオン』に出てくる。主人に対し咎を犯した奴隷アンドロクレスがヌミディアに逃亡し、森の中で植物の棘が足に刺さったライオンに出くわし助ける。のちにこの逃亡奴隷は皇帝の兵士たちに捕えられ、多くの見物人たちの前でライオンと戦わせられることになるが、このライオンは以前に彼が助けたライオンだったので、彼を襲うどころか手をなめ始める。皇帝は両者の友情にいたく感動し、アンドロクレスを自由に、ライオンを森に解き放つ。

（2）北部のデイカー卿

1321年Ralph Dacreが男爵に叙されデイカー男爵家ができた。その後、男爵家は、サセックス州に居を構えるLord Dacre of the Southとカンバーランド州のNaworth Castleに居を構えるLord Dacre of the Northに分裂した。ここに言及されているのは、第四代Lord Dacre of the NorthのWilliam de Dacre（1500－63）であろう。

第二部　不和の兆し

Ⅰ章

（1）ニューカッスル

イングランド北東部タインアンドウィア州にあるニューカッスル・アポン・タイン（Newcastle upon Tyne）のこと。北緯55度に位置する。

（2）ベリック

ノーサンバーランド州にあるベリック・アポン・ツイード（Berwick-upon-Tweed）のこと。スコットランドの南4キロの位置にある町。

（3）エディンバラ

1492年からスコットランドの首都。スコットランドの東岸、フォース湾に面する。北緯56度付近に位置する。

（4）サー・ニコラス・ホービー

16世紀にイングランドの神聖ローマ帝国大使などを務めたSir Philip Hoby（1505－58）のことか？

（5）リース

エディンバラの北にある町。長くエディンバラの港と見なされていた。

（6）ダラム

イングランド北東部にあるダラム州内の都市。

Ⅱ章

（1）ウィリアム征服王

ウィリアム征服王（William the Conqueror）は、イングランド王ウィリアム一世（William I, 1027－87；在位：1066－87）の通称。ノルマンディー公（ギヨーム二世、在位：1035－87）でもあった。イングランドを征服し（ノルマン・コンクエスト）、ノルマン朝を開いて現在のイギリス王室の開祖となった。

（2）セント・ラディガンド僧院

6世紀の聖女ラデグンドを祀るプレモントレ会修道院の一つが、12世紀にケント州ドーバーの近くに築かれた。

（3）ロムニー沼沢地

イングランド南東部、ケント州、イースト・サセックス州にまたがる広大な沼沢地。広さは260平方キロメートルに及ぶ。

（4）聖ネオト

9世紀にコーンウォール地方に住んでいたサクソンの隠修士。貧民の救済

（4）カール

神聖ローマ帝国皇帝カール五世のこと。V章（1）の注参照。

（5）フランソワ

ヴァロワ朝第九代フランス王（在位：1515－47）のフランソワ一世(François Ier de France, 1494－1547）のこと。

Ⅶ章

（1）晩課

聖務日課の一つで、夕暮れ時に行われる夕べの祈り。

（2）ヤコブが仕えたように

伯父ラバンの娘ラケルに恋したヤコブは、彼女を娶るために、7年間伯父のもとで、無償で働くことに同意した（創世記 29：20)。

Ⅷ章

（1）一日が終わるまで、その日を幸せと呼ぶことなかれ

原文ラテン語。'*nulla dies felix*'

ギリシャの悲劇作家アイスキュロスの『アガメムノン』928行などに由来するものと思われる。

（2）正しき人は評価を恐れないだろう

原文ラテン語。'*justus ab aestimatione non timebit.*'

「詩編」第112篇7節 '*In memoria aeterna erit justus; ab auditione mala non timebit.*'（正しい人は永遠の記憶をとどめ、悪い知らせを恐れることはない）のもじり。

（3）プルタルコス

末期ギリシャの道徳家、史家。非常に多作家で227部の著があったと伝えられる。大別してエティカ・モラリアと呼ばれる倫理的内容の作品と伝記とに大別され、伝記は晩年の作である。対比列伝（vitae parallerae)、俗に英雄伝と呼ばれる伝記は、ギリシャとローマの、類似の生涯を送った者を23組（46人）比較研究している他に、4人の単独伝記が加わったものとなっている。興味本位の英雄伝であるため近世に入って広く読まれた。

（7）ルキウス

ルキウス・ドミティウス・アヘノバルブス（Lucius Domitius Ahenobarbus, ?－25）は、ユリウス・クラウディウス朝期の元老院議員。父はグナエウス・ドミティウス・アヘノバルブス、母はアエミリア・レピダ、そして第二回三頭政治の一頭、レピドゥスとは従兄弟同士となる。

若い頃は戦車競走で有名だったという。またゲルマニア深くまで侵攻したという業績で凱旋式を挙げたともいうが、スエトニウスによれば性格は傲慢で残酷、評判悪く、そして浪費家であったと言う。

ドミティウスはアエディリス、プラエトル、そして16年にコンスルの官職に就任した。また剣闘士の試合を興行するのが好みで、剣闘士のトーナメントや野獣狩りを催したという。彼は大アントニアと結婚、大ドミティア、グナエウス・ドミティウス・アヘノバルブス、ドミティア・レピダをもうけた。

（8）ディオゲネス

古代ギリシャの哲学者。紀元前336年、アレクサンドロス大王がコリントスに将軍として訪れたとき、ディオゲネスが挨拶に来なかったので、大王の方から会いに行った。ディオゲネスは体育場の隅にいて日向ぼっこをしていた。大勢の供を連れたアレクサンドロス大王が挨拶をして、何か希望はないかと聞くと、「あなたにそこに立たれると日陰になるからどいてください」とだけ言った。帰途、大王は「私がもしアレクサンドロスでなかったらディオゲネスになりたい」と言った。

Ⅵ章

（1）海軍卿

海軍大臣。当時の海軍卿は、第一代ベッドフォード伯ジョン・ラッセル John Russell, 1st Earl of Bedford, KG, PC, JP（1485頃－1554/55）で、クロムウェル失墜の後、王璽尚書にもなった。

（2）サフォーク

サフォーク公。ヘンリー八世の妹メアリーの夫チャールズ・ブランドンのこと。

（3）クレーヴズ

ヘンリー八世の第四王妃アン・オブ・クレーヴズの弟のユーリヒ＝クレーフェ＝ベルク公ヴィルヘルム五世のこと。（在位：1539－92）

グレゴリオ聖歌で歌われるイムヌスで「もっとも有名な聖歌」である。これは9世紀にラバヌス・マウルスによって書かれた。カトリック教会で伝統的に歌われてきた。ペンテコステを記念する聖歌である。ホ調ミクソリディア旋法によって歌われる。

V章

（1）皇帝カール五世

スペインのハプスブルク家出身の神聖ローマ帝国皇帝（在位：1519－56）。

（2）『本当の話』

サモサタのルキアノスが西暦167年頃に書いた中編小説。サモサタのルキアノス（Lucianos, Lucianus, Lucinus, 英語ではLucian of Samosata, 120頃－180以後）はギリシャ語で執筆したシリア人の風刺作家。

（3）まさに死なんとする者が汝に挨拶す

原文ラテン語。*'Moriturus te saluto!'* スエトニウス（Gaius Suetonius Tranquillus, 70－140）『ローマ皇帝伝』（*De vita Caesarum*）クラウディウス－21節からの引用。

（4）セネカが主人に、プリニウスがトラヤヌス帝に

ルキウス・アンナエウス・セネカ（ラテン語：Lucius Annaeus Seneca, 紀元前1頃－65）は、ユリウス・クラウディウス朝時代（紀元前27－68）のローマ帝国の政治家、哲学者、詩人。第5代ローマ皇帝ネロの幼少期の家庭教師としても知られ、また治世初期にはブレーンとして支えた。ここに言う主人はネロを指す。一方、ガイウス・プリニウス・カエキリウス・セクンドゥス（Gaius Plinius Caecilius Secundus, 61－112）は、元老院議員としてトラヤヌス帝に対し賞賛の演説『頌詞』を捧げている。

（5）シケリアのディオドロス

ラテン語名Diodorus Siculus。紀元前1世紀に生きたメガラ学派の弁証家。スティルポンの出した謎に即答することが出来なかったためにクロノス（老いぼれ）という不名誉なあだ名をつけられ、その恥辱のあまり死んだといわれる。

（6）「ルキウス・ドミティウスとアッピウス・クラウディウスが執政官になり…」

原文ラテン語。*'Lucio Domitio, Appio Claudio consulibus'* 共和政ローマ期の政治家・軍人のガイウス・ユリウス・カエサルが自らの手で書き記した『ガリア戦記』5章冒頭の言葉。

(12)「わたくしは夜も昼も神に呼びかけてきました」
原文ラテン語。*'deo clamavi nocte atque die.'*
(13)「今日の日よ、讃えられてあれ。今の時よ、讃えられてあれ。我らの陣営よ、永久に讃えられてあれ」
原文ラテン語。*'Sit benedicta dies haec; sit benedicta hora haec benedictaque, saeculum saeculum, castra haec.'*
(14)「わたしは丘に目を上げました。そこからわたくしたちの救済がやって来ます」
原文ラテン語。*'Ad colles levavi oculos meos; unde venit salvatio nostra!'*

Ⅳ章

(1) *Ecce quam bonum et dignum est fratres—fratres—*
「詩篇」第一三三編
見よ、兄弟が和合して共におるのは
いかに麗しく楽しいことであろう
(2) *'Malo malo malâ'*
「わたしは悪い娘であるよりは不幸であるほうがいい」というのが第一義だろうが、「わたしは不幸において悪を選び好む」ともとれる。
(3) クランマー大司教が礼拝堂付き司祭兼聴罪師として雇った男
英国国教会の聖職者 Thomas Becon（1512－67）を指すものと思われる。
(4) ファーキン
1ファーキンは4分の1バレル。
(5) 聖スウィジンの祝日
7月15日。聖スウィジンは9世紀のウィンチェスターの司教。亡くなった後、7月15日に遺体を移そうとしたら、40日間も降り続く大雨になったそうで、この日が聖スウィジンの祝日とされた。この日に雨が降ると、その後40日間、雨が降り続け、この日晴れると、その後40日間、晴れ続けると言われる。
(6)「ご覧なさい、奇跡がかつてのようにあるのを、ヨシュア王よ」
原文ラテン語。*'Ecce miraculm sicut erat, Joshuâ rege.'* ヨシュアは「民数記」や「ヨシュア記」に登場するユダヤ人の指導者。
(7) スペインの皇太子
神聖ローマ皇帝カール五世の息子。のちにフェリペ二世となる。
(8)「来たり給え、創造主なる聖霊よ」(*Veni Creator Spiritus*)

に管理しており、美しい奴隷よりも丈夫な奴隷を称賛する一方で役に立たなくなれば容赦なく売り払うといった即物的なところもあったと言われている。

（2）タレス（紀元前624－紀元前546頃）

古代ギリシャの自然哲学の創始者。

（3）昇進は…

出典不詳。

（4）タンタロス

ギリシャ神話に出てくるフリギアの王。神々の怒りを買って永劫の飢渇に苦しめられる。水中に首まで浸かりながら、その水を飲もうとすると一瞬にして川の水が干上がり、頭上に実った果実に手を伸ばすと枝が遠のいてしまう。

（5）とぐろ巻きにされた狐のように

原文ラテン語。*'sicut vulpis in lucubris'*

（6）一体わたしはどうしたらよいのでしょう。わたしは不幸です。冀《こいねが》わくば、冀わくば…

原文ラテン語。*'Quod faciam? Me miser! Utinam. Utinam――'*

（7）ルクレティウス

ティトゥス・ルクレティウス・カルス（Titus Lucretius Carus, 紀元前99頃－紀元前55）は、ローマ共和政末期の詩人・哲学者。エピクロスの宇宙論を詩の形式で解説。説明の付かない自然現象を見て恐怖を感じ、そこに神々の干渉を見ることから人間の不幸が始まったと論じ、死によってすべては消滅するとの立場から、死後の罰への恐怖から人間を解き放とうとした。主著『事物の本性について』で唯物論的自然哲学と無神論を説いた。

（8）プルートー

ギリシャ神話の黄泉の国の王ハーデースがローマ神話に取り入れられたもので、ローマ神話の冥界の神。

（9）ユピテル

ローマ神話の主神。また最高位の女神であるユーノーの夫である。時として女性化・女体化して女神となり、その姿がディアーナであるという言い伝えもある。

（10）カエサルが行ったことを

原文ラテン語。*'Quid fecit Caesar'*

（11）「讃えられてあれ、神の母よ」

原文ラテン語。*'Benedicta sit mater dei!'*

（4）ポンテフラクト城

現在のウェイクフィールド市に11世紀に建てられた城。17世紀には内乱で廃墟と化した。

（5）エドワード四世

ヨーク朝初代のイングランド王。（1442－83，在位：1461－83）。ばら戦争において1460年暮れにおける父第三代ヨーク公リチャードの戦死後、その遺志をつぎ、翌年3月、国王ヘンリー六世およびランカスター派が退去したロンドンに入り、諸侯と民衆の支持をうけて即位。治世初期には当時の最有力家系ネビル家のウォリック伯の強い影響下にあったが、結婚を機会に自立し、71年には離反したウォリック伯およびランカスター派を壊滅させて王権を確立した。これにより地位の安泰を得たため、75年義弟と協力してフランスに侵入し、ピキニー条約を結んで撤兵した。その治世の間、たびたびの内戦にもかかわらず、国民生活は比較的平穏で、市民層が堅実に台頭し、王自身も羊毛貿易に関与して富をふやし、財政を安定させ、法と秩序の強化を図った。また、書籍の蒐集家としても知られ、キャクストンの庇護者でもあった。

（6）ベネディクト会

現代も活動するカトリック教会最古の修道会。529年にヌルシアのベネディクトゥスがモンテ・カッシーノに創建した。ベネディクト会士は黒い修道服を着たことから「黒い修道士」とも呼ばれた。

Ⅱ章

（1）北部国境地方監察院

近世、イングランド北部支配に大きな役割を果たした行政的裁判所。北部諸州において秩序の維持や中央政府の政策の実施などにあたった。

（2）ライジング大修道院

ノーフォーク州にあったCastle Rising Abbeyのことと思われる。12世紀に建設されたノルマン様式のこの大修道院も1540年代になるとすっかり荒廃し、ノーフォーク公の所有に帰してからは放置されたままになったという。

Ⅲ章

（1）カトーの奴隷

マルクス・ポルキウス・カトー（通称：大カトー，Marcus Porcius Cato, 紀元前234－紀元前149）は古代ローマ共和制の政治家。奴隷や家財を厳格

訳　注

第一部　長調の和音

Ⅰ章

（1）ローマ司教

Paulus Ⅲ（1468－1549）のこと。第二二〇代ローマ教皇（在位：1534－49）。本名はアレッサンドロ・ファルネーゼ（Alessandro Farnese）。イエズス会を認可し、プロテスタント側との対話を求め、教会改革を目指してトリエント公会議を召集した事で知られる。英国国教会の立場からすれば、カトリックの最高指導者たるローマ教皇も、まずはローマの教会の司教であるにすぎない。

（2）カエサルのものはカエサルに…神のものは神に

『新約聖書』マタイ 22：17－21、マルコ 12：14－17、ルカ 20：22－25 にある言葉。敵対するパリサイ人から、皇帝（カエサル）に税金を納めるべきかどうかを問われたイエスが、貨幣に皇帝の肖像が刻印されていることから、「カエサルのものはカエサルに、神のものは神に」と答えたという話から、物事は本来あるべきところに戻すべきであるということを表す。パリサイ人は、神の国を語るイエスなら「我々がかしずくべきは神のみであり、皇帝や総督ではない。納税の義務はない」と答えるものと予想していた。そして、その場合、反逆罪として捕らえることができると。だが、このイエスの言葉を聞いては、すごすごと引き下がるしかなかったのである。

（3）ランベス（Lambeth）

ロンドンの中南部、現在ではロンドン市内でも有数な国際的地区。地名の語源は Lambhythe（1088 年の記録：Lamb「子羊」＋ hythe「波止場、港」）で、「子羊を積んだり、荷揚げしたりする港」という意味。18 世紀まではこの地域は沼沢状の土地、野原、干拓地で、その中を洪水に備えて土手として築かれた何本かの道が走っていた程度で、鴨の猟場として人気があった。寒さの厳しい冬には沼沢地が凍りつき、スケート場にもなった。現在のランベス・ブリッジのすぐ北に位置するランベス・パレスは 1197 年からカンタベリー大司教のロンドン公邸として用いられた。礼拝堂の地下聖堂など中世の建築も一部そのまま現存している。このパレスはウェストミンスター宮殿とテムズ川を挟んでほぼ向き合っていたので、「馬渡し」（Horseferry Road）を利用して容易に連絡がとれる便利な場所であった。

†著者

フォード・マドックス・フォード（Ford Madox Ford）

1873年生まれ。父親はドイツ出身の音楽学者Francis Hueffer、母方の祖父は著名な画家Ford Madox Brown。名は、もともとはFord Hermann Huefferだったが、1919年にFord Madox Fordと改名。
多作家で、初期にはポーランド出身のJoseph Conradとも合作した。代表作に*The Good Soldier*（1915）、*Parade's End*として知られる第一次大戦とイギリスを取り扱った四部作（1924-8）、1929年の世界大恐慌を背景とした*The Rash Act*（1933）などがある。また、文芸雑誌English ReviewおよびTransatlantic Reviewの編集者として、D.H. LawrenceやJames Joyceを発掘し、モダニズムの中心的存在となった。晩年はフランスのプロヴァンス地方やアメリカ合衆国で暮らし、1939年フランスのDeauvilleで没した。

†訳者

高津　昌宏（たかつ・まさひろ）

1958年、千葉県生まれ。慶應義塾大学文学部卒業、早稲田大学大学院文学研究科前期課程修了、慶應義塾大学文学研究科博士課程満期退学。現在、北里大学一般教育部教授。訳書に、フォード・マドックス・フォード『五番目の王妃　いかにして宮廷に来りしか』（論創社、2011）、『王璽尚書　最後の賭け』（同、2012）、ジョン・ベイリー『愛のキャラクター』（監・訳、南雲堂フェニックス、2000）、ジョン・ベイリー『赤い帽子　フェルメールの絵をめぐるファンタジー』（南雲堂フェニックス、2007）、論文に「現代の吟遊詩人――フォード・マドックス・フォード『立派な軍人』の語りについて」（『二十世紀英文学再評価』、20世紀英文学研究会編、金星堂、2003）などがある。

五番目《ごばんめ》の王妃《おうひ》　戴冠《たいかん》　—ロマンス—

2013年5月20日　初版第1刷印刷
2013年5月30日　初版第1刷発行

著　者　フォード・マドックス・フォード
訳　者　高津昌宏
発行者　森下紀夫
発行所　論創社

東京都千代田区神田神保町2-23　北井ビル
tel. 03（3264）5254　fax. 03（3264）5232
web. http://www.ronso.co.jp/
振替口座　00160-1-155266

装幀／宗利淳一＋田中奈緒子
組版／フレックスアート
印刷・製本／中央精版印刷
ISBN978-4-8460-1228-1　